KB150299

떠날 수 있을 때 떠나라

미국의 이민정책 & 한국의 이민정책

떠날 수 있을 때 떠나라

미국의 이민정책 & 한국의 이민정책

문봉섭 지음

평민사

머리말

역시 글을 쓰는 작업은 힘듭니다. 아무리 졸고일지라도 방향을 잡고, 자료를 찾고, 정리하고, 비판적인 생각을 기입하고, 그리고 써나가는 것. 어느 것 하나 쉽지 않습니다. 우리가 살아가는 인생과 커리어도 이와 같을 것입니다. 개인적으로 인생의 전환점에서 뭔가 해놓은 게 있어야겠다는 소망과 현재까지의 커리어를 정리한다는 의미, 이 두 가지에서 이 책은 출발되었습니다. 출발은 지극히 개인적인 동기였지만, 결과적으로는 한국의 이민정책수립과 이민정책, 국제교류에 대한 일반인들의 바람에 작은 도움이나마 될 수 있는 대승적인 차원으로 맺어졌으면 하는 목적으로 바뀌었습니다.

이론에서 나오는 이야기들이 아닌, 실제 필드에서 일하면서 겪고 느꼈던 소회와 실무상의 이슈들을 가능하면 쉽게 정리해서 담아보고자 했습니다. 세계가 서로 간의 소통을 증진시키고 각종 커뮤니케이션 수단이 나날이 발달해가는 요즘, 나라에서 나라로 이동하는 국제적인 현상은 계속 꾸준히 늘어날 것입니다. 이런 현상은 때론 이민으로, 때론 난민으로, 때론 임시거주라는 형태로 나타납니다. 그러나, 현상이야 서로 다르지만 결국 국제적인 이동의 이면에는 경제적인 이유와 생존이라는 공통적인 동기가 작용하고 있습니다.

아무리 한 국가가 문호를 틀어막은들 거시적이고, 가장 인간적인 욕망을 막을 수는 없습니다. 인류가 생긴 이래, '이동'이라는 원초적인 행위는 항상 있어왔기 때문입니다. 개인적인 차원에서의 이민과 해외진출을 어떻게 해야 하는지 진지하게 생각해 보아야할 때가 왔습니다. 국가적으로는 해외인력을 어떻게 받아들여서 부국강병의 틀로 흡수하느냐, 그리고 같은 핏줄인 북한 동포들을 어떻게 받아들여야 하는지에 대해 하나의 단초를 제공하고 싶습니다. 한마디로 우리가 그토록 열망했던 통일시대에 왜 그리고 어떻게 우리가 외국인을 받아들여야 하는지, 반대로 가장 많이 진출하는 미국이라는 나라에 가려면 어떻게 해야 하는지를 담았습니다.

불가에서 말하는 회자정리처럼, 만남이 곧 이별이요 이별이 곧 만남이라는 말과 별반 다르지 않습니다. 한국을 떠나는 국민들이 있는가 하면 또한 한국으로 재정착하는 재외동포와 외국인도 있습니다. 우리가 살아가는 인생의 행로가 어느 하나의 모습으로 규정지어질 수 없듯이 이러한 양면성을 인정하고 이에 대한 이야기를 서술하고자 했습니다.

본고가 나오기까지 격려를 아끼지 않은 부모님, 그리고 가족들, 무엇보다 상업성이 현저히 떨어짐에도 과감히 출판을 허락해주신 평민사, 그리고 졸고를 붙들고 씨름하신 편집진들께 진한 감사의 인사를 보냅니다.

제1부
부국강병의 드라이브

우리는 어떻게 하면 강한 나라가 될 수 있을까. 세계 경제 규모 11위, OECD 회원국, 올림픽 개최, 동계 올림픽 개최 예정, 월드컵 개최 등등. 한국의 '강한' 국력을 상징하는 화려한 수식어는 부지기수다. 그뿐인가. 각 지방자치단체마다 너도나도 '세계' 또는 '국제'라는 수식어를 붙여가며 각종 축제나 행사를 만들어 왔다. 이런 것들만 보면 우리나라는 정말 강하고 세계화된 나라인 것 같다. 그러나, 대한민국이 강대국인가라고 자문한다면 선뜻 이에 동의하는 사람이 몇 사람이나 될까.

K-Pop이니 싸이의 〈강남스타일〉 등 한류로 많이 떠들썩해 하고 있지만 밖에 나가보면 정작 한국이라는 나라에 대한 인지도는 그렇게 높지 않다. 국내 언론에서 한류에 대해 많이 기사화하고 있지만 세계의 많은 사람들에게 한국은 아직 이름이 생소한 변방의 소국가일 뿐이고, 북한과 구별을 하지 못하는 사람들도 많은 실정이다.

그럼, 중국, 러시아, 일본에 둘러싸여 있고 미국의 강한 입김 하에 있는 우리는 어떻게 강대국이 될 수 있을까. 무엇보다 해외인력에 대한 문호를 적극 개방하는 것에서 찾아야 한다. 우리는 천연자원이 부족하고, 창의력 있는 인재도 부족하고 국내 시장도 작다. 기업들의 국내 생산 기반은 튼튼하지가 못한데다가 갈수록 인구가 줄어들고 있으며 경제성장률도 계속 둔화되고 있다. 어쩌면 우리는 가장 이민자의 숫자가 많은 미국을 해부해 봄으로써 방법론을 찾을 수 있을 것이다.

우리나라가 경제적으로 어려웠던 시절 '아메리칸 드림'으로 많은 사람들이 미국에 대해 가졌던 환상이 대부분 깨지긴 했어도, 아직까지는 미국에 가서 공부하고 살 수 있을까에 대해 한 번쯤은 생각해 보거나 생각했던 사람들이 상당수 있음을 부정할 수는 없을 것이다.

1장

미국 이민 시스템의 문제점

　　1991년에서 2005년 사이 노벨 생리학상을 수상한 학자는 총 87명인데 이 중에서 미국 태생이 아닌 학자의 비율이 27명으로 37%를 넘고 있다. 2004년 기준으로 미국 내 대학 공학분야에서 박사학위를 받은 사람 중 55%가 미국이 아닌 해외 태생이다. 미국 내에서 연구활동을 하는 박사학위 소지 물리학자의 45%가 해외태생이다(2004년 기준). 2011년 현재 미국 내 과학, 공학, 보건 분야의 대학원생들 중 28%가 해외출신이다.

　　50년 전만 해도 미국으로 건너온 저명한 학자들은 대부분 유럽 출신이었다. 아인슈타인, 페르미, 텔러 등이 모두 유럽 출신이었지만, 요즘에는 다양한 국가에서 나오고 있는 특징을 보인다.

　　예를 들면 미국 브룩헤이븐 랩의 소장인 프라빈 차드해리(Praveen

Chaudhary), 하버드대 공학 및 응용과학대학 학장인 벤카테쉬 나라야나무르티(Venkatesh Narayanamurti), 프린스턴대 출신 노벨수상자인 C. N. 양, 미국 보건연구소(NIH) 소장인 엘리아스 저하우니(Elias Zerhouni) 등의 걸출한 학자들은 모두 인도, 중국, 알제리 출신들이다.

오늘날 미국이 세계의 과학, 공학, 의학 부문 등을 석권하고 있지만, 미국 태생의 순수 미국인의 두뇌에서 모든 성과가 나왔다고 생각하는 것은 오산이다. 과학 및 기술 분야에서의 미국의 탁월함은 미국이 아닌 외국인의 두뇌에서 나오는 것이다.

그렇다면 미국은 이 탁월한 외국인 두뇌들을 어떻게 잡을 수 있었을까 그리고 왜 세계의 많은 사람들이 자신의 나라를 떠나 미국에 가고 싶어 할까. 왜 우리들도 자녀들을 미국으로 유학 보내고 싶어 할까. 해외이주를 한다면 왜 미국으로 가야할까.

얼마 전 한국을 잠깐 방문했을 때 오랜만에 친한 고교 동창들을 만나서 저녁식사를 한 적이 있었다. 이야기 도중 자녀들의 사교육비가 화제에 올랐다. 한 친구는 사교육비에 등골이 휠 정도로 너무 힘들어서 학비가 안 드는 캐나다로 이민가려고 계획을 세워 놓고 있었다. 그러자, 다른 한 친구가 "캐나다는 추워서 살기 괜찮을까? 그보다는 한국과도 가깝고 땅도 넓은 호주가 좋겠지." 결국 필자에게로 질문이 돌아왔다. 미국은 대안으로서 어떤가 하는 질문이었다.

현재 한국의 유학 트렌드는 한때 크게 일었던 미국 유학, 이민 붐이 많이 줄어들고, 중국유학으로 바뀌었다가 최근 북유럽 3국쪽으로 변하고 있다고 한다. 어느 나라에 유학을 갈지, 또는 살러갈지는 각자의 목적과 동기, 배경에 따라 달라지겠지만, 아직도 필자는 교육을 위해서는 그래도 미국에 가야한다고 대답했다. 그러자, 대뜸 한 친구가 "야! 너 그렇게 유도하여 미국 가는 동창들에게서 돈 벌려고 그러지?"라고 웃으면서 농담을 던졌다.

아직도 현 세기가 '팍스 아메리카나'(Pax Americana)라는 거창한 이야기는 접어두자. 물론, 유학의 목적이 순수한 학업의 성취에 대한 목적도 있겠지만, 현지에서 학업을 마친 뒤 잠깐이라도 경력을 쌓든 취업전선에 뛰어들려 한다면, 미국의 잡-마켓(job market)이 다양한 폭과 타 국적 구직자에게 개방적이라는 것을 간과할 수는 없다.

이는 특히 외국인의 취업에 깊은 반감과 장벽을 가진 유럽국가와는 현저히 구분된다. 캐나다나 호주는 잡-마켓 자체가 미국에 비해 비교가 안 될 정도로 작다. 또한, 포춘 500 기업을 비롯하여 세계적으로 알려진 크고 작은 기업들이 미국에 포진해 있다. 만약 짧게 몇 년 만 경력을 쌓고 한국으로 돌아왔을 때, 호주나 캐나다의 알려지지 않은 기업에서의 경력보다는 미국에 있는 우리가 잘 알고 있는 기업에서의 경력이 더 높은 평가를 받을 수 있을 것이다.

또한, 외국인이나 타인종에 대한 사회적 개방성에 있어서 미국은 다른 나라에 비해 앞선 나라이다. 최근까지도 인종차별과 관련된 큰 사건들이 미국에서 터져서 명시적인 인종차별이 미국에 있는 것 같지만 실상 대부분의 일상생활에서 가시적일 정도로 팽배해 있지는 않다. 눈에 보이지 않는, 딱히 꼬집어서 인종차별이라고 할 수도 있고 아닐 수도 있는 애매한 경우는 당연히 있지만, 미국 내 대도시로 갈수록 외국인이 일하기에 보다 좋은 환경이 형성되어 있다는 것은 분명하다.

이러한 미국 사회의 상대적으로 높은 개방성과 포용성은 어디서 나오는 것일까. 여러 가지 요인이 있겠지만 중요한 요인 중의 하나는 방대한 이민신청자들을 끊임없이 체계적으로 수용하려 하는 미국의 이민 시스템이다. 따지고 보면 미국의 이민시스템이 해외인력들과 경제의 바탕을 이루는 노동력과 시장을 창출하는 근본적인 '브레인' 시스템이다.

논란이 있기는 하지만 지난 수십 년간 미국의 이민시스템은 끊임없이 진화해 오면서 미국 사회의 다양성을 높이는 데 기여한 것은 사실이다. 그러나, 모든 사물과 제도에는 음과 양이 공존하듯이 미국의 이민시스템도 완벽한 것은 아니다. 자원과 돈의 제약이 따르다 보니 사실 부족한 부분도 많다. 미국 이민시스템에서 문제가 있는 부분을 살펴봄으로써 우리의 이민정책은 어떻게 발전적으로 계승할 수 있을지 가늠자가 될 수 있다. 이런 과정을 통해 한국의 이민시스템을 통일시대에 맞게 마련함으로써 우수 해외 인력을 유치하고, 동시에 경제의 활성화를 꾀하면서 부국강병의 기초를 다질 수 있을 것이다.

1. 미국 이민국의 늑장 서비스

미국에서 변호사 활동을 하면서 가장 많이 받는 질문은 낭연히 "변호사님, 제 케이스는 언제쯤 승인이 날까요?"이다. 클라이언트들은 일단 이민국에 서류가 접수되면 변호사선에서 수속을 빨리 가져갈 방법이 없다는 걸 알지만, 항상 변호사에게 보챈다. 더구나 한국사람 특유의 빨리빨리 근성이 여기 미국에서도 있으니 오죽하겠는가. 언론 보도에 나온 한 사례를 살펴보자.

취업이민 영주권접수를 전면 오픈에서 전면 중단으로 180도 바꾼 미국정부의 황당한 조치로 수십 만 취업이민 신청자들에게 심각한 피해와 고통을 안겨주고 있다.

◆ **7월, 8월, 9월 취업이민 영주권 수속 전면중단** = 미국이민비자를 관할하는 미 국무부와 이민서비스국(USCIS)은 2007년 7월 2일자를 기해 모든 취업이민의 영주권수속을 전면 중단한다고 발표했다. 미국정부는 새로운 2008회계연도가 시작되는 10월 1일 이후에나 한 해에 배정되는 취업이민 영주권 번호 14만 개를 사용할 수 있어 그때부터 영주권 수속을 재개할 것이라고 밝혔다. 취업이민 분호의 전면 오픈일에 전면 폐쇄로 뒤바꾼 사상 초유의 황당한 조치는 취업 이민 신청자들을 대혼란 속에 빠뜨리는 것은 물론 재정적, 시간적, 심리적으로 심각한 피해와 고통을 안겨주고 있다.

◆ **2일 접수분, 접수준비 완료 I-485 무용지물** = 첫째, 이번 조치로 영주권문호 오픈을 기대하고 영주권 신청서(I-485)를 2일까지 접수했거나 접수준비를 마친 취업이민신청자들은 그 신청서가 무

용지물이 되어버려 큰 손해를 입게 됐다. 이민서비스국은 2일과 2일 이후에 도착한 취업이민 영주권 신청서(I-485)들을 전부 리젝트(접수거부) 하고 리턴(반환) 할 것이라고 발표했다. 영주권 신청서와 관련 서류를 준비해 익스프레스 메일로 이미 우송했거나 우송채비를 마친 사람들은 건강진단 비용, 변호사 비용, 우송비 등 각종 비용만 날리게 됐다. 둘째, 영주권 신청서 제출 단계와 와 있는 취업이민신청자들은 7월 30일부터 I-485 접수비용이 현행 1인당 325달러에서 930달러로 거의 3배나 폭등하기 때문에 7월 중 접수금지로 과중한 이민신청수수료를 물게 됐다.

◆ **잡혀있던 영주권 인터뷰 모두 취소** = 셋째, 이번 조치로 이미 잡혀있는 영주권 인터뷰들이 모두 취소됐다. 이민비자 불능상태로 선언되면 미 이민국의 영주권 인터뷰와 주한 미국 대사관 등 해외 주재 미 공관에서의 이민비자 인터뷰 일정이 취소된다. 이 때문에 수년간의 기다림 끝에 그린카드를 손에 쥘 것을 고대해온 취업이민 신청자들의 기대를 꺾어 놓고 수개월 더 기다림의 고통을 겪게 만들고 있다. 이들에 대한 영주권 인터뷰는 추후 영주권 문호가 열리는 것에 맞추어 일정을 다시 잡기 때문에 오는 10월 1일 이후로 최소한 서너 달 지연되게 된다. 다만 미 이민국은 근년 들어 영주권 문호가 닫혀 있어도 영주권 인터뷰까지는 진행시키고 영주권 최종승인 여부 결정만 미뤄왔기 때문에 이번에도 잡혀있는 영주권 인터뷰를 그대로 진행시킬 가능성은 있는 것으로 일부 이민전문 변호사들은 관측하고 있다.

◆ **체류신분유지 비상, 준영주권자 혜택 물 건너가, 자녀 에이지 아웃(age-out) 불리** = 넷째, 영주권신청서(I-485)를 접수하지 못해 수십 만 취업이민 신청자들은 미국 내 체류신분 유지에 다시 초비상이 걸리고 워크-퍼밋(work-permit) 카드 취득과 취업이 지연돼 심각한 피해를 입게 됐다. 특히 미국 내에서 이민수속을 진행 중인 취업이민신청자들은 I-485를 접수하지 못하게 됨에 따라 학생비자나 취업비자 등 체류신분을 계속 유지해야 하는데 큰 부담을 지게 됐다. 이와 함께 워크-퍼밋 카드를 취득할 수 없어 취업, 소셜 시큐리티 번호 취득, 이에 따른 준 영주권자의 혜택을 상당기간 받을 수 없게 됐다. 또한 21세를 전후한 자녀를 둔 취업이민신청자들은 자녀들의 에이지 아웃에서 상당히 불리해질 것으로 예상되고 있다. 미국정부의 엉터리 같고 황당한 이런 행정으로 취업이민신청자들이 막대한 피해와 고통을 당하게 되자 미국 이민법재단(AILF) 등 이민법 관련단체들이 연방정부를 상대로 법적 집단소송을 준비하고 있어 파장이 장기화될 것으로 보인다.

(출처- 라디오 코리아, 2007년 7월 3일)

미국 내 체류하는 외국인들의 가장 큰 원성은 이민국의 늦장 수속이다. 미국에 이주해온 이민자나 중장기간 체류할 목적으로 방문한 외국인들은 하루 빨리 자신들이 체류신분 변경 또는 연장이 이민국에서 승인되기를 바란다.

그러나, 이민국에서의 수속은 수많은 이민신청자와 체류신분 변경 또는 연장신청으로 항상 적체현상을 보인다. 미 이민국의 느림보 수속은 관료주의에 따른 부작용이라기보다는 이민국 내의 인력에 비해 신청서가 과도하게 접수되어 있기 때문이다.

　이민국에서도 이를 인지하고 개선하고자 노력하지만, 눈에 띌 정도로 개선되지는 않고 있다. 원래 〈이민국〉(US Citizenship & Immigration Services)은 국토안보부(Department of Homeland Security) 산하에 있는 한 조직이다. 한국으로 치면 하나의 '청'에 해당한다고 할 수 있다. 이민국은 원래 법무부 산하에 있는 이민귀화국(Immigration and Naturalization Services)에서 유래한다. 그러나 2001년 9·11사태 이후, 미국의 이민행정 시스템은 일대 대변혁을 가져왔다. 가장 핵심적인 변화가 이민귀화국이 법무부에서 떨어져 나와 새로 생긴 국토안보부 산하에 속하게 되었다는 점이다.

　이민국이 법무부에서 국토안보부 소속으로 가게 되었다는 것은 시사하는 바가 크다. 이는 이민정책을 법치하(法治下)의 귀속관계에 두기보다는 미국의 국가 안보에 더 무게를 두겠다는 상징적인 의미라 할 수 있다. 실제 이민국이 국토안보부로 편입되면서 보수적인 부시정부의 기조와 맞물려 위법성에 관한 논란을 불러일으킨 정책들이 시행되기도 했다.

　안보와 적법성은 항상 긴장관계에 있다. 어느 것이 더 우위에 설 수는 없고 최적의 긴장관계가 유지될 수 있도록 정책결정권자 및 시행자들이 항상 균형감각을 가지고 있어야 한다. 그러나, 이민정책의 재편 이후 오바마 정권이 들어서기까지 이민자들과 불법체류자들은 숨막히는 긴장감에서 지내야 했다. 법무부도 국토안보부의 과속에 적절한 브레이크를 걸지 못했다. 결국 남은 것은 사법부의 견제역할인데,

법원들은 이민정책의 광범위한 재량성을 인정하여 실제적인 견제 역할을 제대로 수행하지 못한 것이 사실이다.

나는 부시정부 이후 현재까지 이민정책과 실무를 접하면서 이민정책이 '브레이크 없는 벤츠' 처럼 느껴질 때가 많았다. 해외에서는 미국이 '다양성의 용광로' 라고 여겨서 훌륭한 이민정책을 편다고 생각하는 경우가 많지만, 그 이면에는 또 다른 모습이 존재한다.

위에서 언급한 이민국의 느린 수속은 사실 어제 오늘의 일이 아니다. 벌써 십수 년이 넘은 현상이다. 그럼에도 아직 근본적으로 문제가 해결되지 않고 있는 것은, 이민정책의 밑바탕에 깔려있는 짙은 '일방주의' 때문이라고 생각된다.

우리가 미국 대사관에서 비자를 신청할 때 알게 모르게 느끼는 감정은 대사관 뒤에 있는 미국이라는 보이지 않는 힘의 거대함과 거기서 나오는 일방성이라는 힘이다. 미국 내 이민희망자들이 느끼는 것도 그와 별반 다르지 않을 것이다.

실제 미국 정책권자들과 이민국의 정책흐름들을 보면 미국 내 이민자나 희망자들에게 그들이 '서비스' 와 '편의' 를 제공한다는 관념보다는, '너희들이 권리를 누리려면(불편하건 말건) 당연히 우리가 제시하는 길로 따라와야 한다' 는 일방주의가 짙게 깔려 있는 것 같다.

2009년을 보면, 이민국의 직원 수는 10,620명, 일년 예산은 26억 달러였다. 언뜻 보면 인원과 예산이 많은 것 같지만, 연간 수백만 건의 수속신청서가 접수되는 것에 비하면 1만 명이란 인원은 결코 많은 것이 아니다. 또한, 이민국의 접수비는 이민국 예산을 충당하기 위해

책정되는 배경을 가지고 있어서 연방정부의 보다 많은 예산배분을 제한하고 있다. 현재의 만성적인 서류 수속현상 적체를 해소하기 위해서는 반드시 인원을 대폭 늘려야 한다. 인원을 늘리기 위해서는 당연히 돈이 필요하다. 그러나, 아직까지 원활한 업무를 수행할 수 있을 정도의 인원보강이나 예산배정이 나오고 있지는 않다.

미국 내에 체류하는 외국인들은 항상 이민국의 느린 수속에 대해 불만의 목소리를 높이고 있지만, 이들의 목소리가 그냥 묻히고 있다. 그 많은 미국 내 외국인들의 목소리가 소수의 목소리로 전락하면서 울림이 없는 반향에 그치고 만 것이다.

2. 조직 간의 업무 부조화

"변호사님, 영주권 카드에 있는 내 이름의 영문표기가 잘못되어서 나왔는데 어떻게 해야 됩니까?"

어렵사리 영주권을 받았는데, 영주권 카드에 이름의 영문표기가 잘못되어 난처해져서 오는 클라이언트가 종종 있다. 이는 이민국의 실수로 그럴 때도 있고, 준비한 신청서에서 처음부터 잘못 명시되어 발생하는 경우도 있다. 서류작업이 꼼꼼하지 못했기에 발생한 실수일 때가 많기 때문에 변호사는 정말 서류작업에 꼼꼼해야 한다. 성격이 꼼꼼한 사람은 대하기가 피곤하기 때문에 피하고 싶어 하는 경향이 있지만, 일 처리에 있어서는 빈틈이 없어야 한다.

그럼, 실제적으로 영주권 카드에 본인의 이름이나 생년월일이 잘못

표시되어 있으면 어떻게 처리할까. 우선 영주권 카드 원본을 반납하면서 카드를 재신청해야 하기 때문에, 신청서를 다시 작성해서 중앙 이민국에 보내야 한다.

만약 영주권 수속을 하던 중 실수가 발생했다면 거주지에 따라 접수가 달라진다. 신청자가 동부 및 남부에 거주할 때에는 텍사스 주에 있는 달라스로, 서부 및 중서부에 거주하고 있으면 네브라스카 주에 접수해야 한다.

이민국에서의 실수로 인한 것이면 카드신청 시 $450이라는 접수비를 낼 필요가 없지만, 그렇지 않은 경우에는 접수비를 다시 내야한다. $450이면 원화로 약 47만 원. 일반 서민들에게는 결코 적은 돈이 아니다. 한국에서 이런 종류의 실수로 50만 원에 가까운 돈을 다시 내라고 한다면, 아마 그 행정관청은 민원인의 뜨거운 항의를 받아야 할지도 모를 일이다.

이러한 영주권 카드 신청서 상의 실수는 따지고 보면 많은 시간을 소요하여 재심사를 할 정도로 심각한 사안은 아니다. 2014년 현재 영수권 카드의 발급은 재발급을 포함하여 정정된 새 영주권 카드를 발급해주는 데만도 6개월 이상이 걸린다. 단지 이름상의 오류를 교정하는 데만 무려 6개월을 기다려야 하는 것이다. 또한 $450이라는 접수비도 경우에 따라 내야한다. 이는 사안의 경중에 비해 너무 많은 시간과 돈이 소비되는 경우라 할 수 있다.

이때에는 그냥 신청자가 소속된 주에 있는 지방 이민국 필드 오피스(field office)에 가서 정정 신청을 하고 그 필드 오피스에서 공동 전산망에 수정 사항을 올리고, 카드 자체를 발급하면 훨씬 시간과 절차가 단축될 것이다. 그럼에도 이민국은 네브라스카 서비스센터에서만 미국 전역의 영주권 카드 재발급을 담당하고 있다. 미국 전역의 영주권카드상의 오류신청과 재발급 신청이 이 한 곳으로 집중되고 있으니 당연히 적체가 되는 것이고, 중앙관서와 지역부서와의 업무 분할이 능률적으로 안 되는 이유라 할 것이다.

또 다른 문제는 신청서의 타 지역오피스로의 이관이다. 이민국은 가장 상위조직으로 전국에 네 군데의 광역서비스 센터가 있다. 동부 지역을 관장하는 버몬트 서비스 센터(Vermont Service Center), 남부지역을 관장하는 텍사스 서비스 센터(Texas Service Center), 서부를 관장하는 캘리포니아 서비스 센터(California Service Center), 중서부 지역을 관장하는 네브라스카 서비스 센터(Nebraska Service Center)로 나누어져 있다.

어느 한쪽 광역서비스 센터의 신청서가 몰려 수속심사에 적체현상이 일어나면 예고 없이 적체가 덜한 다른 광역서비스 센터로 신청서를 이관한다. 한쪽에서 적체가 일어나면 원활한 업무를 위해 다른 지역에서 신청서를 넘겨받아 진행하는 것이 능률적인 것은 사실이다. 그러나, 문제는 신청서류를 이전하면서 신청서를 분실하거나 수속이 더 지연되는 경우가 종종 발생하는 점에 있다. 신청서의 적체가 생길 경우 신청서들을 타 광역서비스센터로 이관하는 것이 유일한 방법인가는 생각해 볼 문제이다.

이민국에 제출하는 서류에는 영주권 신청서를 비롯하여 수많은 종류의 신청서 양식이 존재한다. 그런데 위에서 말한 지역별 광역서비스 센터가 오로지 신청자의 거주지 주소를 기준으로만 해당하는 지역의 모든 종류의 신청서를 취급하는 것은 아니다.

예컨대 소액투자비자청원서(E2)는 미국 내에 청원자의 주소지를 불문하고 단일하게 캘리포니아 서비스센터에서만 접수를 받고 심사를 한다. 또한, 전문직청원(H1B)의 경우 버몬트 서비스센터와 캘리포니아 서비스 센터 두 군데에서만 심사를 하고 있다. 그에 반해 가족초청이민청원서(I-130)는 시카고에 소재한 이민국에서만 심사를 한다.

미국 내 외국인들에게 어떤 이민서류를 어디에 접수시켜야 하느냐라고 물으면 십중팔구는 모른다고 대답할 것이다. 접수를 받는 곳이 서류에 따라 제각각이니 너무 복잡해서 기억하기가 힘들다. 밖에서 보기에 이민국의 업무 분담에는 어떠한 논리가 존재하지 않는 것 같이 보인다. 신청자들도 항상 어느 이민국 오피스에 접수를 해야 할지 혼란스러워 한다. 심지어 변호사 측에서도 가끔 서류를 엉뚱한 이민국에 보내어 반송을 받는 경우도 있다. 따라서 이민행정을 개선하려면 신청서마다 다른 담당 이민국을 최대한 단순화해야 한다.

이러한 복잡한 서류접수체계는 신청인들의 편의를 우선적으로 고려한 것보다는 접수를 받고 수속하는 이민국의 내부사정에 먼저 우선순위를 두기 때문이다. 앞서 말한 보이지 않는 '일방주의'가 여기에도 작용하고 있는 것이다.

3. 복잡한 이민국 서류신청 접수비 체계

미국 현지의 한인동포들은 물론이고 해외에서 온 유학생, 현지 해외 인력들이 가장 많이 신청하는 청원서(비자)가 전문직 청원서(H1B)이다. 매년 65,000개의 비자쿼터만 할당되기 때문에 신청이 65,000개를 넘어설 경우 추첨에 들어가서 당첨되는 신청서만 심사를 한다.

따라서 매년 연초가 되면 변호사 오피스들은 전문직 청원서 준비로 분주하다. 전문직 청원서는 4월 1일부터 접수를 받기 시작하여 약 1주일 정도만 접수를 받는다. 만약 이민국 접수비 금액이 잘못 납부되는 등의 작은 실수를 하여 청원서 서류가 반송된다면 아예 추첨의 기회조차 못 받고 주저앉을 수 있기에 여간 조심하지 않으면 안 된다.

문제는 전문직 청원서의 접수비 내역이 복잡하다는 데 있다. 보통의 전문직 청원서 접수비 내역을 구체적으로 보면, I-129라는 서류양식의 접수비 $325, 이민사기방지 기금 $500, 데이터컬렉션 비용 $750(25인 이하의 종업원을 가진 고용주일 때) 또는 $1,500(26인 이상의 종업원을 가진 고용주일 때)로 구성되어 있다. 여기에 전체 종업원의 50% 이상이 전문직(H1B) 신분을 가지고 있다면 위의 정규 접수비 외에 1인당 $2,000을 더 내야 한다. 이게 다가 아니다. 만약 접수일로부터 15일 안에 이민국에서 결정을 내리는 급행수속(Premium Processing)을 선택해서 진행하고자 하면, $1,225을 더 내야 한다. 이렇듯 전문직 비자(청원서)의 접수비 체계가 너무 복잡하여 신청자들이 잘 이해를 못하거나 잘못된 금액의 접수비를 가지고 오는 경우가 허다하다.

또한, 각 이민국 신청 서류양식마다 접수비가 달라서, 보통 사람들의 경우 헷갈려할 때가 많다. 예컨대, 관광비자를 가지고 미국에 입국하여 관광신분을 연장하는 데는 $290의 이민국 신청비가 든다. 반면에 영주권자가 6개월 이상 장기간 해외여행시에 신청하는 여행허가서는 $455의 신청비를 내야한다. 또한 학생비자를 신청할 때에는 학생신분자 관리프로그램인 SEVIS 시스템에 등록해야 하는데 이 시스템에 등록할 때 이민국 접수비 외에 $200의 수수료가 따로 들어간다.

이민국의 서류 양식은 수십 가지가 되는데, 일반인들이 일일이 이양식마다 신청서류비를 다 체크하거나 기억하는 건 무리다. 물론 이민국 웹사이트에 다 열거가 되어 있기는 하다. 그렇다하더라도 인터넷을 잘 쓸 줄 모르거나 컴맹인 사람들이 접수비를 정확히 아는 것은 불가능하다.

이민국에서 어떤 서류양식은 왜 신청비가 비싸고 하필 그 금액을 부과했는지 논리적으로는 아무도 모른다. 아니 논리가 없다고 해야 맞다. 이민국 예산의 많은 부분을 미국 내 외국인들이 내는 접수비에 의존하는 이민국으로서는 운영을 위해서는 어쩔 수 없이 비싼 신청비를 받을 수밖에 없다. 그러나, 어차피 신청비 금액에 대한 일관된 논리가 없다면 신청인들의 혼란을 피하기 위해 신청비를 몇 가지로 대폭 줄이고 최대한 간소화하는 것이 바람직할 것이다.

4. 비싼 이민국 신청 접수비

2007년에 이민국은 그동안 유지되었던 이민국 서류 접수비를 대폭 인상했다. 인상 명목은 보다 빠른 이민국 수속을 위해서였다. 인상된 접수비로 보다 많은 인력을 충원하고 조직을 확충하려는 것이 주된 목적이었으나 이러한 이민국의 약속은 그야말로 거짓말이 되었다.

2007년 접수비 인상 이후 이민국의 수속이 빨라진 것은 하나도 없었다. 예전과 별반 차이가 없었던 것은 많은 사람들이 인정하는 공통적인 불만사항이다. 오히려 이후 급행수속을 신설하여 레귤러 접수비 외에 따로 $1,225을 내면 접수일로부터 15일 이내에 결정을 내릴 수 있는 절차를 마련했다. 차별화된 절차가 인력충원이 힘들었던 현실을 반영하여 어쩔 수 없는 선택이었기도 했지만, 2007년 접수비를 인상하려 했던 목적이 오히려 공염불임을 입증하는 꼴만 된 셈이었다.

현행 제도하에서 가장 비싼 접수비는 투자이민의 첫 단계 청원서 접수비로 $1,500, 우리 돈으로 약 150만 원의 접수비가 든다. 물론 이는 소위 돈 있는 외국인들이 영주권을 빨리 받기 위해서 미국 내 회사에 투자하는 것이기 때문에 그들에게는 150만 원이라는 돈이 크지 않은 부담일 수 있다. 그러나, 영주권신분변경신청서(I-485)의 접수비를 보면 이는 이야기가 다르다. 이 신청서의 접수비는 $1,070, 우리 돈으로 약 110만 원 가량 된다. 미국에서 영주권 수속에 변호사비와 이민국 접수비를 다 포함하면 대략 적어도 한 가족당 1천만 원 이상의 돈이 든다. 그 중에서도 큰 비중을 차지하는 것이 마지막 단계 서류인 영주권 신분변경신청서 접수비이다. 이 비용만 좀 덜 들어도 서민들에게는 큰 부담이 덜어지게 되는 셈이다.

　이와 같이 이민국 서류 접수비가 비싸면 당연히 돈이 없어서 영주권 수속이나 기타 이민관련 수속을 못하거나 제한받는 계층이 생긴다. 저소득 계층이 접수비를 못 내서 영주권신청을 못하는 문제를 방지하기 위해 미국의 연방 또는 주정부 차원의 보조금이 있는 것도 아니다. 미국의 연방 또는 주정부는 외국인 신분일지라도 일정한 범위의 의료 및 복지혜택이 주어지는 때가 있기는 하지만, 이러한 의료 복지 외에 이민국 관련 수속에서는 보조금이나 어떠한 호혜적인 정부혜택이 없기 때문에 하층민의 삶을 전전하는 외국인 노동자의 경우 정말 곤란한 상황에 빠지지 않을 수 없다.

　일반적인 민사소송의 경우 각 주의 법원마다 또는 연방법원에 따라 다를 수 있겠지만, 민사소송 제기 시의 소장 접수비(법원 인지대)가 대략 $300~400이기에 이와 비슷한 수준인 이민국 서류 접수비는 크게 형평상 문제가 없다는 반론이 제기될 수 있다. 이민국에 서류를 접수하려는 신청자들은 대부분 중 또는 하층의 외국인들이 대부분이고 이들의 평균소득 또한 정확한 통계치는 없지만 일반 미국시민들보다는 낮다고 보는 것이 상식적이다.

　높은 신청비의 문제로 이민국에 대한 접근성을 본격적으로 다루거나 이 주제가 미국 내에서 뜨거운 이슈로 대두된 적은 없다. 그러나, 비싼 접수비에 깔려있는 독선적인 자세, 일방주의적 사고, '여기는 미국이니 너희들이 미국 내에서 혜택을 받으려면 당연히 그만한 대가는 치러야 한다' 는 오만 아닌 오만이 깔려 있는 것 같아 씁쓸할 때가 많다.

5. 심사기준의 지나친 변동성

한 나라의 이민정책은 그 나라의 경제 및 사회적 상황이 반영되지 않을 수 없다. 전체 사회 분위기가 보수적으로 흐르고, 경제상황이 어려울 때에는 아무래도 이민정책의 문호가 눈에 보이지는 않아도 좁아지게 된다. 이것은 이민 또는 비자 심사 시에 심사관의 재량이 대폭적으로 엄격한 방향으로 흘러가는 것으로 나타난다.

2007년 리만브라더스 사태 이후 미국 경기가 추락하면서 투자비자 (E-2)와 전문직 비자(H1B)에 대한 심사가 대폭 강화되었다. 투자비자란, 소액을 미국 내에 있는 사업체를 인수하거나 투자하는 데 들어가는 비용을 지불해서, 그에 대한 사업체 운영이나 직무수행을 위해 발급되는 비자이다.

전문직 비자란, 신청자가 학사학위나 그에 상응하는 직장경력 이상을 소유하고 있고, 담당할 직무가 속성상 학사학위 이상을 요구하는 전문직일 때 발급되는 비자이다.

투자비자는 투자이민 −최소 50만 달러 이상이 필요하다−만큼의 큰돈은 없지만 한국에서 아파트 한 채 팔면 되는 정도의 재산을 가진 중산층 투자자들이 가장 많이 애용하는 비자이다. 전문직 비자는 보통 미국에 유학 와서 졸업하자마자 신청하는 미국 내 유학생들이 가장 애용하는 비자라고 할 수 있다.

그 전에는 이런 비자 발급에 큰 문제가 없었으나, 경기 침체가 계속되자 이민국에서 대폭적인 브레이크를 걸었다. 지나치게 까다로운 서류와 일정한 요건에 대해 법적인 소명을 요구하는 것이 다반사였다.

또한 불황기 동안 미국 대사관 비자발급을 담당하는 영사들이 이례적으로 투자비자에 대해서 심사를 깐깐하게 진행하였다. 이에 따라 투자금은 있지만 투자비자가 나오지 않아서 아예 미국에 갈 꿈도 꾸지 못한 사람들이 부지기수였다.

뿐만 아니라 이미 이전에 투자비자로 미국 내 사업체에 투자를 해서 사업체를 운영했지만, 경기침체 이후 연장을 하러 한국 소재 미국 대사관에 갔다가 투자비자의 연장 승인이 나지 않아 미국에 돌아오지 못한 사람들도 많았다. 이들은 모두 기존에 운영되던 사업체를 비자에 발이 묶여서 포기하거나 헐값에 매각할 수밖에 없었다.

그래서, 요즘에는 처음에 미국에 가는 비자를 승인받아서도 미국 내에서 신분(비자)를 연장할 때, 과연 승인받을 수 있는가 하는 의구심과 불안감을 누구나 가지게 된다. 그야말로 자기의 인생행로가 신분 연장의 결과에 달려 있는 것이 마치 로또 당첨을 기다리는 것 같다고 어느 클라이언트는 고백한 적이 있다.

보통 이민국에 서류를 접수하면 심사관의 입장에서 첫 신청서류만으로는 해소되지 않은 법적 또는 사실적 이슈가 있을 때, 추가증거요청통지서(Request for Evidence)를 발부한다. 변호사들 사이에서는 이를 머리글자만 따서 간단히 'RFE'라고 부른다.

RFE는 단순히 신청자가 추가로 제출해야할 서류를 간단히 리스트한 경우도 있지만, 추상적으로 어떤 법적인 조건을 소명하라고 하는 경우도 많다. 변호사들에게 있어 클라이언트가 후자의 요청이 많은 RFE를 발부받았을 때에는 굉장히 곤혹스럽다. 쉽게 소명해서 넘어갈 수 없는 경우가 많기 때문이다.

이러한 RFE가 2007년 경기 침체 이후에는 투자비자와 전문직비자 뿐만 아니라 영주권 신청서에 있어서도 대폭 증가했다. 경기침체 이전에는 거의 문제를 삼지 않았던 투자비자 연장 케이스들은 구구절절 법적인 이슈들을 제기하여 연장자체가 아예 되지 않을 만큼 관련 문제를 소명하라는 RFE가 발부된 경우도 많았다.

미국 내 한국사람들이 많이 이용하는 취업이민 1순위 특기자재능 영주권의 케이스들도 심사관마다 기준이 널뛰기를 보이는 대표적인 경우이다. 미국 이민법은 신청자가 자신의 분야에서 특출한 재능 (extraordinary ability)이 있다는 것에 대해 노벨상이나 아카데미상 같은 세계적으로 널리 권위가 인정되는 상을 수상했던지 아니면 충족시켜야할 여덟 가지의 법적인 조건을 제시하고 있다.

물론 이 여덟 가지의 조건을 모두 만족시켜야 하는 것은 아니고 세 가지 이상만 만족시키면 된다. 세 가지 이상의 조건을 만족시킨다고 영주권 신청이 자동 승인되는 것은 아니지만, 제출한 서류를 종합적으로 볼 때, 진정 뛰어난 재능을 가지고 있다는 것이 심사관에게 설득력 있게 다가올 수 있어야 비로소 심사관이 승인을 내린다.

문제는 이 분야의 영주권을 심사할 때, 뛰어난 재능이라는 기준과 이에 대한 증거자료를 바라보는 시각이 심사관마다 너무 차이를 보인다는 점이다. 예컨대 태권도 분야에서 세계적인 레벨의 대회에서 수차례나 입상한 경력자도 영수권이 거부되는 사례가 있다. 반면에 세계적인 수준의 대회에 입상한 경력도 없는 가운데 한국 내 주요 태권도 대회에서만 입상한 경력자는 영주권이 승인되는 경우가 있다. 객관적으로 봤을 때 전자의 태권도 경력자에게 후자가 현저히 떨어지는 경력을 가졌음에도 후자는 되고 전자는 영주권이 승인되지 않았던 것이다.

1순위 특기자 재능 영주권 신청에서는 이러한 모순된 상황이 종종 일어난다. 그래서 신청자들 사이에서는 '하나님께 열심히 기도하는게 제일 좋은 길이다' 라는 푸념 아닌 푸념까지 생겨나고 있다. 심사관의 주관적재량을 최대한 배제하고 객관적 심사기준을 확보하는 것, 모든 이민비자, 비이민비자에서 제일 중요한 것 같다.

6. 지나치게 많은 비자의 종류

미 이민법상 규정하는 비자는 A비자에서부터 V비자까지 무려 스물두 가지나 된다. 이민변호사들조차 모두 이들 비자에 대해 다 알고 있지 못하다. 변호사들도 이런데 하물며 일반인들이 오죽할까. 수많은 직종과 상황을 고려할 때 보나 정교한 접근을 위해서는 세분화된 비자 종류가 필요한 당위성은 있다.

그러나 현행 미국의 비자 종류를 보자면 지나치게 세분화되어 득보다는 실이 많은 것 같다. 비자 종류가 세분화되어 있다고 해서 신청자들의 조건을 모두 반영할 수 있는 것도 아니다. 사실 위의 스물두 가지 비자 중 신청자들이 많이 이용하는 비자는 다섯 가지에서 일곱 가지 정도밖에 안 된다.

비자의 종류가 지나치게 많으면 어떤 문제점들이 발생할까. 우선

전체 사회적 비용의 증가가 일어난다. 일반적으로 희소한 비자타입일수록 변호사비가 높다. 또한 희소한 타입의 비자이기에 이민국의 심사가 예상 밖으로 까다로워지면서 이에 따른 승인의 지연으로 시간적 비용이 신청자에게 발생한다. 게다가 너무 많은 비자의 종류는 일반인들이 접근할 수 없게 하여 합법적인 체류신분과 비자를 발급받으려는 준법태도를 저해하게 만든다. 시쳇말로 '아이고, 복잡하기만 하고, 변호사 살 돈도 없으니 그냥 불법체류 신분으로 머무는 것이 맘 편하지' 라는 부정적인 인식을 낳을 수 있다.

또 하나의 문제는 세분화된 비자종류는 심사를 진행하는 이민국의 입장에서도 비용을 발생시킨다. 심사관을 훈련 및 숙련시켜야 하고 이에 따른 비용의 증가는 필수적이다. 모든 심사관이 모든 분야의 비자를 꿰뚫고 있을 수는 없기 때문에, 정당한 심사를 진행시키기는 힘들다. 이런 문제는 해외에 있는 비자발급을 담당하는 영사들에게 똑같이 적용된다.

그나마 이민국 심사관들은 전문성이라도 있지만, 해외 영사들은 법률가 출신들도 아니고, 기본적으로 외교관들이기 때문에 이민법에 기반한 접근을 하지 못하는 경우가 많다. 영사들의 심사성향을 보면 일반화하기는 어렵지만 법적인 관점에서의 심사보다는 사실적 관점에서의 심사에 치우친 경우가 많다. 이러한 영사들이 스물두 가지나 되는 비자에 대해 균형적인 판단을 내리는 것은 불가능하다. 더구나 영사들은 이민국 심사관들보다 그들의 주권적 재량권을 더욱 많이 행사하여 납득하기 어려운 심사결과를 보이는 때가 종종 있다.

이렇게 비자의 종류가 많다보니 소위 이민브로커가 활개를 친다.

일반인들이 비자에 대해 정확한 지식을 가지기 힘들기 때문에, 달콤한 거짓말로 신청자들을 속이려는 이민브로커의 활동무대가 마련될 수 있는 좋은 환경이 조성될 수 있는 것이다. 비자의 종류가 너무나 많이 다르고 이에 따른 심사에 걸리는 수속기간도 천차만별이어서, 이민 브로커들이 비자 신청자들에게 "접수 후 딱 3개월 안에 영주권 카드를 손에 쥐어 드리겠습니다"라든지 "대사관 내에 커넥션이 있어서 확실하게 비자를 내 드립니다"라는 달콤한 거짓말이 통하는 것이다.

확실한 것은 다양한 비자는 신청자들의 입장에서는 여간 불편하지가 않다. 예컨대 학생비자는 심사기간이 2개월 걸리지만 전문직 비자는 5개월 이상 걸리기도 한다. 그러므로, 비자에 대한 상식이 없는 일반 신청자들은 혼동스러울 수밖에 없다.

7. 허술한 국경관리 시스템

미국의 국경관리는 국토안보부 산하 세관 및 국경보호처(Customs and Border Protection)에서 담당한다. 약 2만 명의 직원들로 구성된 이 부서에서 미국 각지의 공항, 항만 등에서의 외국인 출입국관리를 맡고 있는 것이다. 또한, 인접국가와의 국경지역 관리도 아울러 담당하고 있다.

그동안 국경지역의 인적자원을 통해 관리하는 데 집중되어 왔다. 특히, 멕시코 국경지역에서 밀입국 멕시코인들이 가장 많이 월경하는 중심 도시가 샌디에이고와 엘파소였는데, 이들 지역에 대폭적으로 감시인원을 배가하였고, 2001년 9·11사태 후부터는 국경지역 감시를 대폭적으로 증가시켰다.

그러나, 1,100km에 이르는 멕시코 국경지역을 순찰인력으로 통제 관리한다는 것은 현실적으로 한계가 있다. 이러한 관점 하에서 2010년 이후 미국은 국경안전지수(Border Security Index)를 도입하여 국경 관리를 인적자원에 의한 관리시스템에서 하이테크기술을 도입한 감시, 공중정찰 및 국경인근의 범죄율을 토대로 하여 지수를 산출하고 이를 토대로 국경을 관리 통제하는 것으로 변경했다.

이와 같은 미국의 국경관리시스템의 변화는 합리적인 것으로 보인다. 멕시코와 인접한 3,200km에 이르는 국경지대를 순찰원을 주축으로 감시한다는 것은 불가능에 가까웠는데 지난 20년간 미국의 국경관리 실태를 보면 전체적으로 볼 때 그 기능과 관리 시스템에 따른 효과는 배가되어 온 게 사실이다.

하지만 2010년 이후 대폭적으로 하이테크에 의존한 장비들이 도입은 되었는데, 이들 장비들의 기능이 제대로 작동하지 않아 감사에서 여러 번 지적되었다. 예를 들어 감시카메라의 경우 악천후 속에서 깨끗한 이미지가 송출되지 않아 문제가 된 사례가 많이 있었다. 뿐만 아니라 새 전자장비들을 작동하는 매뉴얼이 계속적으로 수정됨으로써 이를 운용하는 인력들에게 혼란을 가중시켜 왔다.[1]

따라서 새로운 전자장비 도입에 따른 예산의 증가에 비해 실제적인

---

1) https://www.americanprogress.org/issues/immigration/report/2010/04/1
   2/7659/securing-our-borders/

효과가 크지 않다는 비판론이 제기되었다. 각종 전자장비의 오작동과 실제 효과가 미달되는 문제는 연방정부와의 외부계약업체를 얼마나 잘 선정하는가의 이슈와 연관되어 있다. 기술이 발달된 미국의 전자장비의 회사가 큰 문제가 없을 것으로 예상되지만, 연방정부의 외부 용역업체의 기술이 문제가 된 사례는 그 전에도 자주 있었다. 가까운 예로 국무부에서 새로운 타입의 온라인 비자신청서를 도입했을 때, 초기 수 개월간 온라인 비자신청서가 제대로 작동되지 않아 전 세계에서 불만이 빗발쳤던 때가 불과 수년 전이다.

이러한 전자장비 도입과 균형을 맞추기 위해 멕시코와의 국경지대에 장벽을 쌓는 것을 추진하면서, 적어도 3,200km의 1/3에 해당하는 지역에 장벽을 건설하려고 했지만, 이 또한 비현실적이라는 비판에 직면해 있다.

현재 서부해안의 샌디에이고에서 뉴멕시코 주의 엘파소에 이르는 방대한 접경지역에 장벽이 설치되어 있다. 지역의 특성을 고려하지 않은 채 천편일률적인 펜스의 건설이 멕시코로부터 넘어오는 불법 밀입국자를 차단하기 위한 효과적인 수단인지는 의문이다. 어떤 지역은 첨단 전자장비가 더 효율적일 수 있고, 어떤 지역은 기후 때문에 전자장비보다는 물리적인 펜스의 설치가 더 효율적인 통제수단일 수도 있다.

보다 근본적인 국경통제수단의 좋은 사례가 있다. 미국 서부의 워싱턴주와 인접한 캐나다의 브리티시 콜럼비아주가 경제공동협력 지역연구기관을 창설하여 서로간의 문화적 교류와 협력을 증진함으로써 국경관리에 대한 다차원적인 접근으로 좋은 성과를 낳았다.[2] 광대한 국경지역을 어떻게 효율적으로 관리하고 통제할 것인가에 대해 아직도 미국의 국경관리정책은 진행중이다.

국경관리 정책과 또 다른 이슈를 낳고 있는 분야가 공항에서의 입국심사이다. 입국심사를 담당하는 곳은 국경관리보호처이다. 이들에게는 외국인의 입국을 재량으로 거부하고 본국으로 돌려보낼 수 있는 권한이 있다. 문제는 지나친 재량의 남용으로 영문도 모른 채 미국에 입국도 하지 못하고 돌아가는 외국인이 많다는 점이다. 입국심사관에게는 미 대사관에서 비자를 발급받았다 하더라도 비이민비자 소지자의 경우 미국에 영주할 의사가 있는 것으로 판단되면 입국심사 시에 얼마든지 입국을 거부할 수 있다. 이러한 기준의 대상자들은 주로 은퇴자, 직장이 없는 청년, 본국에 가족이 없는 사람 등이다. 그러나, 이러한 범주를 넘어서 출신국가별-테러로 인한 적성국가로 지목된 국가를 제외하고- 성별, 인종별 편견이 작용한 입국심사가 종종 이루어지는 것이 문제로 지목되어 왔다.

8. 국경보호처의 초법적 입국심사

루시 로저스는 2011년 12월 28일 캐나다와 미국이 인접한 뉴욕주의 국경지역으로 두 명의 농장일꾼들을 차에 태우고 데려다 주고 있었다. 그녀는 멕시코 태생이지만 미국 시민권자였다. 직업은 의료통역인으로서 농장의 노동자들을 위해 의료통역을 도맡아 하고 있었

---

2) Id.

다. 따라서 직업상 농장의 노동자들을 자주 차에 태워서 농장의 노동자들 집이나 일터로 직접 데려다 주고는 했다.

이 날 국경보호처 순찰원이 로저스의 차를 세우고는 불심검문을 실시했다. 이때 로저스는 미국시민권자인지를 증명할 수 있는 서류 제시를 요청받고, 뉴욕주의 운전면허증을 국경보호처 순찰원에게 보여주었다. 반면 동승한 두 명의 농장 노동자들은 자신들의 이민법상 신분을 증명할 수 있는 서류를 제시하지 못하여, 로저스를 비롯하여 모두 근처의 구금시설에 구금되었다.

순찰원은 로저스가 멕시코 태생인데다가 불법체류자로 추정되는 농장 노동자과 함께 있는 것에서 로저스를 불법체류자들을 국경지역에서 데려다주는 일종의 '운반책'으로 생각했던 것이다. 이는 순전히 로저스가 히스패닉 계열이라는 인종적 편견으로 인해 합리적인 증거도 없이 그렇게 단정짓고 로저스도 구금시켰던 것이다. 구금 직후 로저스는 자신의 차에 있는 네비게이션을 순찰원에게 건네라는 지시를 받았다. 이에 그녀는 잠시 망설였으나, 네비게이션을 건네지 않을 경우 무기한으로 국경보호처에 구금되어 있을 것 같아 네비게이션을 전달하였다. 그러나, 로저스의 네비게이션은 이후 그녀가 구금상태에서 풀려난 수개월 뒤에도 반납되지 않았다. 이에 로저스는 인종적 편견에 근거한 무차별 단속과 네비게이션을 반환하지 않는 것에 대하여 2013년 3월 미 연방법원에 국토안보부를 상대로 소송을 제기했다.

2011년 3월 11일 E.R.이라는 이름의 네 살 먹은 소녀가 워싱턴 DC

소재 덜레스 공항에 입국하다가 공항소재 국경보호처에 구금되었다. 이 소녀는 미국시민권자였고 할아버지와 함께 부모의 모국인 과테말라를 다녀오다가 할아버지의 이민법상의 신분서류에 문제가 있어서 구금초치가 취해졌다.

이 소녀는 20시간 이상을 영문도 모른 채 구금당하면서 공항에 있는 구금소에 담요도 제공받지 못하고 차가운 바닥에 떨면서 기다려야 했다. 기다리는 동안 쿠키와 탄산음료만 약간 받았을 뿐, 물과 충분한 음식을 제공받지 못했다. 더 큰 문제는 두려움에 떨면서 자신의 부모와 14시간 이상 접촉을 하지 못하고 혼자 차가운 바닥에 떨면서 지내야 했던 것이다.

국경보호처에서는 이 소녀의 아버지와 접촉하면서 소녀가 과테말라 본국으로 돌아가던지 아니면 버지니아주 소재 입양센터에 갈 수밖에 없다는 두 가지 선택을 주었다. 입양센터에 아이를 보낼 경우 영원히 부모 품으로 돌아오기 힘들다는 염려 때문에 할 수 없이 소녀의 아버지는 미국 시민권자인 딸을 과테말라로 보낼 수밖에 없었다. 이후 소녀는 구금 동안의 극심한 정신적인 스트레스로 인하여 의사로부터 트라우마 진단을 받게 되었고, 이에 부모가 연방법원에 국토안보부를 상대로 소송을 제기했다.

앞서의 든 예들은 국경보호처가 자행하는 수많은 부당한 사례의 한 단면일 뿐이다. 입국심사절차에서 보여주는 국경보호처의 문제는 다음과 같이 요약된다.

첫째, 차별에 근거한 입국심사가 행해지고 있는 것,

둘째, 입국심사의 적체현상이 지속적으로 발생하고 개선되지 않는 점,

셋째, 구금절차 및 구금시설 내에서의 불법적 행위를 국경보호처 스스로 자행하고 있다는 점을 들 수 있다.

차별에 근거한 입국심사에 대해서는 국경보호처는 자체의 고유한 심사기준에 근거하고 이를 기준으로 이미 위험인물군에 들어온 사람들에 대해 차별 없이 심사는 행해지고 있다는 식으로 이야기한다. 그러나, 이를 곧이곧대로 믿는 사람은 거의 없다. 공항에서의 입국심사는 고압적이고 일방적인 분위기로 진행되는 경우가 다반사다. 물론 합법적인 절차가 준수되지 않는 경우도 많다.

필자의 클라이언트들 중에도 공항에서 2차 입국심사(secondary inspection)에 가서, 불법적인 목적으로 미국에 입국했음을 자백하라고 직·간접적 협박성 발언을 국경보호처 심사관들에게 몇 시간 동안 들은 분들이 있다. 한 명이 아니라 수 명의 덩치 큰 심사관들이 들어와서 한꺼번에 불법입국이 목적이라는 한 방향으로 몰아세우면서 발견되는 모든 증거들은 가능하면 자신들의 자의적 해석에 유리한 방향으로 몰아붙이는 경우가 다반사다.

물론 모든 국경보호처 직원들이나 심사관들이 그런 것은 아닐 것이다. 어느 조직이나 과도한 재량권을 행사하는 공무원들이 있을 수 있는데, 문제는 이를 적절히 감독하고 감사하는 기관이 있는가, 있다면 그 기능을 잘 수행하고 있는가라는 점이다. 불행하게도 국경보호처의

재량권의 과도한 행사에 대해 그러한 감사나 감독, 감시가 적절히 이루어지지 않고 있다. 더구나 9·11 사태 이후 테러방지, 국가안보라는 큰 공익이 우선시 되고 있기 때문에 다른 '사소한' 권리들은 뒤로 밀리는 경우가 흔하다.

관련된 문제로서 자주 지적되는 것이 공항에서 2차 입국 심사에 회부되었거나, 강제출국에 놓여 있는 입국자들에게 변호사의 도움을 받을 수 있는 권리가 제한되는 점이다. 간단히 말해서 이들에 대해서는 아예 변호사조력권이 주어지지 않는다. 정확히 말하면 국경보호처는 변호사조력권을 거부하고 있다.

국경보호처의 논리는 간단하다. 공항 또는 항만에 존재하는 입국심사장은 말 그대로 국경일 뿐 미국의 영토는 아니라는 것이다. 따라서 미국 영토 내에서 존재하는 수정헌법 제4조상 부여되는 변호사 조력권은 외국에 있는 외국인에게는 적용될 수 없다는 입장이다.

그렇다면 다른 제3국이 최종 목적지이나 미국에서 잠시 환승하는 승객들은 어떨까. 만약 환승객들이 비행사의 비행스케줄 때문에 공항에서 떨어진 호텔에서 묵게 되었는데, 입국심사상의 문제가 생겨서 2차 심사를 받게 되는 경우는 어떻게 되는가 하는 것이다.[3]

환승객의 경우 공항에서 멀리 떨어져 있기 때문에 이미 미국영토에 들어왔고 따라서 수정헌법상의 변호사 조력이 인정되어야 한다는 논거가 있을 수 있다. 이에 대해 국경보호처의 입장은 공항 등 입국심사장에서 반경 160km 내는 입국심사장의 연장된 공간으로 간주되며 여전히 '국경'이라는 개념적 라인에 외국인이 있는 것이기 때문에 변

---

3) 참고로 미국의 입국정책은 환승객들도 입국 심사를 받게 하고 있다.

호사조력권이 주어지지 않는다는 것이다.

입국심사에 있어서 이슈가 생겨 2차심사를 별실에 가서 받게 되면, 미국의 이민법과 입국절차에 문외한인 외국인은 당연히 극도의 불안감과 정신적 고통에 떨 수밖에 없다. 그런데 법적으로 변호사의 조력권이 주어지지 않는다면 당연히 일반 외국인들은 불리한 위치에 놓이고, 불이익을 받을 가능성이 높아진다. 국경보호처의 탈법적인 심문과 행태가 공공연하게 행해지고 있는 마당에 변호사의 조력권은 보장되는가 여부는 매우 중요한 문제이다.

또 다른 문제는 입국심사의 적체이다. 입국심사의 적체는 비단 어제 오늘만의 일은 아님에도, 입국심사의 적체현상이 개선될 기미는 전혀 보이지 않는다. 여행객들의 생각이나 불만은 애초에 안중에도 없는 듯하다.

입국심사의 적체를 해소하기 위해서는 무엇보다도 입국심사 담당직원 등 인원증원이 우선이지만, 미국이 처한 현실은 호락호락하지 않다. 미 의회는 공화당과 민주당의 이념적 대립이 항상 충돌하고 있고, 이러한 이념적 대립의 표출의 가장 대표적 사례가 이민정책과 국경보호처 등의 예산 및 인원 증가이다. 한마디로 국경보호처의 인원증원과 예산증대는 이 양당의 이념적 희생이 되어 항상 요원하기만 하다.

근본적으로 입국심사 적체문제를 풀기 위해서는 입국심사관들의 증원이 필수적인데도 예산을 좌지우지하는 의회에서는 국경보호처 인원증대를 위해 예산을 늘리는데 굉장히 인색한 입장을 표명해 왔다. 미 공항들 내에 패스포트-키오스크(passport kiosk)를 설치하여 입국심사를 간소화하는 데 많은 노력을 기울여 왔지만, 아직도 전체적으로는 입국심사 시간이 크게 단축된 것은 아니다.

9. 불법체류 구금자에 대한 가혹행위

미국은 과연 인권국가인가. 실무에서 일을 하면서 별의별 유형의 케이스를 접하면서 자괴감 섞인 이런 질문을 한 적이 한두 번이 아니었다. 격식 없이 따뜻한 미소를 지으며 아침에 커피 한 잔 하라고 권하는 옆집 죠 아저씨 같은 소박하고 친절한 미국인이 있는 반면, 냉엄하다 못해 잔인하기까지 한 미국 정부, 특히 외국인을 상대로 하는 기관들의 무자비한 인권유린 사례를 보면 짙은 회의가 들 때가 한두 번이 아니다.

미국에서는 불법체류자들에 대한 구금절차와 구금시설에 많은 문제점을 보여왔다. 불법체류자들이 국경보호처 또는 이민세관단속국(Immigration and Customs Enforcement)의 불심검문에 걸려 체포되면 최종 구금시설로 구금되기까지 보통 수 일 많게는 일주일 이상 걸리기도 한다.

문제는 체포되어 최종 구금시설에 보내질 때까지 가족 등 외부인과의 접촉이 일체 허용되지 않는 데 있다. 체포 후 최초 수일간은 가족들이 행방조차 알 수 없는 문제가 생기는 것이다. 구금된 본인이 극심한 불안과 정신적 스트레스를 겪는 것은 두말할 나위가 없다. 게다가 행방조차 모르는 가족들의 고통도 마찬가지로 클 수밖에 없는 것이다. 최종 구금시설에 안착될 때까지, 구금인들은 제대로 먹고, 휴식하고, 외부와 연락할 수 있는 최소한의 인간으로서의 기본권조차 보장받지 못한다. 인권국가라고 대외적으로 선전하고, 중국에 북한에 인권문제를 개선하라고 목소리 높여 외치고 있는 미국이 미국 내 소수자인 불법체류 외국인들에 대해서는 정작 인권문제를 등한시하고 있다.

2014년 5월 24일 뉴욕타임즈는 1면 기사로 구금시설에 구금되어 있는 불법체류 외국인들이 정당한 임금도 받지 못하고 불법노동행위의 희생양이 되고 있다고 대대적으로 보도했다. 보도에 의하면 이들 구금자들은 주방 및 세탁에 관련된 일에 배치되어 하루 $1 또는 그 이하의 임금으로 노동을 착취당하고 있다고 한다. 미 연방정부에서는 이러한 노동프로그램이 구금자들이 자의에 의해 자발적으로 참여하는 것이라고 하지만, 이 말을 액면 그대로 믿는 사람은 아무도 없다. 거의 강제적으로 최저임금에 훨씬 못 미치는 강제노역에 내몰리고 있는 것이다.

미 정부의, 특히 이민국의 일관된 정책은 노동을 할 수 있는 법적인 증명서류 없이는 미국 내에서는 노동에 종사할 수 없다는 것이다. 즉 미국 내 불법체류자들은 노동을 할 수 있는 신분이 아니기 때문에 합법적으로 일을 할 수가 없다. 그럼에도 불구하고 미국 정부는 구금시설에 구금된 불법체류 외국인들에게 일을 시키는 이율배반적인 정책을 실시하고 있는 것이다. 2014년 현재 미국에서는 약 5,500명이 이러한 반강제적 형태의 노동에 내몰리고 있다. 반 강제적 노동참여 프로그램을 거부할 경우 구금소 내에서 유·무형의 불이익이 돌아오는 것은 물론이다. 법적인 조력을 못 받는 이들의 선택은 결국 일을 할 수 밖에 없다.

지금까지 보았듯이 국경보호처나 이민세관단속국이 가지고 있는 현재 문제점들은 결국 법의 사각지대를 얼마나 축소하고 남용되고 있는 재량권의 행사를 통제가능한 범위로 얼마큼 가져오는가 하는 문제일 것이다. 사법권과 판례가 발달된 미국에서조차 이민세관단속국과 국경보호처의 조치에 대한 사법심사가 제대로 시행되고 있지 않다는 것은 우리에게 시사하는 바가 크다. 합리적인 사법적 감시와 통제로 얼마나 재량권 행사를 견제하느냐에 따라 불법체류 구금자들의 인권과 생명, 자유가 좌우된다고 하겠다.

2장

미국의 이민정책의 현주소는?

1. 미국의 이민 및 교육정책의 다섯 가지 기둥

미국의 이민 및 교육정책의 이면을 보자면 다음과 같은 다섯 가지의 큰 기둥이 있다.

첫째, 대학이 글로벌 과학인재를 모으기 위한 전략적 교두보로서의 역할을 한다.

둘째, 정부는 대학에 모인 인재들에게 최적의 학업환경이 조성되도록 최대한 재정적·제도적 보조를 해준다.

셋째, 학생들이 학업을 수행하는 데 맞춘 비자프로그램을 제공한다.

넷째, 배운 학업을 실무에 적용시켜 실습을 할 수 있는 제도적 장치를 제공한다.

마지막으로, 고도의 전문인력의 조건을 충족시키는 사람들에 대해서는 영주권을 제공한다.

위의 다섯 가지 기둥들은 시간적으로, 그리고 배움의 과정으로 연계되어 있다. 미국의 경우 세 번째에서 다섯 번째에 해당하는 제도적 장치들이 보완되어야 할 점들이 많다. 그럼에도 지금까지 글로벌 과학인재들을 유치하고 미국 내에 장기 체류하게 함으로써 미국의 국가 경쟁력을 낳는데 큰 순기능을 하고 있다. 우리도 단기성 인재유치안에 집중하여 미미한 결과를 낳는 제도에 아까운 혈세를 낭비할 것이 아니다.

미국의 무서운 점은 정책결정과정에 있다. 최적의 이민정책과 교육정책의 조합을 생산하기 위해 의회, 학계, 연구소, 산업계의 엘리트들이 모여 세밀한 추진 전략과 최선의 결론을 도출하기 위한 충분한 정책적 논의를 한다. 한국처럼 잘 해야 공청회 몇 차례 하고 정책방안을 만들거나 아예 공청회도 없이 관련 행정부서에서 독자적으로 입안하는 것과는 다르다.

첫 번째 기둥인 대학이 글로벌 인재를 리크루트하는 전략적 교두보라는 것에 이의를 제기할 사람은 없을 것이다. 현재 우리의 대학은 미달 정원을 보충하느라 급급하여 가까운 중국과 동남아시아로부터의 학생을 모집하고 있는 것이 현실이다. 여기에 글로벌 인재를 모은다는 개념은 없다. 중국을 비롯하여 아시아권 나아가서는 글로벌 차원에서의 우수 학생을 유치하기 위해서는 한국의 대학들이 일본, 미국 대학들보다 강점이 있어야 한다.

현실적으로 대학교 전체가 영미권의 대학들보다 단시간 내에 우수성을 확보하기는 힘들 것이다. 부분적인 강점을 보일 수 있는 부분을 찾아서 집중 육성하고 이를 바탕으로 글로벌 인재들을 불러들이는 것이 더 현실적인 방안이다. 교육정책적인 논의는 이 책의 논의와 필자의 전문성을 벗어나는 것이므로 자세한 논의는 여기서 그만 두기로 하지만, 이 부분에 있어서 관련 학자들과 정책당국자, 학교 측의 치열한 고민과 논의가 있어야 할 것이다.

두 번째 기둥인, 불러들인 해외 STEM(STEM이란, Science(과학), Technology(기술), Engineering(공학), Mathematics(수학) 분야를 뜻하는 영어의 이니셜만 따서 지칭하는 것이다) 인재들에 대한 정부의 재정 보조는 아주 중요하다. 학업을 성공적으로 수행하기 위해 재정과 의료, 복지분야에서의 든든한 보조는 큰 디딤돌이 된다. 미국의 경우 연방정부 차원의 복시혜택도 있고, 주 정부 차원의 복지혜택도 있다. 학생들을 포함하여 저소득층에 대해서 전기세, 식료비 보조 및 지원이 제도적으로 마련되어 있다.

또한, 응급상황으로 병원에서 치료를 받았으나 치료비를 감당하지 못하는 경우에도 비록 외국인 신분일지라도 소득 정도에 따라 대폭적인 의료 감면 혜택을 받을 수 있다. 대학교나 대학원 레벨의 경우 대부분 저렴한 비용으로 좋은 프로그램의 의료보험을 제공하고 있기 때문에 의료비 문제로 학업에 문제가 되는 경우는 많지 않다.

학업을 수행하면서 임신한 경우 WIC(Special Supplemental Nutrition for Infants and Children) 프로그램의 수혜자가 되면 아이의 양육과 산모의 건강유지에 필요한 식료품 구입을 위해 매달 일정 금액 한도 내에서 전액 무상으로 지원을 받는 제도도 있다. 미국의 경우 이렇게 다양한 의료, 복지 혜택들이 있는데 우스갯소리로 '몰라서 못 이용한다'는 말도 심심찮게 있다.

세 번째 기둥인 학업수행에 필요한 비자 프로그램의 마련이다. 미국에서 학업수행에 필요한 비자는 학생비자, 즉 F-1 비자이다. 모든 비자의 핵심은 비자의 기간인데, 미국의 학생비자는 구체적인 기간의 제한이 처음부터 있는 것이 아니라 학업을 수행하는 한 지속되는 것으로 명시한다. 학생비자의 목적인 학업은 정규학위 과정뿐만 아니라 영어를 배우는 랭귀지 코스까지 포함하는 개념이다.

2013회계연도 기간 동안 미 국무부에서 발행한 학생비자는 69만 4천여 건에 이른다. 한 해 약 70만 명의 외국학생들이 미국에 온다는 얘기다. 학생들은 소득이 없기에 미국 경제에 큰 이득이 없을 것 같지만, 실상은 그렇지 않다. 학생들이 미국에 와서 소비하는 경제적 가치, 졸업 이후에 이들이 벤처를 창업하거나 기업체에서 창출하는 지식적 가치는 미국의 대학과 정부에서 보조하는 비용을 훨씬 상회하고도 남는다.

최근 수 년 전부터 학생비자의 목적을 악용하여 남용한 사례가 미 이민국에 의해 많이 적발되었다. 입학허가서(I-20) 발급을 가진 미국 내 어학원의 경우, 학생들이 수업에 출석하지 않아도 허위로 출석한 것처럼 꾸며 학생들이 학생신분을 유지하게끔 하여 불법으로 운영한 사례가 많았다. 학생비자와 외국인 유학생들의 관리에 있어서 현실적으로 많은 편법과 불법들이 생겨났다. 학업의 목적보다는 단순히 미국에 눌러 앉기 위한 전 단계로써 학생비자를 받고 어학원에 등록을 하는 것이다.

이러한 사례를 미국의 정책당국에서는 인지를 하고 있으면서도 엄정한 단속과 시행의 보완을 가하고 있지만, 학생비자제도의 근본 자체는 수정하고 있지 않다. 왜 그럴까. 외국인 학생들을 유치하고 이에 따른 경제적 파급효과를 누리기 위해서이다. 이들 외국학생들이 나중에 졸업하면 취업하고 결국 미국의 사회, 경제에 긍정적 효과를 끼치기 때문이다. 바로 이것이야말로 미국이 가지고 있는 인력 경쟁력이 나오는 근원점이자 출발점이다.

2. 미국 내 STEM 인력의 서바이벌 게임

STEM 분야를 육성하는 것은 국가의 경쟁력 확보와 직결한다. 미국의 STEM 분야 석·박사 과정에 재학 또는 졸업한 외국인 유학생들의 특징이 있다. 이들이 대부분 우수한 성적으로 졸업하지만, 졸업 이후 졸업생이 미국 사회에 남는 비율이 어느 정도인지, 어떤 분야에서 활동을 하는지에 대한 정확한 통계는 없다. 그러나, 많은 STEM 분야 학위를 가진 졸업생들이 실리콘 밸리 등에서 벤처기업을 창업하는 특징을 보인다. 이들은 대단히 역동적이며 확실한 동기부여가 되어 있어 기술개발과 경제에 큰 파급효과를 끼친다.

이들 벤처창업자들이 겪는 가장 1차적인 문제는 비자문제이다. 현재 미국 비자시스템에서 자신이 회사를 세워 벤처기업을 해 나갈 수 있게끔 하는 비자는 투자비자(E2)가 유일하다. 문제는 투자비자 자체가 '상당한 금액(substantial money)'의 투자를 법적인 조건의 하나로 제시하는 데 있다.

상당한 금액이 얼마인지 구체적인 법규정은 없다. 실무에서는 대략 최소 10만 달러는 넘어야 하는 것으로 보는 경우가 많다. (이에 대해서는 뒤에서 자세히 언급하기로 한다.)

갓 졸업한 유학생이 상당한 금액의 투자금을 재력가인 부모로부터 받지 않는 한 자력으로 마련하기는 불가능하다. 외국유학생들이 미국 내 기업에 취직할 때 가장 많이 이용하는 전문직비자(H1B)는 창업을 하여 창업주가 스폰서가 되는 것을 허용하지 않는다. 따라서 STEM 분야에서 석·박사 학위를 끝낸 학생들이 자유롭게 창업을 할 수 있는 비자제도의 마련이 필요하다.

STEM의 석·박사 학위과정을 졸업한다 하더라도 미국에서 영주권을 취득하는 문호는 넓지 않다. 미국 이민법상, 취업하게 되었을 때 영주권을 부여하는 취업이민의 경우 1순위에서 5순위까지의 취업이민의 종류가 있다. 이중에서 STEM 학위 석 박사급 이상이 가장 많이 이용하는 취업이민은 1순위와 2순위 NIW의 취업이민이다.

1순위 취업이민은 흔히 해당분야에서 탁월한 재능(extraordinary ability) 보유자들을 위한 영주권 제도이다. 2순위 NIW(national interest waiver)는 프로페셔널에 해당하는 고학력 보유자 또는 뛰어난 재능(exceptional ability)을 보유한 사람으로서 과학, 공학, 비즈니스 등의 분야에서 미국의 국익에 기여할 수 있는 신청자들을 대상으로 한다.

여기서 프로페셔널에 해당하는 고학력자란 학사 학위를 보유하고 연관 분야에서 5년 이상의 경력을 가지고 있는 사람 또는 석사학위를 보유하고 있는 사람을 뜻한다. 이와 같은 조건을 충족하는 사람들에 대해서는 일반 취업이민 수속 중 첫 단계인 노동허가서를 신청하여 허가 받아야 하는 조건을 면제 받고, 바로 2단계인 이민청원서를 신청할 수 있다. 2014년 현재 노동허가서를 신청하여 승인받는데 대략 1년 정도 걸리는 점을 감안하면 노동허가서를 받아야 하는 조건을 면제받는 것은 영주권 전체 수속을 놓고 볼 때 매력있는 조건이다.

문제는 STEM 학위자들이 많이 신청하는 1순위 및 2순위 NIW 취업이민 영주권이 받기가 까다롭다는 점이다. 뿐만 아니라 법적인 조건이 있지만 심사관마다 자의적으로 기준을 적용하는 경우가 많아 승인될지에 대해 결과를 예측하기 어렵다는 난점이 있다. 수속기간도 짧지가 않다. 케이스마다 다르기는 하지만 대략 접수한 날로부터 10개월에서 1년 정도는 걸린다. 여기에 접수할 서류 및 기타 관련 서류들을 준비하는 데만 2~3개월이 걸리는 점을 고려하면 결코 짧은 기간이 아닌 것이다. 물론 다른 종류의 취업이민들보다는 두 배 내지 세 배 이상 빠른 게 사실이지만, 하루빨리 연구 및 현장에 종사해야 하는 STEM 학위자들로서는 1년이라는 세월도 길다고 할 수 있다. 영주권을 신청한 STEM 학위 종사자들 사이에서는 수속에 대해 한숨과 불만이 가득한 게 현실이다.

미국 정책당국자들의 고민은 여기에 있다. 개혁은 필요하지만, 공화당의 보수기조를 고려할 수밖에 없기 때문에 마냥 급진적인 영주권 정책을 마련할 수도 없는 입장이다. 반면 산업계에서는 우수 STEM 학위자들에 대한 수요가 계속 많고 필요하기 때문에 전폭적으로 영주권을 부여하게끔 해야 한다는 입장이다.

1순위 및 2순위 NIW 취업이민, 특히 STEM 학위보유자들에 대한 법제도적 개혁은 이루어진 적이 없다. 따라서 당연히 산업계의 절실한 요구를 담아내지 못하고 있는 것이 현실이다. 2014년 하반기에 오바마 대통령이 행정명령을 통해 일정한 자격에 해당하는 불법체류자들에게 추방유예가 되도록 하면서 동시에 STEM 학위자들에 대한 영주권 제도를 대폭 개선할 예정이라고 발표하였다. 어떤 모습이 될지는 아직 더 지켜보아야 하지만, 2015년 상반기 현재 아직까지 구체적인 발표안이 나오지 않고 있다.

3. 지문 꼭 찍어야 하나

지문날인, 정확하게는 영어로 바이오메트릭스(biometrics)라고 하는데, 원래는 생체정보 수집을 뜻한다. 생체정보에는 여러 가지 종류가 있지만 개인의 생체 정보를 채집하는 수단 중 가장 흔한 것이 지문채취이다. 그러나, '바이오메트릭스'라고 하는 생체정보 채취는 과학기술이 발달해진 요즘 지문채취를 넘어서 혈액채취, CCTV를 통한 수집, SNS사이트를 통한 얼굴인식, 나아가 개인의 DNA정보까지 국가

기관이 채취하는 것을 다 포함하는 아주 광범위한 개념이다.

미국의 경우 2004년 이후 미국에 입국하는 캐나다인을 제외한 모든 외국인은 열 개의 손가락 모두 지문을 찍고, 사진을 찍게 규정하였다. 일본도 미국의 입장을 따르고 있는데 2007년 이후 모든 외국인에 대해 지문과 사진을 찍도록 했다. 영국은 2008년도 이후 모든 비자신청자에게 지문과 사진을 찍는 것을 의무화하였다. 유럽연합의 국가들은 대부분 2011년도부터 지문과 사진을 찍도록 하는 비자프로그램을 운영하고 있다.

지문을 비롯하여 수집된 각종 생체정보는 지문 그 자체의 스캔이 통째로 저장되는 것이 아니라 수학적 코드로 데이터화되어 저장된다. 출입 및 거주하는 외국인에 대해 저장된 정보가 생체정보에 국한되지는 않는다.

미국 내에서의 영주권 신청서류를 작성하다 보면 개인에 대한 설문사항이 상당히 광범위하다. 신청자의 생년월일, 사회보장번호, 주소 등 기본적인 정보뿐만 아니라 신청자의 부모들의 이름, 생년월일, 태어난 장소, 현재 거주지 등 직계 부모들의 정보도 요구한다. 뿐만 아니라 이혼에 관한 사항, 신청일로부터 5년간 거주지 변동사항 및 직장의 변동사항까지 기입해야 한다. 생체정보와 아울러 이러한 개인에 대한 신상정보까지 미국 연방정부는 보유하고 있다.

전 세계 수억 명의 인구가 오늘도 컴퓨터에 앉아서, 페이스북이나 인스타그램, 트위터 등 소셜네트워크를 활발히 하고 있지만, 이들 계정에 등록된 사진, 개인정보가 모두 미국 정부에 의해 수집되고 있는 사실을 알고 있는 사람은 몇 명이나 될까.

어쨌든 이렇게 수집된 개인정보가 미 연방정부의 생체정보 저장 데이터베이스에 약 1억 건 이상이 있다고 알려져 있다. 미 연방정부의 생체정보는 FBI의 자동지문시스템과 국토안보부의 자동생체확인시스템이라는 큰 두 가지 데이터베이스에서 보관된다. 매년 미국에 입국하는 외국인과 영주권자들의 숫자를 생각한다면 엄청난 양의 개인정보가 저장되어 있음을 쉽게 알 수 있다.

문제는 경찰을 비롯한 정부기관이 수집된 생체정보를 어느 조건 하에서 어느 정도까지 요구하고 열람할 수 있는 권한을 가지느냐이다. 만약 정부기관의 어떤 공무원이라도 직무와 연관된다는 이유로 함부로 개인의 생체 및 개인정보를 무단 열람, 유출한다면 이는 큰 문제를 발생시킬 것이다.

현대의 추세는 테러위험의 증가 등으로 정부기관이 점점 더 쉽게 생체정보를 수집할 수 있는 권한을 부여받는 쪽으로 가고 있다. 반면, 이렇게 수집된 개인의 생체정보가 어떻게 국가기관에 의해 관리되고 어느 정도 기간까지 개인생체정보를 보유하고 있어야 하는가라는 견제적 기능에 대해서는 전체적으로 미약한 편이다.

정부에 의해 수집된 생체정보의 적절한 관리와 통제기능에 대한 의문점과 문제점들이 많이 있지만, 그럼에도 지문날인 등 일정한 범위 내에서의 생체정보 수집이 과연 필요한가라는 문제가 제기될 수 있다. 필자의 견해는 필요하다이다. 다만, 그 범위는 명확한 기준과 조건에 의해 제한시키되 국가기관에서의 철저한 데이터 관리와 보관기간의 단축 등이 전제되어야 한다.

4. 난민 문제 어떻게 풀 것인가

1) 인류 최대의 재난

2014년 현재 전 세계 난민의 총 수는 5천2백만 명에 달한다. 2차 세계대전 이후 최고치에 이르는 수치이다. 이중에서 2014년 한 해에만 자국을 탈출하다가 숨진 사람의 숫자가 약 35만 명에 달한다. 이중에서 대부분이 북아프리카 등지에서 지중해를 건너다가 사망한다.

우리는 흔히 인류가 당면한 문제로 식량, 자원, 환경문제 등을 대표적으로 거론하지만 정작 우리가 바로 직면하고 있는 문제는 난민 문제이다. 20세기 이후 그 어떤 바이러스, 전염병이나 자연재해도 5천2백만 명이라는 피해자를 낳지는 않았다. 1년에 35만 명이 사망했다는 것은 굉장히 심각한 숫자이다. 그것도 인간이 대처할 수 없는 지진이나, 쓰나미, 바이러스로 인한 죽음이 아니라 인위적인 이유, 정치적 탄압이나 빈곤으로 인한 사망 숫자라는 데 더 경각심을 가져야 한다.

빌게이츠 재단이나 유명 영화배우들이 아프리카에 학교를 세워주고 복지시설을 지원하고 있지만, 난민 문제에 대한 관심이나 지원은 눈을 씻고 봐도 본 적이 없다. 기껏해야 배우 안젤리나 졸리가 명예 난민대사로 선정된 게 전부이다. 이제 각국 정부, 비영리단체, 지식인 그룹 등은 더 이상 난민 문제를 사각지대에 방치해서는 안 된다. 조직적이고 대대적인 난민구호와 구제 정책이 실시되어야 할 것이다.

2) 미국의 난민 문제 대처

현재 세계에서 난민, 망명인들을 위하여 정착프로그램을 실시하고 있는 나라는 10여 개국에 불과하다. 이들 나라들은 스웨덴, 노르웨이, 미국, 네덜란드, 덴마크, 오스트레일리아, 캐나다, 핀란드, 스위스, 뉴질랜드이다. 이들 나라 중 미국이 가장 활발히 난민들을 수용해 왔다.

미국의 난민정책은 주로 출신국가를 위주로 행해왔지만, 동시에 개인이 처한 긴급성이라는 측면도 동시에 고려해 왔다. 미국의 난민정책은 의회, 국무부, 국토안보부, 유엔 고등난민판무관실, 민간단체와 연합하여 시행되고 있다. 이러한 난민정책에는 P1부터 P3레벨의 세 가지 종류의 프로그램을 마련해 놓고 있다.[4]

① P-1레벨은 주로 유엔의 고등난민판무관의 역할과 권한이 크게 작용한다. 이 그룹의 난민신청자들은 급박한 재정착 사유가 있는 사람들로서, 첫 망명국가에서의 설득력 있는 안전상의 사유가 있거나, 다시 본국으로 송환될 수 있어 법적 필요가 필요한 경우, 현 정착지에서 무기로 공격당할 위험에 놓여 있는 사람, 고문이나 폭력의 위험에 놓여 있는 사람들을 포함한다.[5]

② P-2레벨은 미 국무부에 의해 결정된다. 결정은 국무부에서 유엔고등판무관실, 관련 비영리단체, 국토안보부와 상의하여 내려진다. P-2레벨은 특별히 재정착의 필요성이 있는 국가그룹 출신의 국민들로 한정된다. P-2레벨에 해당되는 국가들은 매년 리뷰하여 관련 국가들의 안전상황, 긴급성 등을 토대로 리스트 국가를 가감한다.

③ P-3레벨은 P-2레벨보다 더 한정된 출신국가 국민들로 제한된다.

---

4) http://www.migrationpolicy.org/article/us-refugee-resettlement-program
5) 이하 참조.

미국에 이미 정착한 난민들의 가족, 즉 배우자, 혼인하지 않은 21세 미만의 미성년 자녀, 부모들은 이 P-3레벨 그룹에 해당된다.

미국의 난민정책에서 두드러지는 점은 전문 비영리단체(NGO)의 주도적인 역할이다. 이는 정부가 모든 난민정책에 관여하기보다는 난민을 보살피는 부분에 있어서는 난민관련 비영리단체에 재정적으로 지원하는 식으로의 간접적인 방식이 난민들의 거부감을 줄이고 보다 효과적이었기 때문인 것으로 판단된다.

미국의 난민정책에 주도적 역할을 해왔던 비영리단체들로는 U.S. Conference of Catholic Bishops(USCCB), Lutheran Immigrant Aid Society(LIRS), International Rescue Committee(IRC), World Relief Corporation, Immigrant and Refugee Services of America(IRSA), Hebrew Immigrant Aid Society(HIAS), Church World Service(CWS), Domestic and Foreign Missionary Service of the Episcopal Church of the USA, Ethiopian Community Development Center(ECDC), and the International Catholic Migration Commission(ICMC) 등이다.

미국의 경우, 최초의 난민법 규정은 1948년 유민법(Displaced Persons Act of 1948)이다.[6] 이 법은 2차세계대전 이후 유민으로 전락한 유럽인들을 대상으로 제정된 것이며, 이후 미국에 40만 명의 유럽인

---

6) http://www.migrationpolicy.org/article/refugee-resettlement-metropolitan-america

을 미국으로 받아 들였다.[7] 그후 당시 소련이 1956년에 헝가리를 무력으로 점거했을 때, 미국은 다시 난민 프로그램을 가동하였다. 이후 1960년대와 1970년대에 쿠바 난민들이 대거 미국으로 들어오고, 1975년 베트남이 공산화되면서 대규모 베트남인들의 난민이 발생하였다.

'1966년 쿠바신분변경법'에 따르면 난민자격으로 들어온 쿠바인들은 1년간 미국에 합법적으로 체류가 가능했으며, 이후 영주권 신청을 허용하는 정책을 폈다. 당시 미국은 '인도차이나 난민 태스크포스' 팀을 가동시켜 베트남의 공산화에 따른 도미노 현상으로 불거진 인도차이나반도의 수십만 명의 난민 문제를 해결하고자 하였다.

그러나, 미국에서 본격적인 의미의 난민법은 '1980년 난민법(Refugee Act of 1980)'이다. 이 법에서 최초로 미국으로의 난민입국을 체계화시켰으며, 미국 내에서 난민들에게 제공하는 서비스들을 표준화시켰다고 할 수 있다. 또한, 유엔에서 정의한 난민의 개념을 최초로 인정하여 난민법에 반영시켰고, 이 법은 의회에 연간 최대로 받아들일 수 있는 비상난민인정 숫자를 정할 수 있는 권한을 부여하였다.

1980년대와 1990년대 다시 쿠바의 정치적 상황의 악화로 난민이 발생하였다. 이때 미국은 'wet-foot, dry-foot' 정책을 펼쳤다. 이는 쿠바난민이 미국영토에 들어오게 되면 난민을 허용하지만, 공해상에서 발견될 경우 자국의 정치적, 종교적 박해 등을 입증하지 못하면 다시 쿠바로 돌려 보내는 정책을 뜻한다.

그후 1989년에 '로텐버그 수정안(Lautenberg Amendment)'이 제정되

---

7) 이하 참조.

었는데, 이는 구소련, 캄보디아, 베트남, 라오스 등에서 온 유태인과 기독교인들을 난민으로 받아들일 목적으로 제정된 법안이었다. 이후 이 법의 적용대상이 이란 출신의 기독교인들에게도 확대 적용되기에 이른다. 이 법에 따르면 실제적으로 종교적 박해가 있었음을 입증할 필요는 없고 종교적 박해 가능성만이 있다는 것을 보여도 난민 지위를 부여받을 수 있었다.

시기별 출신국별 미국으로 들어온 난민들의 흐름을 보자면 다음과 같다. 우선 1980년부터 1991년까지는 구소련에서 온 난민들이 주류를 이루는데, 그 숫자가 약 15만 5천 명에 이른다. 이후 보스니아-헤르체코비아 내전과 코소보 사태로 인하여 총 14만 6천 명이 발칸반도에서 미국에 난민으로 정착했다. 그 뒤 1990년대에서부터 현재까지 소말리아, 라이베리아, 에티오피아 등 아프리카와 이란, 이라크로부터의 난민이 미국으로 유입되었다.[8]

1983년도에서 2004년도까지 난민의 유입통계를 보면 2004년까지 125개국 출신의 총 165만 명의 난민이 미국으로 유입되었다. 이들 중 가장 많은 난민 출신국가가 구소련과 베트남에서 차지하고 있다. 유고슬라비아, 라오스, 캄보디아, 이란, 쿠바가 그 뒤를 잇고 있다.[9]

미국으로 건너온 난민들은 어떤 지역에 정착할까. 미국에 온 난민들의 대부분이 LA, 뉴욕, 시카고 등 대도시 주변에 정착하는 특징을 보여준다. 난민들 중 75%가 최초 정착지에서 이주하지 않고 그대로

8) http://www.migrationpolicy.org/article/refugee-resettlement-metropolitan-america
9) Id.

계속 정착하는 패턴을 보여주었다.[10) 이들 난민들 중 구소련 출신의 난민들은 대부분 뉴욕과 그 인근에 정착하였다. 이에 반해 발칸반도 등 유럽 국가출신의 난민들은 대부분 시카고와 그 인근지역에 정착하는 특징을 보였다. 동남아시아 국가 출신들의 난민들은 주로 LA 등 캘리포니아 지역에 정착하였다.

난민들의 정착패턴은 주로 이민자 커뮤니티의 형성에 따라가는 성향을 보였다. 예를 들어, 뉴욕 인근에 러시아인 커뮤니티가 이미 형성되어 있으면, 주로 그쪽으로 난민들이 정착하는 경향을 보인 것이다. 이는 미지의 땅으로 이주하여 처음 겪는 환경적 불안이 우선 같은 동족과 가깝게 접촉하고 그들의 전통이 살아 움직이는 커뮤니티가 보다 심리적으로 안정감과 생활의 편리함을 가져다주기 때문인 것으로 추측된다.

그러나, 2000년대 들어서면서 뉴욕, LA 등 대도시 지역으로의 정착은 보다 다양한 지역으로 분산되는 특징을 보인다. 2000년대 이전과 달리 이들 난민은, 시애틀, 미니애폴리스, 애틀랜타 등 전통적인 대도시 지역을 벗어나는 정착패턴을 보인다.

그럼에도 불구하고 대부분의 난민들은 기존 같은 국가 출신들 난민 커뮤니티가 형성되어 있는 곳을 정착지로 선택했다. 특히 베트남 난민들의 경우에도 이런 패턴을 따랐는데 이 경우 젊은 베트남 난민들은 몇 가지 문제점을 낳았다. 기존의 젊은 베트남 난민들이 사회복지와 교육의 혜택을 제대로 받지 못하는 경우가 많았는데, 새로 이주한 난민 가정의 젊은이들이 이들과 주로 접촉하면서 그들의 소외된 계층

---

10) Id.

으로서의 불이익을 그대로 같이 안고 가는 문제가 발생했다. 즉 새로 이주한 젊은 베트남 난민들은 충분한 교육과 혜택을 받아 계급적, 계층적 상승을 이루기보다는 사회적으로 낮은 계급과 계층 쪽으로 잔류하거나 내려가는 경우가 많았던 것이다.

베트남 난민들에 대해 미국 정부는 1975년 미국 영토 내에 다섯 군데의 난민 캠프를 설치하고 본격적으로 미국사회에 정착하기 전에 우선 난민 캠프에 수용하였다. 난민 캠프는 본격적으로 미국 사회와 직면하기 전에 정서적 · 유대적 완충 역할이라는 긍정적인 역할을 했다. 우선적으로 캠프 내에서 베트남에서 온 난민들이 자신들끼리의 지역적 유대감과 네트워크가 형성되었다.[11] 이는 갑작스런 베트남 내에서의 각종 사회적 관계의 단절을 복원시켜주고 정서적 안정감을 높여서 새로운 사회에 대한 적응력을 높여주는 기능을 했다. 그러나, 1975년 이후 동남아시아로부터의 난민이 늘어나면서 미국정부는 UN과 협력하여 난민 캠프를 해외에도 설치를 했다.

난민들이 폭증하면서 난민 각종 문제점들이 노출되었다. 또한 난민들이 특정지역에 과도하게 밀집됨으로써 문화적 이질성이 증가되어 기존 커뮤니티 주민들과의 긴장을 낳게 되었다.

난민커뮤니티 내에서도 1세대 난민과 2세대를 이루는 자식들 간의 문화적 이질감도 나타났다. 1세대 난민은 영어를 거의 하지 못하는 반면, 2세대 난민은 영어에 능숙함을 보였다. 한 실증적 연구에 의하면 1세대 난민 부모가 교육 수준이 높을수록 그리고 좋은 주거지역에 살

---

11) The Experience of Vietnamese Refugee Children in the United States, Min Chou and Carl L. Bankston III (Feb 2000), p.12.

수록, 2세대 난민 자녀들도 높은 학력과 좋은 주거지역에 거주하는 것으로 나타났다.[12] 반면, 부모들이 동반하지 않고 홀로 미국으로 와서 난민 지위를 부여받은 미성년 난민들은 부모가 같이 난민으로 거주하는 미성년난민들에 비해 심각한 정신적 정서적 문제를 노출하였다. 이들은 대체적으로 미국에 정착 후 각종 일탈행동 등 많은 사회적 문제점을 일으켰다.[13]

베트남 난민들의 경우 초기에는 순수한 난민들이 난민지위를 인정받고 영주권을 취득하여 미국에 정착을 하였다. 그러나, 1980년대 이후 1세대 난민들이 미국에 뿌리를 내리기 시작하면서 난민가족 간 가족초청이민이 증가하기 시작했다. 즉, 초기 난민지위 신청에서 가족초청으로 대거 패러다임의 전환이 있었던 것이다. 이는 베트남에 남겨진 잔여 가족들을 미국에 불러들여 같이 살기 위한 목적이 주된 것이었다.

역사적으로 보면 미국에서 받아들이는 난민들의 숫자는 점차 감소하는 추세에 있다. 근본적으로는 연간 받아들일 수 있는 난민숫자 상한선을 정해놓은 데 원인이 있다고 하겠다. 2014년 회계연도 기준으로 연간 7만 명의 난민 쿼터가 배정되어 있다. 이 중에서 동남아시아 및 근처지역이 3만5천 개, 동아시아 지역이 1만4천개, 아프리카가 1만3천 개, 라틴아메리카 및 캐러비안 지역 5천개, 예비쿼터 2천 개의 비율로 배정하고 있다.

---

12) Id.
13) Id. at p.11.

5. 불법체류자의 단속 및 관리

미국에서는 외국인에게도 적법절차에 대한 권리(due process of law)가 보장된다. 이는 무제한 누릴 수 있는 것이 아니라 공공의 안전을 위해서는 일정부분 제한을 받을 수 있다는 것이 법원의 입장이다.

보다 더 현실적으로 살펴보면 불법체류외국인에 대한 근로자들이 많은 식당에서의 단속이 위법이라고 본다면 실질적인 불법체류자에 대한 단속은 이루어지기 힘들다. 또한, 사전고지의무도 위반했다고 하는데, 사전고지를 한다면 실질적으로 단속의 효과는 거의 없다고 보는 것이 맞다. 출입국관리법의 사전고지의무 조항은 현실에서는 단속의 효과를 가져오기 힘들기 때문에, 문제가 있다. 물론 단속함에 있어 공권력의 과잉행사는 금지되어야 할 것이다.

출입국관리법의 시행령 61조도 용의자와 관련된 제3자의 주거지나 물건을 조사할 때 제3자의 동의를 받게 하는 것도 보다 정교한 입법을 요한다. 무조건적으로 동의를 받게 하는 것은 불법체류방지를 위해서 시행하는 단속의 효과를 현저히 떨어뜨린다. 그러나, 합리적인 의심(reasonable suspicion)이 있을 때에는 동의 없이 조사를 할 수 있게 해야 할 것이다. 한국의 경우에는 불법체류자를 단속할 인력도 적을 뿐만 아니라 관련 법체계의 허술함으로 실질적인 제대로 되고 있지 않다.

1) 미국의 불법체류자 단속

그렇다면, 미국의 불법체류자 단속은 어떻게 이루어지고 있을까.

A씨는 한인택시회사를 운영하고 있다. A씨는 미국에 관광비자를 가지고 왔다고 연장을 하지 않아 미국에 불법체류로 눌러 앉게 되었다. 이후 여러 가지 일을 전전하면서 생계를 이어갔다. 그러다가 택시를 운전하기 시작했는데, 어느 날 유학생 부모로부터 연락을 받았다.

"저희 애가 보스턴에 있는 학교에 진학하게 되었는데, 그 곳까지 저와 아들을 좀 태워줬으면 해요."

A씨는 속으로 쾌재를 불렀다. 보스턴까지 택시비가 한 달 렌트비를 충분히 낼 수 있을 정도가 되기 때문이다. 기쁜 마음으로 보스턴까지 유학생 모자를 데려다 주고 다시 내려오는 사이 하이웨이에서 경찰로 보이는 제복 입은 사람들에게 검문을 당했다. 불심검문을 하는 경찰들은 다짜고짜 차에서 내리라고 하더니, 미국 내 체류신분을 증명할 수 있는 서류를 보여달라고 했다. 그러나, 미국 영주권자도 합법적인 비자를 가지고 와서 체류하는 사람도 아니기에 A씨는 눈만 껌뻑거릴 수밖에 없었다. 강압적인 분위기에 숨도 제대로 쉬지 못하고 A씨는 그 길로 바로 구치소로 연행되었다.

사실 A씨는 검문을 위해 제지를 받는 순간, 직감적으로 '올 것이 왔구나' 하는 생각이 들었다. 그리고는 순간적으로 미국에 처음 와서 트럭운전이며 각종 허드렛일을 하면서 고생했던 순간들이 영화필름처럼 순간적으로 쭉 스쳐지나갔다. 안 되는 영어로 더듬더듬 불심검문에 응하면서 목이 바짝바짝 타들어가는 것은 당연한 일이었다. 구치소로 끌려가면서, 그리고 구금되면서 이제 갓 중학교에 나니는 아들과 딸들을 어떻게 해야 하나라는 죄책감 아닌 죄책감으로 정신을 차릴 수가 없었다.

현재 미국에는 A씨와 같은 처지에 있는 불법체류자가 대략 1천2백만 명 정도 거주하는 것으로 파악된다. 공식적으로 미국에서는 불법체류자에 대해 'illegal alien'으로 부르지 않고, 'undocumented alien' 즉 서류미비자라고 칭한다. 여기에서는 독자들의 명확한 이해를 위해 편의상 불법체류자로 부르겠다.

현재 미국 내에서 불법체류대상자를 상대하고 있는 관련 시스템의 문제는,

첫째, 불법체류단속기관의 무자비함,

둘째, 이민법정의 행정부(불법체류단속기관) 견제라는 본연적 기능 상실,

셋째, 이민법원의 행정부로부터의 비독립성,

넷째, 이민법원의 과도한 업무부담,

다섯째, 추방대상자들이 변호사조력을 적절히 받지 못하고 있는 점 등으로 요약된다.

미국 내에서 불법체류자를 단속하는 주된 기관은 국경세관단속국(Immigration and Customs Enforcement)이다. 보통 줄여서 'ICE'라고 부른다. ICE의 단속 사례를 보면 그야말로 무자비함에 혀를 내두를 지경이다. 한참 잠자고 있는 자정이 넘어 갑자기 거주지에 들이닥쳐 체류신분을 요구하며, 적법한 체류신분을 제시하지 못할 경우 바로 체포한다. 이들이 체포되면 가장 가까이에 있는 구금센터로 보내진다.

국경 가까운 지역이나 하이웨이에서 ICE의 단속은 빈번하게 펼쳐진다. 그레이하운드나 기차 같은 대중교통수단이 중간 정거지에 잠시

U.S Immigration & Customs Enforcement

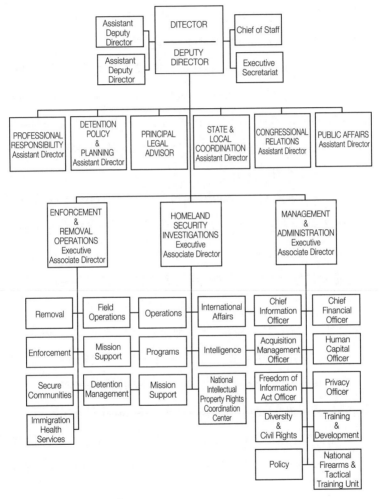

〈미국이민세관단속국의조직도〉

(출처: 미국 국토안보부, 2011)

정차했을 때, 예고 없이 ICE 단속요원이 승차한다. 단속요원들은 미국시민일 것 같지 않은 외국인에게 영주권 카드 등 신분체류증명을 요구하고, 이를 제시하지 못하는 사람에게는 체포하여 역시 구금해버린다. 이렇게 구금된 외국인들은 이민법정으로 케이스가 넘어가서 이민법원에서 본국으로의 추방여부를 심의한다.

ICE는 미국 내에서 FBI 다음으로 가장 방대한 형사상 조사기관이다. 행정조직 체계상 국토안보부 산하 기관이다. ICE는 미국 내에 400개의 지부와 해외 50개의 지부를 두고 약 1만5천 명의 직원들이 있다. 2014년에는 연간 53억 달러 정도의 예산을 사용하고 있는 큰 정부조직체 중의 하나이다.

ICE는 불법체류자의 단속뿐만 아니라, 국가안보와 연결되는 광범위한 업무를 수행하고 있다. 인신매매, 무기밀매, 국제적인 범죄조직, 금융범죄, 돈세탁 등에 대한 조사도 수행한다. 또한 이러한 기능을 돕기 위해 이러한 조사활동과 관련된 정보수집 기능도 아울러 하고 있다.

ICE의 단속으로 추방된 불법체류외국인의 숫자는 2013년 368,644명, 2014년에는 315,943명에 이른다.[14] 추방된 외국인들 중 56%가 범죄에 연루되어 있었다. 추방된 외국인들의 국적은 멕시코, 과테말라, 온두라스, 엘살바도르의 순서로 분포되어 있었다.[15]

ICE에 의해 체포된 외국인들은 이민법정에 설 때까지 구금시설에 감금된다. 구금 중에 보석신청을 하여 이민법원의 최종판결까지 구금

---

14) http://www.ice.gov/removal-statistics.
15) Id.

시설에서 나올 수 있다. 구금기간에 발생되는 문제들에 대해서는 이미 앞서 서술하였다.

불법체류자에 대한 단속에 있어서 한국처럼 미리 불법체류자가 자주 드나드는 업소에 고지를 주어야 한다는 것은 불법체류자를 단속하는 근본 목적을 망각한 규정이다. 당연히 국가 공권력의 정당한 행사로 간주되고, 불법체류자의 색출을 위해서는 어느 때이건 들이닥쳐서 잡아갈 수 있는 권한이 미국의 ICE처럼 한국의 관련 단속당국에도 부여되어 있어야 한다. 여기에 업주의 영업의 자유침해니 하는 논리는 끼어들 여지가 없다.

미국의 국가 공권력은 굉장히 강하다. 공권력 자체의 강함이 아니라 공권력을 국민들에게 행사함에 있어 무자비하리만큼 권위적이다. 한국에서는 경찰을 조롱하고 경찰서에서 난동을 부리고는 하지만, 이는 미국에서는 어림도 없는 일이다. 미국에서 경찰관이 범죄자와 대치한 상황이 되었을 때, 경찰이 자위수단으로 범죄자를 총으로 사살하는 것은 정당하게 간주된다. 여기에 최후의 수단으로 총으로 사살하는 것이 아니라, 어느 정도의 위험성이 예견되었다면 경찰이 민간인을 사살한 것에 대해서는 정당한 것으로 간주된다. 극단적으로 말하자면, 경찰에 의한 민간인에 대한 합법적인 살인이 용인되는 나라가 미국인 것이다. 미 공권력에 대해서는 이러한 분위기가 있기 때문에 ICE에 대한 무자비한 단속에 대해 크게 사회적 문제로 제기하는 경우는 극히 드물다.

2) 외국인의 권익보호에 취약한 미국 이민법

구금된 불법체류외국인의 추방여부는 이민법원에서 결정한다. 즉 구금된 불법체류외국인의 추방여부 케이스가 이민법원으로 이송되고 여기서 추방여부를 심리하는 것이다. 2008년 현재 미 전역 50여 개의 이민법원에 230명의 이민판사가 재직하고 있다. 미 이민법원은 법무부(Departement of Justice) 산하, Executive Office of the Immigration Review(EOIR) 내에 설치된 기관이다.

EOIR 내에는 이민법원에서 올라온 항소케이스를 심사하는 Board of Immigration Appeals(BIA)가 있다. BIA의 결정에 대한 항소는 미 연방법원(U.S. Court of Appeals)에 제기를 한다. 엄밀히 말하자면 이민법원은 전형적인 의미의 사법기관은 아니다. 이민법원에서 케이스를 다루는 이민법원 판사들도 전형적인 판사는 아니며 법무부 산하의 공무원에 불과하다.

이민법원의 절차에 의하지 않고 진행되는 경우도 있다. 구금자가 자발적 출국(voluntary departure)을 신청하는 경우에는 이민법정에까지 가지 않고, 행정절차로 지정된 날짜에 구금자가 출국함으로써 종결된다. 자발적 출국 신청은 테러활동에 연루되었거나, 중범죄자의 경우에는 적용되지 않는다.

매년 이민법정에서 다루는 케이스는 약 30만 건에 이른다. 이러한 방대한 이민추방케이스를 2백 명 남짓 하는 이민법원 판사들이 다룬다는 것은 수치상으로 볼 때에도 문제를 야기할 가능성이 크다. 필자가 이민케이스 뿐만 아니라 추방케이스를 다루면서 가장 크게 느끼는 문제점은 추방케이스는 웬만해서는 승소하기 힘들다는 점이다. 최종

판결이 날 때까지 잠시 추방되는 것을 유예할 뿐 실제적으로 추방을 막을 수 있는 여지가 많지 않다.

또한, 1심 이민법정의 케이스를 항소하여 2심인 BIA에 제소를 하더라도 여기에서 1심 판결을 뒤집는 것은 웬만해서는 불가능하다. 실무에서 느끼는 이민법원에 대한 솔직한 관점은, 외국인들에 대한 권익보호에 거의 도움이 되지 않는, 실리가 없는 기관이라는 생각이다. 이것은 근본적으로 이민법상의 추방조건의 지나친 경직성과 이민법 관련한 행정기관의 처분에 있어서는 우월적인 공권력 행사가 정당성을 가지는 점에서 나오기 때문일 것이다.

예를 들어, 추방을 피해갈 수 있는 경우 중의 하나가 해당 외국인의 배우자, 자녀 등이 영주권자 시민권자인데 추방될 경우 이들에게 '극도의 어려움(extreme hardship)'이 있을 것인가가 기준이다.

우선 첫째 조건이 추방대상자의 가족이 반드시 영주권자나 시민권자이어야 한다는 점이다. 추방대상자의 가족이 합법적으로 체류하고 있는 비이민비자를 소지한 사람일 경우에는 원천적으로 추방을 피할 수 있는 길조차 마련되어 있지 않다.

두 번째, '극도의 어려움'을 법원에서는 너무 좁게 해석하고 있는 점이다. 이민법원의 판례에 따르자면, 경제적 어려움은 '극도의 어려움'에 해당되지 않는다고 한다. 의료상의 문제점이 있어서 본국에 돌아갔을 때, 적절한 치료를 받을 수 없다고 볼 때 비로소 법원은 추방을 유예시키는 것에 손을 들어준다. 따라서 추방유예의 혜택을 볼 수 있는 추방대상자는 극히 한정적이다.

통계를 보자면 80%의 추방케이스에 대해 추방명령이 내려졌고, 이에 대해 약 9%만이 2심인 BIA에 항소를 제기하였다.[16] 이는 숫자상으로 약 3만5천 개의 케이스에 해당한다. 이 케이스들 중 1만 개의 케이스들에 대해서만 미 연방법원이 심의를 하였다. 연방법원의 경우에도 2심의 결정을 따라가는 경우가 대부분이다. 30만 개의 케이스 중 1만 개의 케이스만 최종적으로 최종심의 심리를 받는다면 이는 수치상으로 전체 케이스 중 결국 3.3%에 해당되는 케이스만 최종심의 심리를 받는다는 얘기다. 이 중에서 연방법원에서 추방대상자의 손을 들어주는 경우는 더 희박해진다.

이렇게 이민법원이 추방재판에 회부된 외국인의 권익보호에 대해 유명무실하게 된 원인은 여러 가지가 있다. 무엇보다 미 수정헌법상의 해석과 연방 대법원의 판례상 이민법 관련 원칙은 크게 의회에 권한을 위임하고, 이에 대해 의회는 행정부에 대폭적으로 권한 행사를 존중하는 구조에서 유래한다.

따라서 행정부의 이민관련 권한의 행사는 폭넓은 재량권을 가지고, 절대적 우위성을 띈다. 이에 더해 9·11 테러 이후에는 더 큰 명분을 얻어 적절한 견제가 되고 있지 않는 게 사실이다. 이민법원이란 기구 자체가 앞서 언급했듯이 법무부 산하에 속하다 보니 이민국이나 이민세관단속국(ICE) 등 행정기관의 처분에 대해 올바른 견제역할을 하기 어렵다. 보다 효율적인 견제가 이루어지기 위해서는 법무부 산하로부터 따로 이민법원을 분리시키는 것이 바람직하다.

이민법원의 행정부로부터의 분리는 여러 가지 면에서 필요하다.[17]

16) Russell Wheeler, Seeking Fair and Effective Administration of Immigration Laws, Brooking Immigration Series, Brookings Institute, No. 4,(July,2009).
17) 이민법원의 행정부 분리의 필요성에 대해 다음을 참조. Russell R. Wheeler,

현실적으로 가장 문제가 되고 있는 것이 경범죄를 범한 외국인들에 대해서도 그동안 무차별적인 추방명령이 내려졌다는 데 있다. 당연히 이러한 추방명령은 이민법원에서 결정되었거나 이민세관단속국에서 시행되었다.

이민세관단속국에서는 잠재적 추방대상외국인을 세 그룹으로 분류해서 단속 및 추방재판에 회부한다.

첫째, 그룹은 국가안보나 공공안전에 위험을 주는 그룹으로써 추방대상의 1순위(priority 1)에 둔다.
두 번째, 그룹은 최근에 불법으로 입국한 외국인이다.
세 번째, 그룹은 도주 중인 사람 또는 이민법을 어긴 외국인이다.

문제는 첫 번째 그룹의 적용대상을 너무 광범위하게 잡는 데 있다. 첫 번째 그룹은 다시 가중중범죄자(aggrevated felony) 또는 두 번 이상의 중범죄 유죄판결을 받은 그룹(level 1), 두 번째 그룹은 한 번의 중범죄 또는 두 번 이상의 경범죄 유죄판결을 받은 그룹, 세 번째 그룹은 두 번 미만의 경범죄 유죄판결을 받은 그룹이다.
원래 미국법에서 중범죄란 1년 이상의 징역을 받을 수 있는 범죄로, 살인, 강도 등 전형적인 강력범죄를 의미한다. 그러나, 가중중범죄의 경우 최근까지 그 범위가 확장되어 허위세금보고서 제출, 법원

Practical Impediments to Structural Reform and the Promise of Third Branch Analytical Methods : A Reply to Professors Baum and Legomsky, Duke Law Journal, Vol 59.

불출석한 경우까지 확대되어 왔다. 그 결과 실제 이민법원에 회부된 추방케이스들을 보면 국가안보나 공공안전에 위해가 되지 않는 범죄를 저지른 외국인들이 대거추방대상에 올랐다. 더구나 위에서 보듯이 경범죄로 추방된다는 것은 문제가 많다. 미국법에서 경범죄(misdemeanor)란, 5일 이상 1년 미만의 징역형을 살 수 있는 범죄를 뜻한다.

두 번 미만의 경범죄 사실이 국가안보나 공공안전에 위험을 야기한다는 것은 상식적으로 말이 되지 않기 때문이다. 이러한 문제점을 2013년 오바마 대통령도 인정하고, 약 10여만 건의 경범죄로 인한 추방대상 외국인의 추방을 유예시키도록 조치한 바 있다.

거꾸로 말하면 이러한 문제점을 그동안 이민법원에서는 제대로 걸러내지 못하고 법원으로서의 제 역할을 못했다고도 비판할 수 있는 것이다. 부당한 추방제소에 대해 이민국의 기소를 기각시켜야 함에도 그러지 못하고, 많은 숫자의 외국인을 부당하게 추방시켰던 것이다. 이는 이민재판을 맡은 판사의 전문성 부족에도 그 원인이 있다.

또한 앞서 언급했듯이 이민법원도 이민국을 포괄하는 법무부 산하의 기관이기 때문에 결국 법무부의 편을 들기 십상이다. 이는 동시에 이민판사가 이해관계의 충돌(conflict of interest) 문제가 발생한다는 것을 뜻한다. 즉 이민국의 추방제소와 추방대상외국인의 항변을 균형 있게 살펴서 판결해야 함에도 불구하고 구조적으로 추방제소를 한 이민국 편을 든다는 윤리적 문제까지 제기된다는 뜻이다.

통계상으로 보면 추방재판에 회부된 외국인의 과반 이상이 변호사의 조력을 받지 못하는 것으로 나온다. 변호사의 조력을 받지 못하는 가장 큰 이유는 변호사비를 마련할 비용이 없기 때문이다. 미국 내에서 형사재판을 받을 경우에는 국선변호인을 신청할 수 있지만, 이민법 영역에 들어오면 이러한 국선변호인제도가 존재하지 않는다. 다만 시민단체에서 소속된 변호사들로부터 무료로 조력을 받을 수 있을 뿐이다. 그나마 이런 시민단체들의 숫자가 적을 뿐만 아니라, 있다고 하더라도 케이스가 폭주하여 변호사를 배당할 여력이 없는 경우가 많다.

변호사의 조력을 받지 못하면 구금 초기에 자발적 출국을 택하느냐, 이민법정에까지 가서 추방에 대해 끝까지 다툴 것인가의 선택의 기로에 선다. 법률지식이 없는 일반 외국인들은 효과적으로 대처할 수 없다는 것은 뻔한 사실이다. 대부분의 구금자들은 언어 장벽뿐만 아니라, 자발적 출국에 대한 이해를 가지고 있지 않다. 또한, 이민세관단속국 관리들의 고압적인 자세와 분위기에 억눌려 이러한 결정을 차분히 생각할 여지를 가지지 못한다.

자발적 출국의 장점은 향후 추방재판에 회부되어 추방기록이 남지 않음으로써 향후 미국 입국시에 걸림돌이 없게 된다는 점이다. 자발적으로 출국한 외국인이 다시 미국에 입국하기 위해 정식으로 비자를 청구할 경우에는 실제로 비자발급이 거절되는 경우가 많다. 미국 국경에서 구금된 사실이 기록에 올라와 있고, 이에 대해 문제가 있다고 보는 경우가 많기 때문에 영사들은 당연히 비자를 발급해줄 수 없는 것이다.

또 다른 문제는 이민세관단속국이나, 국경보호처(CBP) 당국에서 자발적 출국을 너무 남용하고 있다는 데 있다. 자발적 출국을 택하게 되면, 이민법정으로 케이스가 넘어가는 것보다 훨씬 빠른 시간 내에 구금자를 본국으로 보낼 수가 있고, 따라서 단속 당국의 실적을 올리는 데 도움이 되기 때문이다.

이상과 같이 이민법원과 불법체류자를 단속하는 행정부 등의 내부적인 한계와 문제점으로 인해 추방재판에 회부된 외국인들은 제대로 된 법적보호를 받지 못하고 있는 것이다.

6. 전자고용 확인시스템의 채택

필자의 지인이 하루는 긴히 할 얘기가 있다, 좀 만나자고 연락이 왔다. 자주 얼굴을 보는 사이기는 했지만, 그날따라 목소리가 조금 심각하게 들렸다. 진한 커피향기 사이로 보이는 그의 표정은 사뭇 진지했다. 이 지인은 소매점을 운영하고 있었다. 대단한 돈을 버는 것은 아니지만, 4인 가족 먹고 살기에는 충분한 수입을 올리고 있었다.

"내가 오늘 좀 황당한 일을 겪어서. 어떻게 해야 할지 몰라서 이렇게 만나자고 했습니다." 그러면서 꺼내는 이야기는 어제 갑자기 자기 가게에 스패니쉬 계통의 여자가 찾아와서 그녀가 자신의 가게에 취업을 하게 해달라고 요청했다는 것이다. 그녀는 불법체류자로서 어쨌든 먹고 살아야 하는 절박한 순간에 맞닥뜨린 모양이었다. "만약 내 요청을 받아들인다면 당신과 기꺼이 성관계를 허락할 수 있어요"라는 말을 덧붙였다고 한다. 얼굴도 반반한데다가 몸매도 좋은 그 여자는 진지한 표정으로 지인의 얼굴을 응시했다. 사전에 이력서를 미리 보낸 것도 아니고, 다짜고짜 가게에 찾아와서는 일자리를 달라고 하면서 이런 제안 아닌 제안을 한 것이다.

"솔직히 나도 남자기 때문에 순간적으로 그 제안에 혹하지 않은 것은 아닙니다. 그러나, 아무래도 이 여자가 어떤 배경으로 진짜 접근하는지 몰라 조금 망설이다가 일단 생각해보고 연락주겠다고 했습니다."

그의 이어지는 설명은 거절하자니 좀 그렇고, 받아들이자니 찜찜하다는 요지였다.

"당연히 거절해야지요. 그 여자가 가게에 일을 하게 되어서 나중에 성관계를 가진 것에 대해 고용주의 강압에 의해 그렇게 되었다고 신고하면 어떻게 하시려고 그럽니까? 성추행은 미국에서는 무조건 여자에게 유리하게 돌아갑니다. 여자의 진술은 진실이라고 믿고, 성추행이 아니라는 것을 남자 측에서 증거를 가지고 반증을 해야 하기 때문에 굉장히 힘들어집니다. 다른 생각하지 마시고, 단호하게 거절하세요."

시간이 흘러 그 지인을 다시 만났을 때 나와의 만남 이후 거절의사를 밝혔고, 그렇게 한 것이 잘한 일 같다고 했다.

미국 내에서 불법체류자를 고용하는 것을 미끼로 하여 부리는 회사의 횡포는 심각하다. 만약에 이러한 악덕 고용주를 만나 회사를 자유롭게 옮기지 못하게 되면 어떻게 될까. 현재 한국에서 실시하고 있는 고용허가제에서 필자가 생각하는 가장 큰 문제점은 외국인 노동자가 일하는 회사를 옮기는 것이 금지되는 데 있다. 이는 내국인과 같은 직업선택의 자유를 제한하는 것뿐만 아니라, 많은 편법과 탈법을 낳을 우려가 있다. 따라서, 일하는 직장을 옮기지 못하게 하는 경직형보다는, 미국과 유럽에서 채택하고 있는 것처럼, 고용주를 자유롭게 바꿀 수 있는 제도가 바람직하다고 본다.

그러나 고용주를 자유롭게 바꾸는 것을 허용하게 된다면 고용주들의 외국인 노동자 관리와 이에 대한 정부의 감시 관리가 더 확고히 되어야 할 것이다. 이러한 목적을 위해 미국에서 현재 한창 도입하고 있는 전자고용확인제도가 하나의 참고가 될 수 있다고 생각된다.

전자고용확인제도는 인터넷을 기반으로 하여 고용주들이 노동자가 일을 할 수 있는 자격을 갖췄는지 확인하는 제도를 말한다. 이 제도는 외국인 노동자뿐만 아니라 일반 미국시민권자 모두에게 적용된다. 고용주들은 새 노동자를 고용할 때, Form I-9이라는 서류를 노동자에게 작성하고 명시된 여권, 운전면허증 등 각종 증빙서류를 같이 회사에 제출하도록 한다. Form I-9 서류에는 노동자의 사회보장번호(한국의 주민등록번호에 해당하는 번호), 생년월일 능 각종 개인정보를 적도록 되어 있다.

이렇게 받은 서류와 정보들을 고용주는 전자고용확인 웹사이트에 기재하여 등록을 한다. 전자고용확인시스템은 미 국토안보부에서 사회보장국(Social Security Office)과 연계하여 관리하고 있다. 정보가 입력되면 사회보장국이 가지고 있는 4억5천만 명의 정보와, 국토안보부에서 가지고 있는 8천만 명의 데이터베이스와 비교하여 외국인 노동자가 일을 할 수 있는 자격을 갖췄는지 확인하게 된다.

미 이민국의 발표에 따르면 2012년 1월 현재 243,000명의 고용주들이 전자고용확인시스템에 가입한 상태이다. 오바마 대통령은 2014년 11월 이민개혁행정명령을 발표하면서 전자고용확인제도의 전면적인 확대 실시와 확충에 박차를 가하겠다고 천명했다.

그러나, 전자고용확인시스템이 전혀 문제가 없는 것은 아니다. 미국 내 모든 국민과 외국인의-전부 전자고용확인시스템에 등록을 한다고 가정했을 경우 -사진과 기본적인 주요 정보를 갖추게 됨으로써 정부가 그야말로 수많은 개인정보를 보유한 빅 브라더스(Big Brother)로서의 괴물로 재탄생할 수도 있다.

현재로서는 어느 기관이 어느 사안에 대해서 전자고용확인시스템에 의해 모여진 정보에 접근할 수 있는지 분명하지 않다. 정확하게 예측하기 어려우나, 그 접근기관의 범위를 확대할 가능성이 높다. 예를 들어, 공항의 출입국 심사 시에 이를 활용할 수도 있고, 경찰 등의 사법당국에서도 필요할 경우 활용할 수 있을 것이다. 또는 모기지 신청 시에 금융기관이 미국 내에서 실제 직장에서 일을 하였는지 확인하기 위해서도 전자고용확인시스템에 있는 정보를 접근하고자 할 것이다.

또 다른 문제는 전자고용확인시스템에 의하여 신분확인이 안 되는 사람은 신분확인을 증명하여 확인받을 때까지는 일을 할 수 없다는 데 있다. 특히 이런 문제는 전자고용확인제도를 실시한 초기에 집중적으로 발생했고, 아직도 이 문제가 완전히 해결된 것은 아니다. 확인 시까지 일을 시작할 수 없게 되면 노동자나 사용자 모두가 손해인 것은 분명하다. 나아가 정부에서 이러한 시스템상의 문제를 고치기 위해서는 많은 비용과 시간이 들어가는 난점이 있다.

이상의 논의되는 문제점과 제도의 취지를 본다면, 전자고용확인제도는 단점보다 장점이 많은 것으로 판단된다. 다만 고용확인제도상의 취합되는 정보는 일정 선에서 제한을 하면서 정보접근이 가능한 정부기관에 대해서는 사전 규정과 철저한 관리가 필요할 것이다. 또한, 전자고용확인제도의 참여도를 높이기 위해서는 정부일방적인 제재보다는 적절한 인센티브를 같이 제공하는 것이 제도 정착을 위해서는 바람직하다.

7. 무슬림쇼크 · 테러와 이민정책의 충돌

9 · 11사태 이후 미국의 이민 및 입국심사정책은 크게 강화되었다. 그 중의 하나가 13세 미만 및 80세 이상 나이의 비자 신청자는 원칙적으로 영사와 직접 비자인터뷰를 해야 하는 것으로 바뀌었다. 이는 영사가 직접 비자신청자와의 인터뷰를 함으로써 테러리스트나 잠재적 테러위험이 있는 신청자를 가려내어 미국입국을 거부하려는 데 목적이 있었다.

그러나, 지난 10여 년간 이 제도를 실시하면서 직접적인 비자 인터뷰에 대한 실증적 효과에 대해 많은 의문이 제기되었다. 비자신청자를 직접 인터뷰한다 하더라도 영사들은 대개 비자인터뷰에 대부분 5분, 길어야 10분을 넘기지 않는다. 이렇게 짧은 시간에 의도한 테러리스트나 잠재적 테러 위험성이 있는 비자 신청자를 가려내기는 결코 쉬운 일이 아니다. 영사들의 심사 중 가장 원성을 많이 사는 부분이 충분한 질문도 없이, 너무나 자의적인 판단으로 빨리 비자 심사를 한다는 점이다. 이런 영사들의 질문에 있어 테러관련 사항들을 제대로 체크하고 있는지는 의문이다.

영사들이 직접 비자 신청자를 대면하는 것이 중요한 것이 아니라, 서류심사만 한다하더라도 이민국이나 FBI 등 국가기관에서 보유하고 있는 테러관련자 정보의 정확성, 이에 대한 효과적 접근성 등만 보장된다면 이런 정보를 바탕으로 얼마든지 테러용의자를 사전에 걸러낼 수 있다.[18]

미국의 US-VISIT(United States Visitor and Immigrant Status Indicator Technology) 스크린 시스템은 그동안 실제적으로 테러방지에 유용한 효과를 가져온 것으로 보고되고 있다. US-VISIT 스크린시스템은, 미국의 출·입국 시스템을 관리하는 시스템이다. 외국인의 열 손가락 전체 지문을 채취하게 하고 있다. 이를 통해, 한 개 또는 두 개 손가락의 지문을 채취할 때보다 테러리스트의 의도적인 속임수를 미연에 방지하는 것이 가능하다. 여기서 채취된 지문은 FBI에서 보관하고 있는 데이터베이스와 비교하여 동일인인지 확인하고, 동시에 '블랙리스트'에 올라가 있는 인물인지도 알 수 있다.[19]

9·11 이후 반테러정책을 펼치면서 가장 많은 비판을 받고 있는 부분 중의 하나가, 반테러정책의 중심이 너무 중앙 연방정부에 쏠려 있다는 점이었다. FBI나 국토안보부 등 테러 관련 정보를 다루는 기관

---

18) David A. Martin, Refining Immigration Law's Role in Counterterrorism, Working Paper Sereries of Brookings Institute, Georgetown Law Center and Hoover Institute,(Jan. 2009)
19) Id.

이 전체 반테러정책을 총괄한다면 일견 효율적일 것으로 생각할 수 있지만, 실상은 그렇지가 않았다. 지나친 관료화와 각 지방마다 다른 정책과 테러관련 집단들의 활동으로 생각만큼 테러방지에 효과적인 정책 활동효과를 거둘 수 없었다.

각 주나, 카운티, 타운 정부에 있는 경찰들만 하더라도 그들이 그 소지역의 정보와 하부 커뮤니티 정보에 가장 익숙하다. 이들을 잘 활용한다면 연방정부에서 커버하지 못하는 토착화된 테러조직 활동을 방지하거나 유용한 정보를 캐낼 수 있다. 그러나, 지나친 연방정부로의 기능 집중으로 주 정부나 카운티, 타운 산하의 경찰조직들은 철저히 외면되었거나 단순한 기능상의 하부조직으로 전락하여 테러방지에 큰 역할을 하지 못했다.

지방의 경찰조직을 활용할 경우 해당 커뮤니티와의 연대를 강화할 수도 있고, 경직된 이미지보다는 커뮤니티 내에 더욱 친숙하게 다가감으로써 사회전체의 통합을 강화할 수 있다는 장점을 가진다. 물론 이 부분을 잘못 활용할 경우 강한 역기능이 제기될 수도 있다.

뉴욕경찰국(NYPD)의 경우, 무슬림 출신 정보원을 고용하여 스테이튼 아일랜드 등 맨해튼 인근의 무슬림 사원에 자주 신도로서 방문하게 하여 무슬림 사회의 동향에 대한 정보를 수집하게 했다. 뉴욕경찰국은 여기에 그치지 않고 한발 더 나아가 젊은 무슬림 청년을 포섭하여 양아들처럼 친숙한 관계로 만든 뒤, 이 청년을 선동하여 무슬림을 탄압하는 미국 정부에 대한 보복을 단행해야 한다고 적극적으로 '설득' 하게 만든다. 그런 뒤, 이 청년이 막상 미국정부에 대한 보복을 실행에 옮길 찰나, 경찰당국이 테러혐의로 체포한다.

하지만 이러한 함정수사가 그동안 미국 내에서 종종 있어왔고, 이런 함정수사에 대한 무슬림 커뮤니티의 강한 반발은 미국에 대한 불필요한 적개심을 키우는 엉뚱한 결과를 낳았다. 그러므로, 궁극적인 탄압과 감시의 대상으로써 로컬정부를 활용하는 것에 주안점을 두기보다는 사회통합이라는 큰 차원에서 각 지역과 출신국가의 커뮤니티에 대한 진정한 이해를 높이는 것이 무엇보다 중요하다는 생각으로 접근하는 것이 좋았을 것이다.

한국 내에서도 중앙정부차원의 반테러정책과 이민정책의 통합화가 필요하다고 본다. 우선 출입국외국인에 대한 정밀 데이터베이스를 구축하고 이를 출입국관리 시 적극 활용할 수 있는 제도적 기반을 마련해야 한다. 나아가 지방 경찰당국과의 유기적인 협력체계를 마련하고, 외국인 노동자들의 커뮤니티에 대한 융합정책을 실시하면서 이들 커뮤니티와 항상 든든한 연결고리를 펼치는 것이 필요하다.

　법이 제시하는 길은 곧 인간이 살아온 길이자 살아가야 할 길이다. 법조문 하나, 판례 하나에는 수많은 사람들의 인생의 역정과 질곡이 묻혀 있다. 변호사는 클라이언트의 권익을 보호 또는 구현하기 위해 법을 적용하는 직업이기도 하다. 또 한편으로는 법의 이면에 묻혀 있는 클라이언트의 인간적 고충을 이해하고 같이 풀어가는 인간적인 친구의 길을 걷는 면이 있다.

　법에 대해 조언하고 이끈다는 것은 그 대상의 하나인 사람에 대한 조망과 관찰과 이해관계 등을 같이 보면서 나아가는 것이다. 사람을, 인간을 먼저 이해하지 않고는 법을 이해하기 힘들기 때문에 사람을 보면 법이 보이는 것이다. 사람의 길을 체계화 시켜놓은 것이 법이기 때문이다. 법을 본다는 것은 곧 사람을 보고 사람을 이해한다는 의미이다.

　2부에서는 실제 미국에 이주 또는 체류하고자 하는 분들을 위한 실질적인 지침이 될 수 있는 내용을 핵심 위주로 설명하고 있다. 단순한 이론의 전달보다는 실제 사례를 통한 실제적인 지침이 될 수 있는 길을 제시하고자 했다. 또한, 필자가 걸어 왔던 법조의 길에서 만났던 사례들과 사람들에 대한 이야기와 법적인 메시지를 조합하여 담아보고자 한다.

1장

돈 안 들이고 자신의 재능으로
미국 영주권을 받는 법

1. 특기자 재능영주권과 NIW 영주권

1) 특기자 · 재능보유자

취업에 기반한 영주권 신청은 총 다섯 가지 종류가 있다.

1순위 영주권은 세 가지의 종류가 있는데, 해당분야에서 특출한 재능이 있는 사람에게 부여하는 것, 다국적기업의 간부에게 부여하는 것, 그리고 고등교육기관의 교수나 연구원에게 부여하는 종류가 있다.

2순위 취업이민 영주권이 있다. 여기에는 고학력자들이 신청하는 전문직 영주권과 뛰어난 재능(exceptional ability) 또는 고학력을 보유하여 국익에 기여할 수 있는 조건으로 노동허가서 신청과정을 면제받는 카테고리가 있다.

3순위 영주권은 2년 이상의 경력자들이 신청하는 숙련공 영주권, 학사학위는 가지고 있으나 경력이 5년 미만일 경우 신청하는 영주권, 그리고 2년 미만의 경력을 가진 비숙련공 영주권 등 두 가지 종류가 존재한다.

4순위 영주권은 종교이민으로 성직자들에게 부여되는 영주권이다.

5순위 영주권은 미국의 시골지역 또는 경제특구에 50만 달러 이상 또는 1백만 달러 이상의 금액을 투자하여 받는 영주권이다.

이중에서 1순위 특기자 재능 영주권(EB-1A)은 과학, 예술, 공학, 비즈니스, 스포츠, 교육 분야에서 특별한 재능(extraordinary ability)이 있다는 것을 증명하면 영주권을 승인 받을 수 있다. 취업이민 1순위 특기자 재능 영주권의 장점은 우선 스스로 스폰서가 되어 영주권을 진행할 수 있다.

보통 미국에서 취업을 할 수 있는 비자나, 취업관계에 기반하는 취업이민 신청은 자신을 고용하는 고용주가 취업비자 청원이나 취업이민청원서를 이민국에 신청해서 승인을 받아야 한다. 이때 취업이민신청 고용주를 편의상 스폰서라고 부른다. 미국에서는 취업이민 신청을 고용주가 해주는 대신 임금이나 휴가 등 각종 근로조건을 불리하게 강요하는 경우가 종종 있어서 사회적 문제가 되어왔다. 따라서, 불리한 고용조건을 감수하면서까지 영주권취득을 위해 억지로 스폰서회사에 일을 할 필요가 없는 것이다.

또한, 영주권을 받기까지 전체 수속기간이 짧게 걸린다는 장점이 있다. 급행수속이 가능하기 때문에 모든 서류를 갖춰서 이민국에 접수하면, 접수일로부터 15일 이내에 취업이민신청서에 대한 결정이 나온다. 취업이민 신청이 승인되면 마지막 단계로 정상적인 수속기간일 경우 영주권신분변경 신청서가 약 3~4개월 내에 승인이 된다. 따라서 빠르면 3개월 반 만에 영주권이 나온다는 계산이 나온다.

한국에서 고학력 전문직으로 화려하게 활동하던 사람들이 자녀의 교육을 위해 미국에 와서 영주권을 받기 위해 닭공장 같은 데서 닭털을 뽑으면서 고생을 감수할 필요가 더 이상 없는 것이다. 미국은 세계 유수의 고급인력을 유치하기 위해 이미 이러한 특기자 재능 영주권을 적극 활용하여 실제적으로 각 분야에서 탁월한 연구성과와 업적을 내도록 유도하고 있다. 그러면, 어떤 조건이 되어야 자신의 분야에서 특출한 재능이 있다는 것을 입증할 수 있을까. 미국 이민법은 다음의 조건을 제시한다.

무엇보다 노벨상이나 영화에서의 아카데미상, 올림픽 등에서의 메달 수상자들은 직접적으로 1순위의 요건에 부합한다. 이러한 세계적으로 정상급에 있는 수상의 요건이 아니라도 다음 조건이 만족되면 승인을 받을 수 있다.

① 노벨상과 같은 세계적인 명성의 주요상은 아니지만, 해당분야에서의 우수성을 인정하는 국가적 혹은 국제적인 상의 수상경력
② 해당전문 분야에서의 뛰어난 업적을 인정받아야만 가입할 수 있는 협회의 회원이라는 증거
③ 전문학술지, 업계저널, 주요언론매체 등에서 신청인 혹은 신청인의 업적에 관해 다룬 기사

④ 신청인이 자신의 전공분야 또는 연계된 분야에서 개인적인 자격으로 혹은 패널의 일원으로 다른 사람의 업적을 심사하는 데 참여했다는 증거

⑤ 논문출판 등을 통해 과학, 학문, 예술 또는 체육 등의 분야에서 신청인이 매우 중요한 독창적인 공헌을 했다는 증거

⑥ 해당분야의 주요 전문학술지, 업계저널 또는 주요언론매체(전국적으로 발행되는 신문, 잡지 등)에 학술연구논문 등을 기고했다는 증거

⑦ 뛰어난 명성을 가진 단체나 기관에서 주요직을 맡아 수행한 증거

⑧ 해당분야의 다른 종사자보다 훨씬 더 높은 연봉 혹은 서비스에 대한 보수를 받는다는 증거

⑨ 박스오피스 기록이나 음반/비디오 판매량 등의 기록을 통해 공연예술분야에서 신청인이 상업적인 성공을 거두었다는 증거

원칙적으로 특별한 재능 영주권 조건에서 말하는 시합이나 수상한 대회 등은 지역대회가 아니라 최소 전국대회를 비롯한 국제대회를 뜻한다. 물론 이들 대회에 대한 자세한 요강을 증거자료로 제출해야 한다. 예를 들어, 대회의 참가자 수, 수상인원, 수상기준, 대회의 명성 등에 대한 입증 자료를 제출해야 이민법상의 기준에 맞출 수 있다.

주의할 것은 위의 아홉 가지 요건을 다 충족해야 하는 것은 아니다. 적어도 세 가지만 충족되면 된다. 거기다가 제출한 서류상 전체적으로 볼 때 심사관에게 특별한 재능이 있음을 보일 수 있어야 한다.

특별한 재능 영주권을 신청하기 위한 최소 학력조건은 없다. 본인이 무학력자라도 바이올린에서 뛰어난 재능을 보여 '차이코프스키 콩

쿠르' 같은 명성 있는 대회에서 입상했다면 영주권 승인을 받을 수 있다. 레스토랑의 셰프로서 고교 학력만 가지고 있지만, 각종 요리경연 대회와 뛰어난 요리로 비평가들의 극찬을 받고−이를테면, 미쉘린 등급을 받는다든지−언론매체에서도 많이 이름이 났다고 한다면 역시 영주권을 받을 수 있다.

마찬가지로 직업이나 활동분야의 제한은 없다. 스포츠 선수, 과학자, 공학자, 교수, 의사, 한의사, 성악가, 연주가, 영화배우, 감독, 사진작가, 화가, 지휘자, 디자이너, 수학자 등 자신의 분야에서 위에서 제시한 조건에 어느 정도 부합한다면 충분히 신청해 볼만 하다. 사실 자신의 분야에서 어느 정도 업적을 쌓은 사람들은 한국을 벗어나 세계적인 무대로 활동의 범위를 넓히고자 한다. 특히 미국에서 단기 또는 중기간 정도 머물면서 활동도 하고, 네트워크도 쌓으려 하는데 비자의 장벽에 막혀 엄두를 내지 못하는 경우를 종종 접하게 된다. 자신의 활동의 폭을 넓고 좀 더 깊이 가지고자 할 때, 꼭 영주권자체가 목적이 아니라 하나의 수단으로써 활용하여야 할 때가 되었다.

2) 저명연구가 및 교수

저명한 연구자나 대학교급 이상의 교수로 재직 중인 사람은 1순위 영주권중 B 카테고리(EB-1B)의 영주권으로 신청이 가능하다. 이를 위한 조건으로는

① 특정 학문분야에서 국제적으로 뛰어남을 인정 받음
② 해당분야에서 교수직 혹은 연구직으로 최소 3년간 근무

a) 종신교수직 혹은 정년트랙 교수직 채용 제의 혹은 이에 필적하는
   연구직 채용 제의

b) 재임기간은 정해지지 않았으나 일반적으로 종신고용 (permanent
   employment)이 예상되는 연구직 채용 제의

c) 최소 세 명의 정규연구원을 두고 있으며 증명할 수 있는 연구실적
   이 있는 민간회사로부터 받은 이에 필적하는 연구직 채용 제의

등을 들 수 있다. 위의 조건은 어느 것 하나만 만족되면 안되고 세 가
지 모두 만족이 되어야 한다. 학문 분야에서 국제적으로 뛰어난 것을
인정받았다는 증거로는 저명한 저널지에 논문이 게재된 사실, 해당
분야에서 권위 있는 학자들로부터의 추천서(opinion letter) 등을 제출
하여 소명할 수 있다.

　해당분야에서 최소 3년 이상 연구 또는 교수직에 종사했다는 요건
은, 풀타임으로 재직한 것을 기준으로 한다. 따라서 파트 타임으로 3
년 이상 재직했을 경우 이러한 파트 타임 경력은 기간 산정에 포함되
지 않는다. 3년 이상 풀타임으로 재직한 대학 또는 연구기관으로부터
재직증명서를 받아서 제출하여 소명을 할 수 있다.

　결국 저명한 연구 또는 교수직으로 영주권을 받기 위해서는 자신의
분야에서 연구 업적이 탁월하다(outstanding)는 것을 얼마나 입증하느
냐에 달려 있다. 이민국에서 통상적으로 인정하고 있는 객관적 증거
들로는 다음과 같은 자료들이 있다.

　① 학술심포지엄에서 peerreview를 받은 프리젠테이션

② 학술지에서 peerreview를 받은 연구 논문

③ 신청인의 업적과 이를 증명하는 다른 학자/연구가의 의견서(opinion letter)

④ 신청인의 연구를 권위 있게 인정하여 인용한 인용색인 표제항목

⑤ 신청인이 상호검토(peer reviewed) 학술지에 검토자로 참여한 경력

3) 다국적기업의 임원 및 중견간부

다국적 기업에서 임원(executive)나 중견간부(manager)로 근무해온 비즈니스 맨들은 이 카테고리로 영주권 신청이 가능하다. 신청요건은 이민신청서 접수일 기준으로 과거 3년 기간 중 1년 이상 다국적기업에 풀타임으로 임원이나 중견간부 직위로 종사했어야 한다. 여기서 중견간부라 함은 한국의 경우 보통 부장급에 해당하는 직책이라고 보면 된다. 임원급은 상무, 전무, 부사장, 사장 등의 직책을 말한다.

다국적 기업이란 미국을 포함하여 적어도 2개국 이상 해당회사의 자회사, 지사, 본사, 관련 사업체가 있는 기업을 뜻한다. 따라서 한국이나 미국 등 한 군데에만 회사가 있고 주력 상품 또는 업무가 국제적이라고 해서 다국적 기업이 되지는 않는다.

보통 대기업회사의 미국 내 주재원 또는 지사장으로 갈 경우 신청을 많이 한다. 그러나, 여기에만 반드시 국한되지는 않고, 중소기업이라 하더라도 과거 3년 기간 중 1년 이상 직책을 가지고 일을 했으면 신청이 가능하다. 중요한 것은 임원 또는 중견간부의 실제 직무가 과연 관리자급에 해당하는가이다. 이를 위해 조직도, 자세한 직무 내용의 설명, 경력증명서 등의 자료가 치밀하게 준비되어야 한다.

승인의 확률은 근무연한이 길수록, 직무가 복잡한 업무를 관리 감독하고, 매출이 높은 회사일수록 높아진다.

2장
나도 미국에
갈 수 있을까?

1. 한의사·의사

한의사 K씨는 한국에서 개업한지 약 10년이 되는 중견 한의사였다. 우연히 한국에서 있었던 한 모임에서 알게 되었는데, 만남 후 얼마 뒤 전화가 왔다.

"한의학 시장이 지금은 한국에서 포화상태이고, 매출도 날로 떨어지고 있습니다. 지금 이대로 가면 가망성이 없는데, 뭔가 돌파구가 있어야 할 것 같습니다. 혹시 내가 미국에 한의원을 개업할 수는 없을까요? 그럴 경우 미국에 갈 수 있는 적절한 비자가 있습니까?"

세월이 참 무섭다. 필자가 대학에 들어갈 때만 해도 한의학과의 인기는 하늘이 무서운 줄 모르고 치솟았다. 서울대도 포기하고, 한의학과에 입학하는 친구도 보았다. 물론 자신의 소신도 있었겠지만, 당시 사회분위기도 무시할 수 없었다. 결혼시장에서 한의사는 1등감 신랑의 하나로 꼽히고 있었다. 그리고, 한의사는 양의학의 의사들처첨 '피'를 묻혀가면서, 수술을 해야 하는 것이 아니라 고상하게 앉아서 비교적 깨끗하게 진료를 하는 직업으로 인식되었다. 그런데, 현재 한의과 대학의 졸업생들이 쏟아지면서 한의원이 너무 많이 개원되어 자연히 한의원들의 수익이 떨어지고 있는 것이 현실이다.

미국에서의 한의원 실정은? 한 마디로 밝음이다. 미국 내에서의 한의학에 대한 인식은 아직까지는 미미하지만 최근 미국에서는 침술, 경락요법 등이 서양의학의 대체의학으로써 주목받고 있다. 특히, 미국의 젊은이들은 요가와 채식 위주의 생활에 관심을 두면서 자연치료요법 또한 주목을 받고 있는데, 이러한 트렌드에 부합하는 것이 한의학이다.

한의사가 미국에 올 수 있는 방법은 H1B 비자, 투자비자(E2), 투자이민, 특기자재능영주권을 통하여 가능하다. 이 중에서 비이민비자로서는 투자비자가 적격이다. 투자비자는 뒤에서 상세히 설명하겠지만, 미국 내 사업체에 투자하여 사업체를 운영하는 조건으로 발급이 되는 비자이다.

한의사의 경우, 미국 내 한의원을 돈을 지불하고 인수하거나 아예 치음부터 한의원을 설립할 수 있다. 이리힌 인수 또는 설립이 가능한 전제조건으로 한의사가 해당 주에서 최소 침구사(acupuncturist) 자격은 가지고 있어야 한다. 한의사라는 명칭을 사용하기 위해서는 침구사보다 위에 있는 동양의학 박사 자격을 설립하고자 하는 한의원이 소재한 주정부로부터 취득해야 한다. 이를 위해 따로 미국 내 한의과 대학을 이수할 필요는 없다. 한국에서의 한의학 이수과정과 졸업, 그리고 개원활동이 어느 정도 인정될 수 있기 때문이다. 이를 주정부로부터 인가 받기 위해서는 일정기간이 지나야하기 때문에, 우선 침구사 자격을 획득하여 개원활동을 하는 것이 현실적이다.

기존에 운영 중인 한의원을 인수하면, 돈이 많이 들기는 해도 그 한의원이 확보한 고객들을 그대로 인수받을 수 있기 때문에 초기정착 시간을 단축시킬 수 있다. 이에 반해 새로이 한의원을 개업하려면, 장소 선정, 임대문제와 관련된 리스계약 체결, 인테리어 설비, 자격증 취득 등의 단계를 거쳐야 한다. 이러한 과정을 옆에서 지켜봐주고 법적으로 보호해줄 변호사는 필수적이다.

조금 더 큰 규모의 자금을 움직여서 한의원을 운영하고자 한다면, 바로 영주권이 나오는 투자이민을 고려해볼 만하다. 투자이민은, 대도시지역에는 100만 달러 이상의 투자를, 시골 지역으로 실업률이 높은 지역에는 50만 달러 이상의 투자로 가능하다. 이러한 자금으로 소규모의 한방병원을 설립하여 운영할 수 있을 것이다. 물론 투자이민의 조건을 맞추기 위해 조건부 영주권이 나온 후에는 10인 이상의 영주권자 또는 미국시민권을 가진 직원들을 고용해야 한다.

개원활동을 하면서, 한의학 연구에 보다 중점을 두어온 한의사라면 취업이민 1순위 특기자 재능 또는 2순위 NIW 카테고리의 영주권을 신청해볼 만하다. 한의학에서 관련 논문을 많이 발표했거나(석, 박사 논문은 제외), 자신의 연구나 업적으로 언론에 기사가 났거나, 논문의 심사위원으로 활동하였거나, 관련 분야 특허나 수상경력이 있을 때에는 영주권을 받을 수 있는 확률이 높다. 물론 이러한 영주권들은 앞서 언급한 투자이민처럼 투자금이 전혀 필요 없다.

2. 예술가

K씨는 한국에서 지휘자로 꽤 이름이 알려져 있다. 그의 활동 반경은 상당히 넓어서 국내는 물론이거니와 종종 해외공연을 나간다. 모르긴 몰라도 1년 중 반은 해외에서 지내는 것 같았다. 처음에 K씨를 상담했을 때, 미국에 오는 길은 관광비자밖에 없는 것으로 알고 있었다. 당시 맨해튼의 유명 공연홀에서 연주 지휘를 하기로 되어 있었는데, 필자의 상담을 받은 날로부터 공연일이 얼마 남지 않아 상당히 일정이 촉박했다.

그동안 언론에 오르내린 K씨의 기사만 보더라도 예술인비자, 즉 O1 비자는 충분히 가능하리라는 판단이 섰다. 그의 자세한 이력과 관련 자료들을 받아봤을 때, 역시 다양한 이력과 경력들로 채워져 있어서 충분히 예술인비자가 가능한 스펙이었다. 이민국 신청 후 4일만에 승인을 받았고, 이후 대사관에서 순조롭게 비자가 승인되어 맨해튼 공연홀에서 훌륭한 연주도 듣고 이후 즐거운 만찬시간을 K씨와 가졌다.

이와 같이 예술인들은 우선 공연이나 예술활동이 주 목적일 경우 예술인비자를 받아서 미국에 올 수 있다. 여기서 예술인의 범위는 상당히 광범위하다. 뒤에서 예술인비자에 대해 자세히 설명하겠지만, 성악가, 연주자, 지휘자, 화가, 사진작가, 디자이너, 시인, 소설가, 영화배우, 영화감독, 건축가, 인테리어 디자이너, 요리사 등을 포괄한다.

모든 예술분야에 종사하는 사람들이 받을 수 있는 비자가 예술인비자이다. 그러나, 가능한 분야는 비단 예술분야에 한정되지 않고, 과학, 공학, 비즈니스, 교육, 마케팅, 광고 등 거의 모든 분야에 걸쳐 신청이 가능하다. 다만, 신청자는 자신이 특별한 재능을 보유하고 있다는 것을 입증해야 한다.

예술인비자의 대안으로 전문직비자, 즉 H1B 비자도 신청해볼 만하다. 그러나, H1B 비자는 뒤에서 보다 자세히 다루겠지만 신청자가 기본적으로 학사학위를 보유하고 있어야 유리하다. 그에 반해 예술인비자는 특별히 일정한 학력을 요구하지는 않는다. H1B 비자는 연중 접수를 받지 않고, 매년 4월 첫째 주에만 신청을 받고, H1B 청원서가 비자 할당량을 초과하여 접수되었을 경우, 추첨으로 심사 여부를 가린다는 단점이 있다.

그 외 국악인, 도예가, 서예가 등 문화적으로 독특함을 바탕으로 창작활동을 하는 예술가들은 문화공연, 전시회를 위해 미국 방문시 P3 비자를 신청할 수 있다. 이에 대해서는 뒤에서 다시 설명하고자 한다.

이와 같이 예술인비자 또는 H1B 전문직비자를 받고 미국에 들어와서 예술활동에 전념할 수 있다. 그러나, 예술인비자가 미국에 영주할 수 있는 권리가 허용되는 것은 아니다. 만약, 영주권을 취득하고자 한다면 예술인의 경우 앞서 얘기한 취업이민 1순위 영주권이나 취업이민 2순위 NIW 카테고리의 영주권을 신청할 수 있다. 이들 영주권은 굳이 미국에 체류하지 않고 한국 내에 직장 또는 예술활동을 하면서도 한국에서 신청하여 영주권을 받는 것이 가능하다.

한국 내에서 위의 영주권을 신청할 때에는 먼저 미국 내 이민국에서 취업이민청원서를 승인받고, 이후 한국 내 미국 대사관에서 인터뷰를 통하여 최종 영주권을 승인 받는다. 전체 수속기간은 취업이민의 종류와 이민국 및 대사관의 서류 신청 양에 따라 변동이 있지만, 대개 6개월~1년 반 정도 걸린다고 보면 된다.

3. 스포츠 종사자

수년 전부터 시작된 한류바람은 한때 사회적 유행어로 회자되다가 요즘은 한풀 꺾인 모습이다. 한류의 하나로 유명 걸그룹이 맨해튼에 직접 들어와서 훈련 받으며 미국 시장 진출을 모색했던 때가 바로 엊그제 같다. 따져보면 한류의 시작은 얼마 되지 않은 것 같지만, 정작 우리가 잊고 있는 것은 한류의 시작은 우리가 생각했던 것보다 훨씬 더 오래다.

바로 태권도가 한류의 원조이자 가장 큰 효과를 발휘한 한류의 본류라고 생각한다. 60년대와 70년대 태권도가 조직적으로 재정비되면서 많은 사범들이 해외로 파견되었다. 이들은 한국기업이 진출하지도 않은 곳에도 태권도 도장 간판을 내걸고 태권도라는 이름을 알렸다. 인터넷과 이메일도 없고, 외국어 실력도 변변찮았을 그 시대, 해외진출이 얼마나 힘들었겠는지는 쉽게 짐작할 수 있다.

그러한 태권도를 기치로 한 한류의 물결은 수십 년이 지난 지금도 끊이질 않는다. 태권도 사범들의 해외진출은 그때보다 더 많아졌으면 많아졌지 결코 사그라들고 있지 않는 것이다. 그러나, 최근에 미국 대사관의 비자 거부율이 높아지면서 직격탄을 맡고 있는 부분이 바로 미국 진출을 꿈꾸는 태권도 사범들이다. 현재 태권도로만 한정하여 보자면 한국보다는 미국쪽이 훨씬 태권도 도장 운영에 유리한 조건이다. 아직까지는 한국보다 경쟁이 치열하지 않고 도장이 어느 정도 안정적으로 유지될 수 있는 가능성이 많기 때문이다.

태권도 사범들을 비롯한 운동선수들이 미국에서 합법적으로 취업을 할 수 있는 비자의 종류로는 P 비자, O1, H1B, E2 비자 등이 있다. P 비자 중에서 P1 비자가 있는데, 이는 야구로 치면 메이저리그 또는 마이너리그 팀 또는 그와 동등한 팀들과 계약을 맺고 국제적인 명성이 있는 선수들이 받을 수 있는 비자이다. 미국 내 메이저리그에 진출하는 야구선수들이 받을 수 있는 비자라 할 수 있다. 그러나, 실무에서는 이보다 약간 미치지 못하는 경력의 선수들도 P1 비자를 받을 수 있다. 태권도, 골프, 축구, 테니스 등의 선수들도 이 비자를 물론 신청할 수 있다. 중요한 것은 자신의 분야에서 수상경력이 많을수록 승인가능성이 높아진다.

P 비자의 또 다른 종류로 P3 비자가 있다. 이는 문화적으로 독특한 분야를 공연하기 위해 오는 사람들에게 부여되는 비자이다. 태권도의 경우 문화적으로 독특함(uniqueness)을 담고 있다는 것을 적극적으로 개진하고 태권도 홍보를 위한 시범 행사 등에 참석한다는 이유를 내

세워서 신청할 수 있다. 자신의 분야가 문화적으로 독특한가, 미국 내에서 참석할 행사나 이벤트가 문화적으로 독특한가를 입증하는 것이 P3 비자의 핵심이다. 물론 이의 입증문제는 담당 변호사의 몫이다.

운동선수들이 이용할 수 있는 또 다른 비자는 O1 비자이다. 최근 일부언론에서는 이를 '천재비자'라고 소개했는데, 이는 '특별한 재능'을 법적기준으로 요구되기 때문에 나온 용어라고 생각된다. 그러나, O1 비자를 '천재비자'라고 부르는 것은 오역이고 많은 오해를 불러일으킬 수 있는 용어이기 때문에 사용에 주의를 기울여야 한다고 본다.

그러나, O1 비자는 법적으로 요구되는 조건이 정도는 못하지만 거의 취업이민 1순위 영주권의 요건과 유사하다. 기본적으로 이민국 심사관과 대사관의 영사들은 O1 비자 신청자들이 해당 분야에서 인지도가 있는지, 어느 정도 자신의 분야에 중요한 기여를 했는지를 집중적으로 본다. 이러한 요소들은 국내외 언론에 자신의 기사가 났는지, 각종 대회에 심판이나 심사위원으로 참석했는지, 주요 국제대회 수상경력이 있는지, 주요 협회의 회원인지 등으로 판단한다. 최근 O1 비자의 발급요건이 예전보다 까다로워지고 있기 때문에 신청 전에 전문가와 면밀한 상담이 필요하다.

전문직비자, 즉 H1B 비자 또한 운동선수들이 이용할 수 있는 비자이나, 4년제 대학교 학사학위 이상이 있어야 승인 가능성이 높아진다. 불본 2년제 또는 3년제 대학을 졸업했다고 해서 신청자체가 불가능한 것은 아니나, 2년제 대학 졸업의 경우 졸업 후 해당분야에서 6년, 3년제 대학 졸업의 경우 해당분야에서 9년의 풀타임 경력이 있어야 신청이 가능하다.

투자비자, 즉 E2 비자는 미국에서 바로 도장을 오픈하려고 하는 선수 또는 사범들이 이용할 수 있는 비자이다. 법적으로 하한선의 투자 금액은 존재하지 않는다. 돈을 지불하고 미국 내 도장을 인수하거나, 또는 새로이 도장을 차리는 경우에 이용할 수 있는 비자이다. 이에 대해서는 뒤에서 보다 자세히 얘기하겠다.

만약 선수 출신으로 주요 국제대회 수상 경력이 있고, 한국 내 주요 대회에서도 10여 차례 이상의 수상 경력이 있다면 취업이민 1순위 영주권 또는 취업이민 2순위 NIW를 신청하여 영주권을 받을 수 있다. 미국에 올 경우 왜 영주권이 절실한가는 영주권이 있으면 자신의 명의로 도장이나 교습소 등을 오픈할 수 있기 때문이다. 위에서 언급한 P, O1 비자 등으로는 자신의 명의로 도장이나 교습소 등을 원칙적으로 오픈할 수 없다. 또한, 일정기간이 지나면 이들 비이민비자들은 연장신청을 해야 하기 때문에 그때마다 따로 비용이 들어가고, 연장신청이 승인될 때까지 항상 마음을 졸여야 된다. 그러므로, 장기간 미국에서 운동관련 비즈니스를 운영할 계획이라면 영주권 신청을 빨리 하는 것이 좋다. 이를 위해서는 미국 내에서의 목표와 활동계획을 면밀히 세우는 것이 무엇보다 중요하다.

4. 일반 주부

일반주부들은 주로 자녀들의 교육목적으로 자녀들과 함께 미국으로 오고자 하는 경우가 많다. 자녀들 뒷바라지 때문에 남편은 한국에 남고 다른 가족들은 같이 데리고 오는 이른바 기러기 가족의 전형인 것이다.

이렇게 일반 주부가 미국에 오고자 하면 부딪치는 첫 번째 문제는 도대체 주부로서 무슨 비자를 받아서 미국에 와야 하는가 하는 점이다. 대부분의 주부들이 학교를 졸업하고 직장에 조금 다니다가 결혼과 함께 그만둔 경우가 많고, 어떤 주부들은 학교만 졸업하고 다른 직장 경력도 없는 경우도 상당히 있다. 문제는 학생비자 외에 이들 주부들이 주 신청자가 되어 신청할 수 있는 비자가 그렇게 많지 않다는 점이다. 또한, 풀타임으로 미국에서 직장생활을 하면서 아이들 뒷바라지를 하기가 현실적으로 쉽지가 않은데 또 다른 문제가 있다.

이들 주부들에게 권할 수 있는 비자로는 우선 투자비자, 즉 E2 비자를 꼽을 수 있다. E2 비자에 대해서는 뒤에서 상세히 설명하겠지만, 우선 상당 금액의 투자금이 있어야만 하는 것이 걸림돌이 될 수 있다. 일정 수입도 올리면서 미국에서 체류를 하고자 한다면 좋은 대안이 될 수 있을 것이다. 주의할 점은 최근 들어 서울 소재 미국대사관의 영사들이 자녀들과 같이 가는 주부들이 E2 비자를 신청하면 많은 경우 비자 신청을 거절하고 있다는 것이다. 영사들이 보기에는 실제 투자보다는 자녀들의 교육이 주 목적이라고 생각하는 것이 그 주된 이유로 생각된다. 그러므로, 이러한 현실적인 문제를 잘 극복할 수 있도록 정밀한 전략이 처음부터 필요하다.

다음으로 예술을 전공한 주부들은 자신의 특기와 전공을 살려 O1 비자를 신청해서 받을 수 있다. 물론 O1 비자의 요건을 만족할 수 있는지는 사전에 면밀한 검토를 거쳐야 할 것이다.

투자금을 좀 더 많이 마련할 수 있는 주부들은 비이민비자보다는 아예 처음부터 취업이민의 다섯 번째 종류에 해당하는 투자이민을 신청하는 것도 고려해볼 만하다. 이는 미국 내에서 지정된 경제특구에 50만 달러 이상을 투자하거나, 그 외 지역에 100만 달러 이상을 투자할 경우 첫 2년간 조건부 영주권을 주고, 2년간 투자이민의 법적요건을 충분히 만족시켰으면 이후 조건부가 붙지 않은 영구 영주권을 부여한다.

투자이민을 위해서 대형 음식점이나 프랜차이즈 업소를 운영할 경우 투자금액의 하한선과 10명 이상의 시민권자 이상의 고용요건도 충족시킬 수 있기 때문에 유리하다.

5. 기업체 중견간부

기업체에서 중견간부 이상이면 한국사회의 라이프싸이클에서 보자면 자녀들이 대개 중고등학교에 재학 중인 경우가 많다. 어린 나이일 때 자녀들이 미국 현지의 영어와 문화를 체험할 수 있는 기회를 가지고자 하는 것이 대부분 부모의 마음이다. 이런 기회를 가지려면 결국 가장인 아버지가 직장을 통해 미국에 갈 수 있는 기회를 만들든지, 아니면 주부인 엄마쪽에서 기러기부부를 각오하고 자녀와 함께 미국에 가는 수밖에 없다. 물론 자녀만 혼자서 미국 내 보딩스쿨(기숙사학교)로 보낼 수도 있을 것이다.

가장인 아버지쪽에서 직장을 통해 미국에 올 수 있는 길을 마련하는 것이 어떻게 보면 가장 수월하게 미국에 올 수 있는 길이기도 하다. 가장 먼저 생각할 수 있는 길은 아버지가 몸담고 있는 회사의 미국 내 지사로 근무하면서 주재원으로 미국에 오는 것이다. 대개 주재원비자를 많이 신청한다. 즉 L 비자를 많이 신청하는 것이다. 그러나, L 비자 못지않게 주재원들은 E1 비자를 많이 받아서 미국에 온다.

L 비자의 심사가 까다로와져서 중소업체 회사에 재직하고 있으면 다소 어려움이 있기는 하지만, L 비자에는 장점이 있다. 미국에서 2년간 L 비자(정확히는 L1A−중견간부급 이상이 받는 비자종류)로 회사에 재직하면 영주권을 신청할 수 있는 자격이 생긴다. 나아가 현재 한국 내 회사가 미국에 지사가 없다고 하더라도, 새로이 미국에 지사나 연락사무소 등을 설립하면서도 L 비자를 신청할 수 있다.

또 다른 대안으로 H1B 전문직비자를 신청하여 미국에 올 수 있다. 물론 학사학위를 가지고 있어야 비자를 승인 받는 데 유리하다.

기업체 중견간부급 이상의 자리에 재직 중인 사람들이 오면, 가장 큰 고민거리 중의 하나는 미국에 계속 체류를 하느냐 한국 본사로 해외근무 발령기간이 끝난 후 복귀하느냐 하는 점이다. 한국 본사에 귀국하지 않고 다시 미국에 계속 남느냐 하는 딜레마는 대부분 자녀들의 교육문제로부터 나온다.

막상 미국에 오니 자녀들이 한국에 있을 때보다 미국의 교육환경을 더 좋아하고, 영어실력도 많이 향상된 걸 보면 부모로서 한번쯤은 미국에 계속 체류할 것인가 하는 문제를 고민하게 된다. 사람마다 처한 환경과 생각들이 다를 수 있기 때문에 여기에 대한 답은 각자 개인이 내릴 문제이다. 그러나, 미국에 계속 체류를 한다고 결정하면 결국 영주권 신청에 들어가야 안정적인 체류신분을 얻을 수 있다.

기업체 중견간부급 이상으로 재직했으면 앞서 언급한 취업이민 1순위로 영주권을 신청할 수 있다. 다른 종류의 취업이민보다 수속이 빠르기 때문에 유리한 점이 있다. 신속한 영주권 수속과 함께 미국 내에서의 진로에 대한 확고한 계획과 입지를 다지는 것이 이 단계에서는 중요하다고 하겠다.

6. STEM 종사자

"현재 A씨가 해외출장 도중 사고를 당해 뇌사상태에 빠졌습니다."

양지바른 밖에는 개나리가 흐드러지게 피고, 초봄의 따스한 햇살이 대지를 녹이고 있을 무렵, 받은 뜻밖의 전화 한 통은 나에게 '인생이란 무엇인가' 라는 말을 다시 떠올리게 만들었다. A씨는 한국 내 중견 수출업체 대표로, 대기업 S사에서 근무하고 모바일폰 분야의 핵심기술을 개발한 유수의 엔지니어 출신이었다. A씨는 특허청에 출원하여 보유한 특허기술만도 10여개가 넘어서고 있고, 그의 회사는 연간 눈부신 성장을 거듭하고 있었다.

회사대표로 재직하고 있었던 A씨는 자신이 하루라도 회사에 없으면 안되었기 때문에, 한국에서 영주권을 진행하기로 했다. 그가 개발한 기술은 모바일폰에 꼭 필요한 기술이었기 때문에, 취업이민 2순위 NIW 분야로 진행하면 영주권이 승인될 가능성이 높았다. 그 또한 자신의 회사의 활동분야를 미국에까지 확장시킬 필요가 있어서 영주권 취득이 필요했다. 그러던 그가 한참 잘 나가는 중에 해외출장을 갔다가 불의의 교통사고로 뇌사상태에 빠지게 된 것이다. 담당의사의 말로는 회복가능성이 아주 낮다고 진단을 내렸다고 한다. 결국 A씨의 가족들은 진행하던 영주권 수속을 중도에 포기하기로 결심했다.

A씨와 같이 STEM 분야, 즉 과학, 기술, 공학, 수학에 종사하는 사람들은 비교적 미국 비자나 영주권을 받기가 용이하다. 우선적으로 미국에 이들 분야를 요구하는 수요가 많기 때문이다. 또한 이 분야에서 1차적으로 언어장벽이 크게 문제는 안 되는 이유도 있다. STEM 분야를 통칭하여 과학자라고 부를 때, 비이민비자로는 H1B 전문직비자, O1 비자를 받아서 미국에서 일을 할 수 있다.

미국에서 STEM 분야에 종사하는 연구원들 중 이 분야에서 학사학위를 받은 연구원 초임 연봉은 2013년 기준으로 $66,123, 즉 원화로 대략 6,700만 원을 받는다. 이 연봉수준은 비 STEM 분야 종사자의 초임 $52,299, 원화로 5,300만 원보다는 높다.

현재 미국 내에서 STEM 인력은 부족한 상태이다. 그러니, STEM 분야를 공부하고 취직이 안 되거나 저임금을 걱정하지 않아도 된다. 더구나 STEM 분야에서 석사학위 이상 졸업자는 STEM 분야 학사학위 소지자보다 두 배나 더 많은 취업기회가 열려 있다. 사회적 수요와 처우가 STEM 분야를 받쳐주는 현실이 한국과는 다르다.

이렇게 STEM 분야에서 강한 경쟁력을 인정받고 있는 미국도 현재 깊은 고민에 빠져 있다. STEM 분야의 인력이 갈수록 줄어들고 있고,

특히 STEM 분야 졸업자들 중 미국 내 자국민 비중이 감소하고 외국인 출신들이 대폭 증가하고 있기 때문이다. 현재 STEM 분야 종사자들 중 17%가 외국 태생이다. 이 수치는 생명공학과 물리학 종사자들까지 합치면 외국태생의 비율은 25%까지 증가한다. 이와 더불어, 미국에서 STEM 전공자들이 대학교에서 중도에 학업을 포기하는 경우가 대략 네 명 중에서 한 명 꼴로 발생하는 것도 또 다른 문제이다.

이러한 현실적인 문제점 하에 미국의 정책권자들은 STEM 교육을 강화해야 한다는 것에 인식을 같이하고 여러 가지 방안을 강구해 왔다. 여하튼 미국 정책당국자들의 성향은 STEM 교육 쪽의 인원을 대내적으로는 미국 자체학생들의 공급을 증가시키고, 외부적으로는 STEM 분야의 숙련된 종사자들을 최대한 많이 데려오게끔 비자나 영주권 문호를 대폭 확대하는 방향으로 가고 있다.

만약 가능한 빨리 미국으로 건너가야 한다면 H1B 전문직비자나 O1 비자를 받아서 비자 신청을 하면 된다. 먼저 이민국에서 취업청원서 승인을 신청하여 승인을 받은 뒤, 한국 내 미국 대사관에서 비자신청에 들어간다. 비교적 다른 직종에 비해 STEM 분야는 비자 승인이 수월한 편이다. 그러나, 미국 내에서 일할 직장의 규모가 너무 작을 경우 영사가 직장에 대해 비자 승인을 일시 유보하고, 여러 가지 추가 조사(administrative processing)를 진행할 수 있다.

한국 내 직장을 당장 그만두기 어려운 경우에는 직장생활을 한국에서 정상적으로 하면서 영주권 수속을 진행할 수도 있다. 이는 앞서 언급을 했고, 뒤에 또 자세히 소개하므로 여기서는 구체적인 설명은 생략한다.

7. 일반인

여기서 일반인이란, 특별히 고학력을 가진 것도 아니고, 소위 이름 있는 직장을 다니고 있지도 않은 그야말로 평범한 소시민들을 말한다. 사실 이런 분들의 비자 신청이 제일 까다롭고 한계가 많다. 선택할 수 있는 비자의 종류가 지극히 제한적이기 때문이다.

예를 들어, 미국 내 유수의 미용 또는 네일학원, 아카데미에 관련 실질적인 기술을 더 연마하고, 자격증까지 받고 싶다고 한다면 M 비자를 신청하면 된다. M 비자는 학생비자와 비슷하지만, 학생비자가 순수한 학문 또는 영어 공부를 위한 비자인데 비해, M 비자는 말 그대로 실용적인 기술을 연마하기 위한 사람들에게 부여되는 비자이다. 최대 1년까지 비자기간이 주어지고, 교육기간이 끝나면 1년간 실제 현장에서 기술훈련(practical training)을 받을 수 있는 기간이 허용된다. 이 기간에는 소속된 사업체에서 임금을 받으면서 일을 할 수 있는 자격이 있다. 그러나, M 비자는 미국 내에서 신분연장 또는 다른 신분으로의 연장이 안 되고, 실무훈련이 끝나면 본국으로 돌아가야 하는 한계가 있다.

일용노무자나 식당 종업원, 또는 청소부 등의 비숙련 기술직으로 미국에서 일을 하려면 H3 비자를 받아서 미국에 갈 수 있다. 그러나, 일을 하게 될 회사나 사업체가 계절적 수요에 의한 업종에 있을 때 가능하나. 예를 들어, 관광지의 리조트나 호텔 등 일정기간에 이들 비숙련기술직이 필요할 때, H3 비자를 신청할 수 있는 것이다. 또한, 농장이나 양식장 등 1차 산업에 있는 회사일 경우에도 H3 비자 신청이 가능하다. H3 비자는 먼저 노동청에 노동허가서 신청을 접수하여 승인을 받고, 미국 내 이민국에 청원서 신청에 들어간다. 이후, 신청자가 한국 내 체류 중이면 한국 내 미국 대사관에서 비자신청을 하고, 미국에 체류 중이면 이민국에 신분 변경 신청을 하여 진행한다.

3장

미국 이민이 궁금하다

1. 복수 국적의 선택

가수 유승준 씨의 한국 국적 취득 및 재입국 문제로 한국의 언론과 여론이 뜨거웠던 적이 있다. 유승준 씨는 2002년 한국국적을 포기하고 미국시민권을 취득함으로써 병역기피 의혹을 받았다. 그런데, 이제 와서 다시 미국 시민권을 포기하려해서 그 동기에 대해 추측이 분분했다.

국적문제는 비단 가수 유승준 씨의 문제만이 아니다. 해외에 진출한 스포츠 선수들 사이에서 큰 딜레마로 작용하고 있다. 이들은 이름이 있다 보니 한국국적을 놔두고 영주권이나 해외국가의 시민권을 취득하면 어떤 비판 여론이 일지 걱정이 항상 앞선다.

가까이 안현수 선수를 보자. 이제는 빅토르 안이 그의 정식 이름이다. 이탈리아 토리노 동계 올림픽에서 금메달을 딴 후, 부상으로 재기에 몸부림쳤지만, 조국인 한국은 그를 냉대했다. 쇼트트랙에서는 은퇴할 나이였지만, 그는 여전히 빙상 위에 서고 싶어 그를 받아준 러시아로 향했고 러시아로 귀화했다. 소치 동계올림픽에서 금메달을 세 개나 거머쥐고 러시아의 영웅이 되었다.

우리가 여기서 눈 여겨 보아야 할 것은 안현수 선수가 러시아로 귀화해서 한국을 저버렸다는 것이 아니라, 지금 한국의 인재들이 빠져나가고 있다는 점이다. 개인마다 사정과 이유가 다르겠지만, 빼놓을 수 없는 것이 한국의 국적문제이다. 야구선수 백차승이 미국시민권을 취득했고, 서울 FC에서 활약하고 있는 박주영 선수도 옛날에 모나코에서 활동할 때 모나코의 영주권을 취득한 것으로 알려졌다. 탁구선수 안재형, 자오즈민 부부의 아들 안병훈 선수는 골프 선수로 활동 중인데, 미국 영주권을 가지고 있다고 한다. 미국에서 골프 선수로 활동하는 케빈 나 선수도 일찌감치 미국 시민권을 취득한 것으로 알려졌다.

현재 한국에서는 출생 등 선천적으로 외국국적을 취득한 사람에게는 대한민국 국적을 동시에 인정하는 복수국적을 인정하고 있다. 그러나, 후천적으로 귀화하여 외국국적을 취득한 경우에는 복수국적이 인정되지 않는다. 하지만 이 경우에도 외국국적을 행사하지 않겠다는 서약을 해야 하므로, 엄격한 의미에서는 복수국적이라고 보기는 힘들다. 유명스포츠스타들이 해외에서 외국국적이나 영주권을 취득하는 이유가 있는 것이다.

외국에서 취업활동, 즉 선수활동을 하기 위해서는 거기에 합당한 취업비자를 받아야 한다. 그런데, 계속 비자를 연장하는 문제도 번거롭거니와 취업비자 기간이 무한정 인정되는 것은 아니다. 또한, 젊은 선수들의 발목을 잡는 것이 병역문제다. 그러다보니 선수활동의 전성기를 살리고 활동에 집중하기 위해서는 영주권취득이나 외국국적의 취득이 필요할 수밖에 없는 것이다.

이러한 갈림길에서 외국국적을 취득하는 선수들이 늘고 있는 것이다. 비단 이들 선수들만 싸잡아서 비난할 만한 일은 아니다. 해외에서 단기간이건 장기간이건 살아가는 것이 녹록치 않은 것이 사실이다. 이는 한국 내에서만 살 때와는 또 다른 현실이 펼쳐지기 때문에 현지 사정을 무시할 수 없다.

문제는 외국국적 취득을 정당한 목적이 아니라, 탈법적인 목적을 위해 사용하는 경우이다. 얼마 전 사회지도층의 자녀들이 한국 내 외국인학교에 외국국적으로 위조하여 부정입학한 사건이 있었다. 1억 이상의 돈을 주고 중남미 등의 국가에서 시민권을 취득했다는 위조서류를 입학 시에 제출하여 외국인 국적으로 자녀를 입학시킨 것이었다.

캐러비언 국가들은 관광산업의 한계를 극복하고 빈곤을 벗어나기 위해 해외 투자자들을 적극 유치하고 있다. 캐러비언 국가들은 기후가 좋고 은퇴자들의 파라다이스로 각광받고 있기 때문에, 이러한 이점을 활용하여 일정금액 이상의 부동산을 취득하거나 투자할 경우 시민권을 부여하고 있다.

현재 가장 적은 투자금으로 시민권을 취득할 수 있는 나라는 도미니카 공화국(Dominican Republic)이다. 메이저리그 출신 야구 선수들을 많이 배출하는 나라이기도 하지만, 천혜의 자연과 좋은 기후로 은퇴지와 휴가처로도 각광을 받는 곳이기도 하다. 도미니카 공화국은 10만 달러(한국 돈으로 약 1억)를 투자금으로 내고 정부기관의 시민권 인터뷰를 거치면 도미니카 공화국의 시민권을 취득할 수 있다. 도미니카 공화국은 영국연방에 속하기 때문에 영국, 스위스를 비롯해 유럽의 50여개 국가를 비자가 없이도 방문할 수 있는 장점이 있다.

캐러비언에 위치한 또 다른 국가인 세인트 키츠 앤 네비스는 25만 달러를 기부금으로 내거나 40만 달러를 부동산에 투자하면 시민권을 취득할 수 있다. 유럽에 위치한 나라들 중 몰타와 스페인이 일정 금액 이상을 투자하여 시민권을 취득할 수 있는 대표적인 나라이다. 지중해에 위치하고 있는 몰타는 1년간의 몰타 거주기간과 약 1백 15만 달러의 투자금을 요건으로 내세우고 있다.

그러나, 일부에서는 외국국적 취득을 탈세와 자금 세탁의 목적으로 악용할 경우가 있다. 현재 미국과 유럽연합에서는 국제적인 자금 세탁을 방지하기 위해 초국가적 협력을 벌이고 있고, 그 수사와 방지책의 강도를 점점 더 높이고 있는 추세이다.

한국 내의 비싼 물가와 높은 주거비용으로 인해 제 3국을 은퇴처로 삼는 사람들이 점점 늘고 있다. 이들 은퇴자들이 보다 편안히 생활하는데 외국 국적이나 영주권을 취득하는 경우도 조금씩 늘고 있다고 한다.

조금만 더 전향적으로 생각해서 이제는 외국 국적을 취득한 스포츠 선수들이나 연예인들에게 비난만 할 것이 아니라 근본적으로 문제를 풀어야 할 때이다. 우수한 한국의 인재들이 계속 태극마크를 달고, 대한민국 국적 아래에서 우수한 성과를 낼 수 있도록 솔직하고 실질적인 사회적 논의가 필요하다.

Q. 최근 사업체가 해외로 확장 되면서 중남미나 동남아시아 쪽에 출장을 자주 가고, 그 쪽 지역에 활발히 진출하고 있습니다. 현재 미국 시민권자로 있는데, 다른 나라의 국적을 취득하면 어떤 장점이 있을까요?

A. "One Country, One Nationality"라는 구호는 요즘처럼 기술이 발달하고 각국 간의 교류와 이주가 증대하는 시점에서 조금씩 낡은 개념이 되어가고 있습니다. 미국은 현재 명시적이지는 않지만, 복수국적을 인정하고 있습니다. 한국도 마찬가지로 복수국적을 인정하고 있습니다. 선천적으로 부여받은 국적 외에 다른 나라의 국적을 선택할 때에는 많은 점을 고려해야 합니다. 개인적인 상황, 재산관계, 복수국적 대상 국가의 세금 제도 등이 그 요인들 중의 하나입니다.

여권의 기본 기능은 보유자의 국적을 나타냄과 동시에 다른 나라로 여행을 할 수 있는 기본적인 요건으로서 작용합니다. 복수국적, 즉 복수 여권을 소지하고 있을 경우 먼저 해외여행을 보다 간편하게 할 수 있습니다. 해당 여행국가의 비자발급과 입국심사 과정에 어려움을 겪지 않고 입국이 가능하다는 뜻입니다.

예를 들어, 미국 시민권자가 뉴질랜드 여권을 동시에 소유하고 있다고 가정해 보겠습니다. 미국 시민권자들은 일부 동남아시아 국가를 여행할 때, 그들 국민들이 가지고 있는 반감 때문에 개인적으로 여행 시 안전에 위험이 올 수 있습니다. 또한, 입국심사도 까다롭게 합니다. 그러나, 뉴질랜드 여권을 소지한 뉴질랜드 국적인은 비자발급이 따로 필요 없고, 입국심사도 간단히 끝낼 수 있습니다. 한국 국적으로 미국 시민권을 획득한 기독교인들도 마찬가지입니다. 예멘이나 시리아 등 테러나 납치 위험이 높은 국가에 선교를 위해서 방문할 경우, 미국 여권을 소지하는 것보다는 같은 중동국가나 이슬람이 국교인 나라의 여권을 소지하는 것이 더 안전할 수 있습니다.

제3국가에 사업체를 가지고 있는 경우, 현지에서 회사를 설립하거나 공장을 지을 때 까다로운 규제가 있는 경우가 많습니다. 이때에는 해당국가의 국적을 취득하면 회사설립이나 운영상에서 발생하는 애로사항을 쉽게 비켜 나갈 수 있습니다. 또한, 해외국가에 투자를 하는 자산가들의 경우에도 해당국가의 국적을 취득함으로써 세제상의 효과와 환율에 따른 차익, 투자로부터 나오는 수익 등을 챙기려고 합니다. 최근 제3세계 국가들이 자국의 투자와 경기를 활성하기 위해 국적 취득 요건을 많이 낮추고 있습니다. 어떤 국가는 일정 기간의 거주요건 제한을 없애고, 일정금액의 투자금액만 충족되면 국적을 부여하는 나라도 있습니다. 자신의 상황과 목적에 맞게 보다 오픈된 자세로 복수국적 취득에 대한 계획을 세워보는 것도 좋습니다.

2. 이주여성, 과연 영원한 약자인가

A씨는 1990년대 말에 미국에 홀로 들어왔다. 처음에는 그냥 '부담 없이' 큰 나라 미국을 한번 돌아보고 싶어서였다. 비싼 비행기요금을 지불하고 여행을 위해 왔지만, 6개월 후 돌아가려 하니 시집가기 전에 언제 또 오겠나 싶어 다시금 체류연장을 하여 미국에 더 머물렀다. 그러다가, 브로커의 속임수에 빠져 이후 체류연장 서류가 아예 이민국에 접수도 되지 못하고 미국에 불법체류 상태로 머물게 되었다.

먹고는 살아야겠기에 현금으로 주급을 받는 직종을 전전하면서 생활을 꾸려나갔다. 일을 하던 중 외부 거래처 회사에서 일하는 B씨를 알게 되었고, 그의 친절함에 이끌려 사랑을 키워 나가는 사이가 됐다. 1년여 뒤, 이들 커플은 결혼을 하게 되는데 넉넉지 않은 형편에 결혼식은 올릴 엄두를 내지 못했다. 결혼식은 올리지 못했지만, 이후 아들이 태어나고 행복한 나날을 이어갔다. 그러나, 결혼 초기에 사소하게 시작된 남편의 손찌검은 날이 갈수록 도를 더해갔다. 급기야 A씨의 머리채를 잡고, 발로 차고, 집에 있는 집기를 모두 부수는 지경에 이르게 되었다. 이웃의 신고를 받고 출동한 경찰은 B씨를 가정폭력으로 체포하고 법원은 이후 A씨에게 접근금지 명령을 내렸다.

그때까지 아직 혼인신고를 마치지 않은 이들 사이는 돌이킬 수 없는 지경까지 이르렀다. 남편과는 더 이상 연락을 할 수 없었고, 영어도 전혀 안 되는 A씨는 홀로 생계를 꾸려가야 했다. 더구나 그녀에게는 막 돌이 지난 아들이 있었다. 문제는 유효한 체류신분도 없고, 한국의 주민번호에 해당하는 사회보장 번호도 없어서 사회생활에 여러 가지 제약이 따랐다. 주변 한국 사람들의 시선도 따가왔다. 어쩌다가 혼외자식을 뒀는지라고 수군거리며 뒤에서 혀를 끌끌 찼다.

여러 변호사들을 만나서 상담을 했지만, 합법적인 신분을 회복하기는 어렵다는 얘기를 듣고 마지막으로 필자에게 찾아왔다. 정확히 U 비자의 요건에는 들어가지 않지만, 부수적으로 케이스 자체를 강하게 할 수 있는 여러 가지 증빙자료를 준비하여 이민국에 서류를 접수시켜 마침내 U 비자 신분을 가지게 되었다. 필자는 여러 상황에 처한 손님들을 많이 봐왔지만, U 비자를 승인 받았다고 통보 받았을 때 흘렸던 A씨의 눈물을 결코 잊을 수가 없다. 법적으로는 아무 것도 할 수 없었고, 심지어 사회보장 번호가 없어서 은행계좌도 열 수 없는 제약 속에 살아왔다. 그러다가 A씨는 U 신분을 승인 받으면서 이러한 법적인 제약을 우선 벗어날 수 있었다.

이후 2014년 말에 A씨는 남편의 폭력에 기초하여 영주권을 신청, 2015년 초에 드디어 영주권을 받게 되었다.

Q. : 2년 전 영주권자인 남편과 만나 혼인을 하게 되었습니다. 혼인 이후 남편이 폭력적인 언행을 일삼으며, 저의 행동 하나하나에 의심을 하

기 시작했습니다. 이혼을 하거나 경찰에 신고를 하려해도 불법체류 신분을 이민국에 신고해버리겠다고 협박하는 바람에 그냥 참고 지내는 실정입니다. 그러나, 신분문제의 불안함과 남편의 폭력 때문에 도저히 견딜 수가 없습니다. 이민법상으로 제가 구제를 받을 수 있는 길은 없을까요?

A. 남성에 비해 상대적으로 약자인 여성의 경우 가정폭력에 노출되는 사례가 실제로 빈번합니다. 특히 미국 제외 사회의 경우 합법적인 신분유지와 가정폭력이라는 두 요인이 결합되어 불법체류신분인 여성의 경우 가정폭력과 불법체류신분이라는 이중고통에 시달리고 있는 실정입니다. 이와 같은 이민사회의 가정폭력에 노출된 여성을 보호하기 위해 1994년 The Violence Against Women Act of 1994 (VAWA)라는 법을 제정하여 영주권자나 시민권자와 혼인한 여성들 가운데 가정폭력의 피해자인 여성이나 자녀의 경우 남편의 스폰서가 없이도 스스로 영주권을 취득할 수 있는 길을 열어 놓았습니다.

이러한 VAWA법 상의 영주권 취득 요건을 살펴보면,

첫째, 영주권자나 시민권자 배우자와의 혼인관계가 있어야 합니다. 여기서 혼인이라 함은, 법률혼을 말하는 것으로 사실혼은 제외됩니다. 법률혼이란 혼인당사자가 거주하는 주(state)의 요건을 충족하여 혼인신고를 타운이나 시 정부에 한 경우를 말합니다. 더불어 혼인관계가 자유의사에 기인하여 맺어졌어야 하며, 결혼식이 실제로 행해졌어야 합니다. 사실혼이란, 남녀 당사자가 혼인신고를 타운이나 시 정부에 하지 않고 단순히 동거만 하는 경우를 말합니다. VAWA 상의 법률혼의 판단 기준은 영주권을 신청하는 여성이 어느 주에 거주하느냐, 그 주가 사실혼을 혼인으로 인정하느냐에 따르게 됩니다.

둘째, 영주권신청자인 여성이 도덕적 품성(moral character)에 결격사유가 없어야 합니다.

셋째, 상대 배우자로부터 극도의 잔인성(cruelty)이나 폭행을 당했다는 증거를 제출할 수 있어야 합니다. 어떤 행위가 극도의 잔인성이나 폭행에 해당하는가에 대해서는, 사실관계에 따라 달라집니다. 다만 일회성 폭력이나 단발성 폭력으로는 부족하고 일정한 정도의 pattern을 보이는 폭력, 신체적 정신적으로 여성에게 현저한 상해를 입히는 것이어야 합니다.

이와 같은 잔인성이나 폭력을 보일 수 있는 증거는, 주변 지인들의 증언, 경찰 리포트, 병원진단기록, 사진, 사회복지사의 상담기록 등이 해당됩니다. 육체적인 폭행뿐만 아니라, 극도의 정신적인 피해 및 원치 않는 성관계의 강요 등도 이 요건에 포함됩니다. 대개의 경우 폭행에 대한 증거를 제대로 확보하지 못하는 경우가 많아서 변호사와의 정밀한 상담이 필요한 경우가 많습니다.

VAWA법 상의 영주권신청자는 신청 당시 자신의 신분상태가 불법체류이거나 적법한 체류비자를 받지 않고 밀입국한 경우라도 일정한 조건이 만족된다면 신청이 가능합니다. 가정폭력 피해여성의 경우 다른 대안으로는 U 비자를 먼저 신청해서 우선적으로 합법적인 신분을 취득할 수도 있습니다. VAWA법 상의 영주권 신청할지, U 비자를 먼저 신청할지에 대해서는 전문가의 정밀 상담이 필요합니다. 만약 피해여성이 현재 추방재판에 회부되어 있어도 위의 요건들만 만족된다면 영주권신청이 가능합니다. 나아가, 추방재판에서 최종판결이 났다고 하더라도 최종판결일이 1년이 넘지 않았다면 VAWA법 상의 영주권 신청이 가능합니다.

　　덧붙여, 폭력의 가해자인 배우자와 이혼 또는 사별한 지 2년이 넘지 않으면 이혼 또는 사별한 상태에서도 영주권 신청이 가능합니다. 참고로 영주권신청 서류에 들어가는 피해여성의 개인정보는 외부에 누설될 수 없도록 철저히 법적으로 보호되고 있습니다. 필요한 경우 영주권신청여성의 거주지 주소 등의 일정한 정보는 신청서에 기재하는 것을 면제해주고 있습니다.

　　위와 같은 요건을 만족하여 영주권을 취득했다면, 영주권 취득일로부터 3년 뒤에 미국시민권을 신청할 수 있는 자격이 생깁니다. 이 경우 지난 3년간 배우자와 함께 미국 내에 거주해야 한다는 시민권 취득 요건은 면제됩니다. 그 외의 조건은 일반 시민권 취득요건과 동일합니다.

따라서, 귀하의 경우 남편의 협박에 상관없이 이혼소송을 진행할 수 있습니다. 또한, 폭력을 당할 때마다 증거를 확보하여 후일 VAWA법 상의 영주권 신청과 이혼 소송에 활용할 수 있게 하는 것이 중요합니다.

3. 미국 입국, 그냥 공항에 들어가면 된다?

봄 햇살이 화창한 어느 날 한 청년남자로부터 전화가 걸려왔다. 다급한 목소리였고, 다짜고짜 긴급히 전화상담이 필요하다는 요지의 메시지를 전했다. 이야기를 들어보니, 그의 여자친구가 미국에 입국하다가 공항입국심사관에게 뭔가 잘못되어 입국을 못하고 다시 한국으로 돌아가야 하는 상황에 처해 있었다.

그 청년은 직접 여자친구와 통화를 해서 입국심사관과 얘기를 하여, 입국이 될 수 있도록 해달라고 요청했다. 입국심사관과 통화가 되어 자세한 경위를 들을 수 있었다. 입국심사관이 그 청년의 여자친구에 대해 추가 입국조사에 들어간 이유는 관광으로 입국한 목적을 의심해서였다. 입국심사관이 그녀의 짐을 조사해보니 관광할 목적으로 입국한 이유가 의심되는 여러 가지 소지품이 발견됐다는 것이다. 그녀의 여행가방에서 요란한 장식의 하이힐 수 켤레, 화려한 색깔의 드레스 여러 벌, 각종 화장품, 야한 디자인의 속옷들, 각종 식기류 등이 나왔다. 또한, 그녀의 휴대폰에 저장된 사진을 보니 수 명의 남자들과 진한 포즈로 찍은 사진과 노출이 심한 옷을 입고 찍은 사진들이 발견 되었다. 정황을 듣자하니 아무래도 여자친구는 미국에 있는 유흥업소 에서 일할 목적으로 오해될 여지가 많았다. 이 사실 또한 그녀가 입국 심사관에게 마지막에는 시인을 했고, 진술서에 서명까지 했다고 했 다. 더 이상 필자가 해 줄 수 있는 것은 사실상 없었다.

며칠 뒤, 그 청년이 필자를 찾아왔다. 여자친구가 한국에 돌아갔는 데, 다시 미국에 올 수 있는 길이 없어서인지 상담하고자 하면서, 그 녀의 여권과 기본적인 서류 몇 가지를 들고 왔다. 여자친구는 상당한 미인형의 얼굴이었고 이제 갓 대학교를 졸업한 나이라고 했다. 그 청 년은 그녀가 유흥업소에 종사할 예정이라는 걸 전혀 모르는 것 같았 다. 이민법상으로 볼 때, 그의 여자친구가 당장 미국에 들어갈 수 있 는 방법은 없다고 조언했다. 안전한 방법은 그 청년이 시민권 신청을 해서 결혼한 뒤, 배우자로 데려오는 것이 가장 좋다고 덧붙였다. 허 나, 그들 커플이 결혼할지는 아직 미지수였다.

공항은 이별과 만남이 교차되는 미묘한 곳이다. 오늘도 수많은 사 연을 담은 커플들이, 사람들이 헤어지고 만나고 있을 것이다. 눈물과 희망과 설레임이 또한 공항에 가득히 차서 저토록 큰 제트엔진 소리 와 함께 널리 퍼지고 있으리라.

Q. 비자면제프로그램으로 미국을 방문 중입니다. 미국시민권자와 결 혼하여 영주권을 신청하려고 하는데, 시민권자배우자 초청으로 영

주권신청이 가능한지 알고 싶습니다. 무비자로 방문한 경우에는 시민권자 배우자로 할지라도 90일이 되기 이전에 미국을 떠나야 한다고 들었습니다.

A. 흔히 '무비자'로 불리는 비자면제프로그램(Visa Waiver Program, VWP)은 미국 정부에서 일정한 요건이 만족되는 국가의 국민들에 대해서 방문비자가 없이도 최대 90일까지 미국을 방문할 수 있게 하는 제도를 말합니다. 한국의 경우 2008년 11월부터 이 프로그램의 혜택을 받게 되어 매년 많은 사람들이 비자면제프로그램으로 미국을 방문하고 있습니다.

비자면제프로그램으로 방문하는 경우, 기존에 발행했던 I-94W 양식은 더 이상 발행하지 않고, 입국심사 시에 여권에 입국확인 스탬프만 받고 들어옵니다. VWP로 방문하는 경우, 미국 내에서 다른 신분으로 변경하거나, 연장하는 것이 허용되지 않습니다. VWP에서 가장 문제시 되는 것이 미국시민권자의 배우자, 21세 미만의 미혼자녀 및 부모를 포함한 직계가족의 영주권신청을 허용할 것인가입니다. 결론적으로 말하자면, 이에 대한 이민국의 명확한 가이드라인이 아직 없는 상태입니다. 이와 관련된 법원의 판례도 아직 명확한 입장을 보이지 않고 있습니다. 따라서, 현재 실무상으로는 많은 혼란이 야기되고 있는 실정입니다. 원칙적으로 VWP로 방문한 사람은 영주권신청이 가능하지만,

다음 두 가지의 이슈가 가장 문제시되고 있습니다.

첫째, VWP로 방문하여 90일이 지나서 영주권신청을 하는 경우에도 영주권신청이 승인될 수 있는가 하는 문제입니다. 2010년도 4월 이전에는 이 경우에 영주권승인을 허용하지 않고, 추방재판으로 회부되는 경우가 많았습니다. 그리고, 이민세관단속국에서 직접 이러한 케이스를 담당했으나, 2010년도 4월 이후에 이민국에서 미국 내 각 지역 필드오피스에 내린 지침에서는 향후 이민국에서 직접 체류시한이 지난 VWP 방문자들의 영주권신분변경을 심사하도록 하였고, 심사 시 현재 추방명령을 받지 않고, 법적인 요건을 충족한다면 영주권신분변경을 허용하도록 하였습니다. 하지만, 이 지침에서도 명확하고 자세한 기준은 제시하지 않았으며, 실무상에서 보여지는 이민국의 입장은, 체류시한이 지난 VWP 방문자들의 영주권신분변경은 긍정적인 요소 및 부정적인 요소들 모두를 고려하여 이민국의 재량에 따라 결정하고 있는 실정입니다. 따라서, 불명확한 기준에서 나오는 피해를 방지하기 위해서는 우선 90일 체류시한이 만료되기 전에 영주권신청을 하는 것이 제일 이상적입니다.

둘째, 혼인을 한 시점과 영주권신청시점의 문제입니다. VWP로 미국에 입국한 경우 또는 VWP로 입국한 지 60일이 채 되지 않아서 시민권자와 혼인을 한 뒤 영주권 신청을 하는 경우에는 원래 VWP의 목적(관광 및 상용 방문)에 위배해서 입국한 것으로 간주되어 영주권 신청이 거부될 수 있습

니다. 따라서, 혼인 시점에 주의해서 영주권 신청에 들어가
야 합니다.

Q. 동생이 관광비자를 소지한 상태로 자주 미국을 왕래했습니다. 다른
종류의 비자를 신청할 수 있는 자격이 안 되는 관계로 관광비자로
왕래를 해왔는데, 이번에 입국심사에서 의심을 받아서 한국으로 돌
아가게 되었습니다. 동생이 관광비자로 무사히 입국을 하게 할 수
없을까요?

A. 미국으로의 입국심사는 국토안보부 산하
의 세관국경보호청(Custom and Border Protection, CBP)에서
관할하고 있습니다. CBP에서의 입국심사가 최근 강화되고
있는 추세이기 때문에, 각별한 주의가 요망됩니다. 이민법
상, 미국으로 입국이 허용되지 않는 사유로는 첫째, 공중보
건에 심각한 위해를 줄 수 있는 전염병(Communicable
Disease)에 걸렸거나 필수 예방접종을 하지 않은 경우, 둘째,
육체적 또는 정신적 장애가 있는 경우, 셋째, 마약 상습자
인 경우, 넷째, 미국정부의 복지혜택을 받을 만한 상당한
사유가 있는 경우, 다섯째, 부도덕한 범죄를 저지른 적이
있는 경우 등을 들 수 있습니다. 가장 빈번히 문제가 되는
경우는 부도덕한 범죄를 저지른 적이 있는 경우와 미국 내
에서 일을 하는 것이 허락되지 않는 비자를 소지한 경우에

도 일을 할 것으로 예상되는 경우입니다.

　미국으로의 입국자가 가장 먼저 마주치는 사람이 CBP 산하의 입국심사관입니다. 이들은 대개 2~3분 사이에 입국자들이 입국자격이 충분한지를 심사합니다. CBP의 잦은 타깃은 관광비자(B1 또는 B2), 무비자(visa waiver) 소지자들입니다. 이들 비자타입의 소지자가 비자목적에 맞는 활동을 하기 위해 미국에 입국하는지 집중적으로 살핍니다. 최초의 입국심사는 1차조사로 분류되는데, 여기서 의심을 살만한 사유가 발견되면 즉시, 2차조사(secondary inspection)로 넘겨지게 됩니다. 2차조사로 회부되면, 입국자들은 별도의 CBP조사실로 옮겨져서 정밀인터뷰와 휴대물품에 대한 수색을 받습니다.

　2차조사에서 CBP 심사관들은 입국자들의 입국을 거절할 사유를 찾기 위해 작은 증거라도 찾기 위해 세밀한 부분까지 체크합니다. 이들은 입국자들의 정확한 입국사유를 찾아내기 위해 인터뷰기술, 수색요령 등에 대해 고도의 훈련을 받은 직원들이기 때문에 인터뷰 및 수색 시에는 각별한 주의가 요망됩니다. 따라서, 2차조사 시에는 입국자의 작은 실수라도 CBP심사관에게 결정적인 증거를 발견하게 만드는 것으로 작용할 수 있다는 것을 명심해야 합니다. 2차조사에 회부되었다고 해서 불필요하게 CBP심사관에게 적대적이거나 극도의 흥분된 태도를 보여서는 안 됩니다. 평정심을 유지하되 대답은 최대한 간결하고 명확하게 하는 것이 말꼬투리를 잡히지 않고 단서를 주지 않는 좋은 방법입니다.

2차조사에서는 본국의 영사와 이야기를 할 수 있는 기회를 가지고 싶은지에 대한 질문을 받기도 합니다. 이 경우에는 영사와 이야기할 기회를 가지는 것으로 대답을 하고, 영사에게 도움을 요청하거나 정확한 의사전달을 CBP에게 부탁을 하는 것이 좋습니다.

2차조사에서 입국자가 소지한 노트북 컴퓨터와 서류파일, 지갑 등은 반드시 조사대상에 포함됩니다. 그러므로, 노트북에 저장된 자료나, 파일, 지갑 등에서 소지한 비자타입과 맞지 않는 입국사유가 발견될 때에는 즉시 입국이 거절될 수 있습니다.

영주권자의 경우에 노트북에 어린이 포르노 동영상과 사진을 다수 저장한 것이 발각되는 바람에 영주권이 취소되고 추방된 경우도 있습니다. 그러므로, 사전에 입국 시에 자신이 소유한 물품들을 사전에 체크하여 불필요한 오해를 불러 일으킬 수 있는 자료는 소지하지 않거나 삭제하는 것이 좋습니다. 입국심사에서 문제가 될 경우를 대비하여 미리 변호사를 선정하여 변호사의 명함과 연락처를 심사관에 알려 줄 수 있게 하는 것도 한 방법입니다.

Q. 미국 공항으로 들어오다가 입국심사대에서 의심을 받아서 별도의 조사실로 불려가 입국목적 등에 대해 정밀재조사를 받았습니다. 그 뒤, 일단 입국은 하게 되었는데, 나중에 다시 특정장소에 출석해야 한다는 노티스를 받았습니다. 어떻게 해야 합니까?

A. 사안으로 봐서는 '입국심사유예' 즉, Deferred Inspection(DI) 노티스를 받은 것 같습니다. DI는 2차조사에서도 합법적인 입국사유가 있다는 것을 결정하지 못할 때 추후에 입국재심사를 받는 조건으로 우선 외국인을 체류하게 하는 것을 말합니다. 이 경우 외국인의 여권을 압수합니다. 대개 한 달 전후 한 시점에 CBP 산하의 deferred Inspection 부서에 출석하여 입국에 관한 재심사를 받게 됩니다. 이때, 최초 입국 시 이슈가 되었던 사안에 소명을 하고 CBP에서 이러한 소명을 받아들이면 외국인에게 여권을 돌려주고, 입국을 허용합니다.

4. 미국 영주권자들의 딜레마

A씨는 한국에 휴대폰단말기를 생산하는 작은 중소업체를 운영하고 있다. 동시에 미국에서도 비슷한 업종의 사업체를 운영한다. A씨는 미국영주권자인데 1년 중 한 달은 한국에, 한 달은 미국에서 체류를 하며 양쪽 국가에 있는 사업체를 돌보고 있다. 그러나 시민권을 신청

하자니 미국에 체류했어야 하는 2년 6개월을 채우지 못해 계속 영주권자로 남아 있다. 최근 마지막으로 미국에 입국할 때에는 입국심사관으로부터 "왜 이렇게 자주 해외에 나가느냐"라며 향후 다시 이런 일이 반복되면 영주권을 취소하겠다는 경고까지 받았다.

이러한 영주권자의 딜레마를 해결할 수 있는 제도적 방법은 없는 것일까.

Q. 영주권자로 미국에서 산 지 5년이 지났습니다. 한국에서 비즈니스를 하는 관계로 미국보다는 한국에서 체류하는 기간이 많습니다. 이번에 한국에 나가게 되면 1년 이상 체류를 해야 할 것 같아서 여행허가서를 받아서 출국하려 합니다. 나중에 미국으로 들어올 때 문제가 없을까요?

A. 기존의 영주권자가 해외에 6개월 이상 체류할 것으로 예상될 때 나중에 미국 귀국 시에 입국을 보장받기 위해서는 여행허가서(reentry permit)를 받아서 나가야 합니다. 여행허가서는 보통 2년 기간으로 발급이 됩니다. 여행허가서 신청 후 지문을 찍은 뒤 해외에 나가면 해외에서 여행허가서를 받을 수 있습니다. 여행허가서가 있으면 최장 6년간 해외에 체류가 가능합니다. 그러나, 여행허가서 자체가 영주권자의 미국 입국을 안전하게 보장하는 것은 아닙니다. 여행허가서는 단지 입국심사관이 영주권자가 미국 내의 부

재기간을 근거로 하여 미국 내의 주거(residency)를 포기했다는 것에 대한 질문을 못하게끔 하는 역할만 합니다. 다시 말하면, 영주권자가 미국 내에 영주할 의사가 없다는 것을 부재기간이 아닌 다른 증거로써 드러난다면 영주권자의 영주권은 박탈될 수 있습니다.

공항의 입국심사관은 영주권자가 미국 입국 시에 미국의 주거를 포기했느냐의 여부에 따라서 영주권을 박탈할 수 있는 권한이 있습니다. 그러므로, 단순히 여행허가서를 가지고 장기체류를 하면 입국 시에 문제가 없을 것이라는 생각은 위험합니다. 영주권자가 입국 시에 미국의 주거를 포기했느냐에 대한 판단 기준은, 해외로의 출국 목적과 영주권자가 미국에 영주할 의사를 가지고 있느냐에 달려 있습니다. 미국에 영주할 의사의 존재유무는, 미국 내에 임시직이 아닌 정규직장이 있는가, 실제 거주할 집이 있는가, 미국 내에서 세금보고를 해 왔는가, 다른 가족들이 미국에서 살고 있는가, 사회단체의 회원으로서 가입되어 있는가 등을 기준으로 판단이 내려집니다.

따라서 단순히 해외체류기간만으로는 미국에 영주할 의사가 없다는 것으로 간주되지는 않습니다. 그러나, 6개월 이상 해외에 체류하게 되면 대개 미국 내의 주거를 포기한 것으로 간주하는 경우가 많기 때문에 미국 내에서 계속 영주할 의사가 있다는 증명들을 만들어 놓는 것이 좋습니다. 미국 내에 운전면허증과 은행계좌를 유지하고, 세금보고를 계속하며, 집을 렌트하는 경우 렌트계약서 등에도 이름이 계속적으로 올라가 있게 하는 것도 한 방법입니다.

이와 같이 미국 내에서 영주하는 것이 현실적으로 가능하지 않거나 여러 가지 번거로움이 있는 경우에는 시민권을 신청하여 미국 시민권으로 신분을 변경하는 것도 한 방법입니다. 취업이민으로 영주권을 받았을 때에는 영주권 취득일로부터 5년 후에 시민권 신청의 자격이 주어집니다. 현재 본인이 영주권을 취득한 지 5년이 지났으므로 시민권을 취득하면 영주권신분을 유지하기 위한 현실적인 어려움들에서 벗어나실 수 있습니다.

5. 이국땅의 아웃사이더

A씨는 미국에 온 지 10년이 가까이 되어 가는 50대 중반 남성. 조리사 경력을 가지고 있었던지라, 조그만 일식 식당을 운영하고 있었다. 아내는 바이올린을 전공하고 줄리아드 음대 대학원까지 졸업한 재원. 미국에 온 초기에 특기자 재능 카테고리로 1순위 영주권을 신청하고자 했는데, 마침 교회에 다니는 A씨 형님의 소개로 한 사람을 만난다. 그는 A씨에게 아내의 자격이면 충분히 1순위 영주권을 승인 받을 수 있다면서 3개월이면 모든 절차가 종료되고 바로 영주권이 나온다고 감언이설로 A씨를 솔깃하게 만들었다.

이 말을 듣고 A씨는 즉시 그동안 피와 땀으로 모은 돈 수만 달러를 이 브로커에게 전액 현금으로 지불하고 잘 진행해 줄 것을 간곡히 부탁했다. 이후 브로커는 가족 전체의 여권과 비자, 출입국 기록카드 사본만 가져갔을 뿐 별다른 서류를 요구하지 않았다. 서류 진행을 부탁한 뒤 2~3주 뒤에 브로커가 싸인하라는 서류에 싸인만 하고, 모든 것이 브로커의 말대로 잘 되리라 믿고, 기다렸다. 이 후, 두 달여 시간이 지났을 때, 이민국에서 카드가 하나 배달되었다. 사실 이것은 미국에서 일을 할 수 있는 노동허가카드(employment authorization card)였다. 이렇게 덜컥 이민국에서 발급한 카드를 받고 보니 A씨는 뭔가 잘 되고 있다는 생각이 들었다.

이후 서너 달이 지나도 브로커에게 아무런 소식도 없더니, 느닷없이 전화가 와서는 영주권 신청 케이스가 거절되었다는 소식을 전했다. 그리고는, 거절통지서만 A씨에게 전달해버리고는 브로커는 자취를 감추었다. 영주권 신청 전까지 A씨는 합법적인 체류 신분을 유지하고 있었으나, 영주권 신청서가 접수되면 합법적인 신분을 더 이상 유지하지 않아도 된다는 브로커 말을 믿고 그대로 있었다. 결국 영주권신청이 거절되자 A씨의 아들을 포함하여 졸지에 가족 전체가 불법 체류자로 전락하게 되었다.

이 일이 있은 뒤 A씨는 필자를 찾아왔다. 뭔가 구제방법이 없는가 해서였다. 나중에 안 사실이지만 A씨의 형님은 대형교회의 장로로 재직 중인데, 이 브로커에게서 일정 금액의 수수료를 받은 것으로 드러났다. 브로커 또한 A씨의 형님과 같은 교회신도였다. A씨는 형님이 어떻게 이런 사람을 자신에게 소개시켜주고, 또한 일종의 커미션을 그 브로커에게서 받을 수 있는지 배신감만 든다고 했다.

A씨의 아들은 미국에 있는 대학에 입학은 했지만, 여전히 불법체류 상태이고, 이 때문에 장학금을 받는데 제한이 뒤따랐다. 뿐만 아니라 여름방학 동안 인턴십을 구할 때에도 일을 할 수 있는 신분상태가 아니기 때문에 많은 애로를 겪었다. 또한 A씨와 그 가족들은 영주권신청이 거절된 이후, 혹시 추방재판에 회부되지 않을까 항상 불안한 마음으로 살아왔다.

당시 접수됐던 서류를 보니, A씨의 경우는 어느 정도 영주권 신청을 승인받을 수 있는 가능성이 있었다. 그러나, 브로커는 A씨 아내의 특별한 재능을 입증할 수 있는 각종 서류는 아예 넣지를 않고, 신청서 양식만 기입해서는 접수시켜버린 것 같았다.

남의 땅 미국에서 살다보면 흔히 브로커를 통해 영주권 신청을 했다가 거절당하고 불법체류신분으로 전락한 경우를 많이 보게 된다. 소위 이민브로커들은 현금으로 수수료를 챙기고 서류접수만 시킨 뒤, 그 후는 나 몰라라 하고 종적을 감추거나 발뺌을 한다. 가뜩이나 살기 팍팍한 이국땅에서 언제까지 같은 동포들의 땀에 대한 대가를 사기쳐서 살아가려는 건지 걱정스럽기만 하다.

Q. 미국에 온 지 3년이 지났습니다. 그동안 어학원에 등록을 하여 학생신분으로 체류하고 있었습니다. 최근에 제가 다니고 있던 어학원이 여러 가지 관련 법규를 위반한 것으로 판명이 나서 이민세관단속국에서 어학원 자체를 문을 닫게 했습니다. 그에 따라 저의 학생신분도 종료되었습니다. 어학원 자체가 문을 닫은 지 벌써 3개월이 지났

고, 3개월 동안 아직 합법적인 신분자체를 유지 못해 매일 노심초사 하면서 지내고 있습니다. 별 다른 방법이 없다면 그냥 한국으로 돌 아갈 생각인데, 듣기로는 불법체류기간이 미국에서 하루라도 있으 면 나중에 미국에 못들어 온다고 합니다. 이게 사실인지, 그리고 한 국으로 돌아가지 않고도 미국 내에서 다시 합법적인 신분으로 머물 수 있는 구제방법이 있는지 궁금합니다.

A.   미국 내에서 외국인이 합법적인 신분을 유지하지 않고 불법체류한 기간이 6개월 이상 1년 미만일 경 우에는 향후 3년간, 불법체류한 기간이 1년 이상일 경우에는 향후 10년간 미국에 들어올 수 없습니다. 그러나, 불법으로 체류한 경우라 할지라도 예외적인 상황(extraordinary situation)으로 인하여 신분유지를 못했거나, 가정폭력의 피해 자, 마약거래의 희생자, 일정한 요건이 만족되는 취업이민 상의 신분변경 신청자 등에는 불법체류 사실이 적용되지 않 습니다.

그러나, 귀하의 경우에는 위의 불법체류사실 적용을 피 할 수 있는 예외적인 요건에는 해당되지 않습니다. 귀하의 경우 구제책으로는 Nunc Pro Tunc relief를 이민국에 청 구하는 것을 들 수 있습니다. Nunc Pro Tunc relief 란, 과 거의 잘못으로 인하여 불합리하게 합법적인 신분을 유지하 지 못한 경우에 소급하여 합법적인 신분유지를 청구하는 것입니다.

Nunc Pro Tunc 구제를 청구할 수 있는 요건은,

첫째, 예외적인 상황이 발생하였고,

둘째, 신청자 본인이 컨트롤 할 수 없는 사유이고,

셋째, 관련상황의 발생에 비례하여 본인의 신분유지가 지연되었고,

넷째, 신분유지와 관련된 다른 위반이 없어야 합니다.

다섯째, 본인이 선의의 비이민비자 신분이어야 합니다.

귀하의 경우에는 위의 Nunc Pro Tunc 구제를 신청할 수 있습니다. 그러기 위해서는 다른 종류의 신분변경, 이를테면 H1B 신분 등으로 신분변경 신청을 하면서 Nunc Pro Tunc 구제를 청구해야 합니다. 예전의 학생신분에 대한 합법적인 회복만을 청구하는 것으로는 이민국의 구제를 받기 힘듭니다. 귀하의 경우 학생신분에 대한 회복(reinstatement)을 구할 수 있지만, 어학원의 불법학원으로 어학원 자체가 폐쇄된 경우에는 소속 학생들 자체의 학생신분회복 청구는 거의 받아들여지지 않습니다. 따라서, 학생신분 회복 청구보다는 Nunc Pro Tunc 구제청구쪽으로 방향을 잡는 것이 보다 현실적입니다. H1B 신분으로 변경신청한다면, 기존의 3개월간의 불법체류사실에 대하여 자신이 컨트롤 할 수 없는 예외적인 상황이 발생하였고, 학생신분의 소멸 후 H1B 청원서가 승인되는 날짜까지의 기간 동안에 합법적인 체류신분으로 미국 내에 있었다는 것을 소급하여 청구하는 것입니다. 따라서, H1B 청원서를 접수시키면서 Nunc Pro

Tunc 구제를 청구하시고, 만약 이것이 받아들여지지 않는다면 그때 한국으로 최대한 빨리 돌아가시기 바랍니다.

Q. E2 비자를 받기 위해 미국 내에 뷰티서플라이 비즈니스 인수에 20만 달러의 돈을 투자했습니다. 클로징까지 다 마치고 합법적으로 비즈니스를 인수했습니다. 클로징 후에 저의 변호사 E2 청원서를 이민국에 넣었는데, E2 청원서 상의 기입항목 중의 하나를 누락시켜 이민국으로부터 추가증거요청 통지서(Request for Evidence, RFE)를 받았습니다. 그런데, 저의 변호사가 RFE에 대해 불성실하게 답변하는 바람에 결국 저의 E2 청원서는 거절되었습니다. 제가 그동안 모은 돈을 실제로 투자하여 클로징까지 했는데 너무 억울한 상황을 맞게 되었습니다. 제가 구제받을 수 있는 방법이 없을까요?

A. 귀하의 경우 Nunc Pro Tunc 구제를 신청해 볼 수 있습니다. 최종적으로 이민국의 E2 청원서의 거절 사유가 어떤 것인지 면밀히 살펴볼 필요가 있습니다. 이민국의 거절사유가(법률에 대한 지식이 없으므로) 본인이 컨트롤할 수 없는 변호사의 실수와 인과관계가 있는 것이라면 구제의 가능성이 있습니다. E2 청원서 상의 필요한 정보가 누락됨으로써, E2 청원 자체에 대해 이민국의 심사관의 의심을 증폭시켜서 누락된 정보뿐만 아니라, 투자자체의 진실성 등에 대한 광범위한 관련 증거를 이민국에서 요구했을 수 있습

니다. 여기에 대해 변호사의 답변서가 어떤 식으로 이민국에 접수되었는지 살펴보고, 변호사의 잘못이 명백하다면 구제 받을 수 있는 가능성이 있습니다. 본인의 경우에는 효과적인 변호사의 조력을 받지 못했고(denial of right to counsel), 변호 사의 조력을 제대로 받지 못하여 Nunc Pro Tunc을 청구하 는 경우에는 법원의 판례도 인정하는 취지를 보이고 있기 때 문입니다.

Q. 불법체류자로 미국 내에서 체류 중 단속에 적발되어 동생과 함께 현 재 추방재판에 회부되어 있는 상태입니다. 아직 미혼이고 미국에서 직장을 다니면서 벌어들인 수입으로 세금은 꾸준히 납부를 해왔습 니다. 추방재판에서 승소하여 미국에서 더 체류하면서 지내고 싶습 니다. 사귀는 여자친구가 있어서 곧 혼인을 하려고 합니다. 현재 여 자친구는 시민권자인데, 추방재판이 계류 중이라도 혼인하여 추방 재판에서 승소할 수 있을까요? 동생의 경우에는 245(i)조항의 적용 을 받아 영주권신청이 진행 중인데, 노동허가서와 I-140피티션이 승인된 상태입니다. 그러나, 아직 이민비자의 순위가 되지를 않아서 마지막 신분변경신청서를 접수를 못하고 있는 상황입니다. 동생의 경우에 추방재판에서 승소를 할 수 있을까요?

A. 최근 불법체류단속에서 적발되어 추방재 판에 회부된 사례가 늘고 있습니다. 또한, 주 정부 산하 차량

국(DMV)에 허위로 된 소셜시큐리티넘버나, 허위로 된 비자서류를 체출했다가 발각되어 이민세관단속국에 통보되면서 체포되는 사례도 늘고 있습니다. 교통법규위반으로 단속에 걸렸다가 불법체류신분이 이민세관단속국에 통보되어 추방재판에 회부되는 경우도 있습니다. 이와 같은 이유로 추방재판에 회부되고 있는 사례가 늘고 있으니, 각별한 주의가 요망됩니다.

추방재판에 계류 중이라 하더라도, 혼인관계가 허위가 아닌 진실된 것이라면 불법체류신분이 배우자가 영주권을 받아서 추방재판에 승소할 수 있습니다. 다만, 추방재판에 계류 중인 혼인에 대해서는 입증정도가 엄격하여 혼인이 진정한 것이라는 것에 대해 '명백하고도 확실한'(clear and convincing) 증거를 제시하여야 합니다. 입증의 기준에 있어서 '명백하고도 확실한' 증거는 최고수준의 입증은 아니지만, 적어도 중간수준 정도의 입증을 요하는 것입니다.

혼인의 진정성과 관련하여 어떤 종류나 수준의 증거가 추방재판에서 채택될 수 있을지는 사안에 따라 달라집니다. 중요한 것은 추방재판 계류 이후가 아니라 이전에 혼인의 당사자들이 사귀어 왔거나 혼인을 했다는 것이 입증이 되어야 합니다. 추방재판 계류 이전에 당사자들이 사귀었다는 증거를 제출할 수 없다면 승소할 가능성은 낮아집니다.

또한, 귀하의 경우처럼 추방재판 이전에 사귀어 왔지만,

혼인에는 이르지 않았다 하더라도, 추방재판 계류 중에 혼인신고를 하여 영주권 신청에 들어가도 추방재판에서 승소할 수 있습니다. 따라서 추방재판 이전에 혼인신고는 했지만, 영주권 신청을 시작하지 않은 경우, 즉 영주권 신청서류를 아직 이민국에 접수하지 않았다고 하더라도 추방재판에 회부되면서 영주권 신청서류를 이민국에 접수한 경우에도 추방재판에서 승소할 수 있습니다.

진정한 혼인으로 제시할 수 있는 증거로는, 연서, 사랑에 대한 내용이 담긴 이메일, 같이 찍은 사진, 초대장, 청첩장, 공동 은행계좌, 공동명의의 리스계약서 등을 들 수 있습니다. 이와 같은 증거를 가지고 추방재판에서 판사를 설득해야 합니다. 또한, 배우자간의 인종이 다르거나, 나이차가 크게 나거나, 사회적 신분의 차이가 크면 진정한 혼인이 아니라는 의심을 받을 수 있습니다. 진정한 혼인이어야 한다는 것은 혼인의 초기에 필요한 것이지, 향후에 또는 추방재판계류 당시에 배우자가 서로 동거하고 있지 않다고 해서 영주권신청이 가능하지 않은 것은 아닙니다.

추방재판에 회부된 이후 영주권신청에 들어갈 경우에는 먼저 피티션(I-130)을 신청하고, 이 피티션이 승인받아야 신분변경신청서(I-485)를 신청할 수 있습니다. 신분변경신청서가 접수가 되면 추방재판에서 최종적으로 진정한 혼인관계라는 것이 입증이 되어야 신분변경신청서가 승인이 됩니다. 만약 진정한 혼인관계 입증에 실패하여 신분변경신청서가 거절되면, 항소가 가능합니다.

귀하의 동생의 경우에는 비록 신분변경신청서를 신청하지 못해서 추방재판계류 당시에 불법체류 신분이라 하더라도 이민비자의 우선순위가 오픈이 될 경우에는 영주권으로의 신분변경신청서를 접수할 수 있고, 추방재판에서 승소가 가능합니다.

요컨대 추방재판절차 자체는 일반적으로 승소하여 추방절차 자체를 취소시키기가 쉽지 않습니다. 따라서 당사자들 및 가족들에게 수반하는 심적고통이 대단히 큽니다. 추방재판에 회부되면, 계류 중에 혼인관계에 기반하여 영주권 신청을 하게 될 경우에는 이민국의 세밀한 인터뷰를 받게 되는 경우가 많아 당사자들이 큰 스트레스를 안게 됩니다. 따라서 실제 시민권자와 혼인하여 생활하고 있지만, 아직 여러 가지 이유로 영주권 신청을 미루고 있는 불법체류신분자라면 하루라도 빨리 영주권 신청에 들어가야 합니다.

최근에 허위 혼인관계에 기인한 영주권신청자가 늘어나서 이민국 내에서도 영주권 신청서류에 대해 꼼꼼하게 서류를 심사하는 경향으로 흐르고 있습니다. 또한, 추방재판 기일을 여러 가지로 미루어 조금이라도 더 오래 미국 내에 체류하려고 할 경우에는, 이민법정에서 재판기일을 예전처럼 날짜를 오래 연장해 주지 않는다는 점에도 유의할 필요가 있습니다.

6. 미국 군대에 입대하면 어떻게 될까?

그동안 한국에 주둔하는 미군들이 저지른 범행으로 사회적 물의를
종종 일으켰다. 어렸을 때 전해들은 미군들의 생활은 옛날 에어컨이
흔치않은 시대에도 여름에 에어컨을 빵빵하게 틀고, 군대 내 식당에
는 여러 가지 다양한 맛있는 음식들이 항상 넘치게 제공되고, 거기다
가 두둑한 월급도 받는 것이었다.

필자가 대학교에 다닐 때 카투사(KATUSA, 주한미군 부대에 배속된 한국
군병력)로 선발되어 다니던 선배나 동기들로부터 전해들은 생활상도
크게 다르지는 않았다. 선풍기도 제대로 틀지 못하고, 식사의 질도 낮
은 당시의 한국 군대 생활상에 비하면 그야말로 천국이었다.

미국의 군대는 국민 모두가 요건이 되면 다 가야하는 한국의 국민
개병제와 달리 기본적으로 용병제도로 운영된다. 군대에 가고 싶은
사람만 군대에 지원하고, 이에 대한 적절한 대가를 받는 것이다. 즉
직업군인이라고 할 수 있다.

단점은 미국이 세계의 경찰로서 세계 각국의 분쟁지역에 참여하기
때문에, 실제 전쟁터에 투입되는 경우도 종종 있어서 일정한 위험성
이 존재한다는 것이다. 이러한 위험성은 미국 군대 내의 어느 직종이
나 상존하는 것은 아니고 일하는 직종마다 부대마다 편차가 크기 때
문에 일반화 시킬 수는 없다.

미국에서 군대에 자원하는 가장 큰 이유 중의 하나는 뭐니 해도 복
무로부터 나오는 각종 혜택 때문이다. 월급은 사실 먹고 살 정도밖에
되지 않지만, 풍부한 혜택의 의료보험, 대학에서 공부할 경우 전액 학

자금 지원, 자녀의 교육비 지원, 식비 지원, 유리한 연금제도, 퇴직금, 의복비 지원, 이사수당 등이 지원된다.

무엇보다 미국 내 체류하는 외국인에게 큰 장점은, 합법적으로 미국에 입국 후에 신분을 상실했다가 2012년부터 실시한 청년불법체류유예(DACA) 상태에 있는 사람들이 합법적으로 시민권을 취득할 수 있다는 점이다. 물론 학생비자 신분으로 2년 이상 미국에 체류하고 고등학교 이상의 학력을 가지고 있다면 미군에 입대할 수 있는 자격이 된다. 한국어 등 특정된 언어에 대하여 구사능력이 있으면 가산점이 붙는다.

군인으로 복무한다는 것이 개인에게는 쉽지 않은 결정이지만, 미국 내에서 특별한 기술이 없고, 신분문제도 불안정하다면 미국의 군대에 입대하여 복무하는 것도 한 방법이다.

Q. 저희 가족들이 영주권신청을 시작한 지 5년이 흘렀는데도 아직 영주권을 받지 못하고 있는 상태이고 마음 고생도 심하게 해왔습니다. 최근 영주권 스폰서를 하고 있는 회사가 문을 닫는 바람에 저희 가족의 영주권신청은 벼랑 끝에 몰린 상황이 되었습니다. 졸업을 앞둔 아들이 신분문제로 인해 직장을 구하는 데 걸림돌이 되고 있는 와중에 지인으로부터 미국 육군에 지원을 하면 영주권을 받을 수 있다는 이야기를 들었습니다. 이에 대한 조언을 구하고 싶습니다.

A.

2008년 12월 미국 국방부는 Military Accessions Vital to National Interest(MAVNI) 프로그램을 통하여 이전까지 미군에 입대하려면 최소한 영주권을 소지하고 있어야 하는 조건을 철폐했습니다. MAVNI프로그램은 2009년 12월에 만료되었다가 다시 연장 운용되고 있습니다.

MAVNI 프로그램에 의하면, E, F, H, I, J, K, L, M, O, P, Q, R, S, T, TC, TD, TN, U, 또는 V 등의 체류신분 또는 망명을 하여 미국 내에서 최소 24개월간 거주한 외국인라면 미국 육군에 입대 시에 미국 시민권이 바로 주어집니다. 따라서 귀하의 아드님이 만약 입대가 된다면 영주권이 아니라 바로 미국 시민권을 부여받게 됩니다. 입대 당시에 위의 합법적인 체류신분을 유지하고 있어야 합니다. 관광 비자(B)신분은 MAVNI 프로그램의 적용대상이 아닙니다.

24개월 거주기간은 미국 내에서 연속적으로 체류하고 있는 것을 요하며, 중간에 해외에 나가서 체류한 기간은 24개월 거주기간 계산에서 제외됩니다. 또한, MAVNI 프로그램은 현재 육군에서 실시하고 있는 프로그램으로, 해군이나 공군에 입대하고자 하는 분들에게는 해당이 되지 않습니다. 통상의 시민권신청이 4~5개월이 걸리는 데 반해 MAVNI 프로그램으로 시민권을 신청하게 되면 1주일 내외에서 승인이 납니다. 따라서, 빠른 시민권 취득은 물론이고, 미국 육군으로 복무할 경우에는 대학 및 대학원에 진학할 경우 학비를 전액 정부에서 부담해주는 혜택과 함께 의료보험 제공, 군 입대 시에 보너스로 현금도 지급됩니다.

　MAVNI 프로그램은 모든 종류의 병과를 모집하는 것이 아니라, 의료부문(health care)과 특정언어와 문화적배경을 가진 사병부문 두 분야에만 해당합니다. 의료부문에 포함되는 직종으로는 의사, 간호사, 치과의사, 검안의, 수의사, 심리치료사 등을 포괄합니다. 다만, 한의사나 침술사는 이 부문에 해당되지 않습니다. 이 부문에 지원하기 위해서는 각 직종에 요구되는 전문자격을 갖춰야 하고, 영어구사능력을 보유하고 있어야 합니다. 이 부문의 지원자는 3년의 현역복무의무 또는 6년간의 예비역복무(selected reserve) 중 선택할 수 있습니다.

　한편, 특정언어와 문화적배경을 가진 사병부문은 특정언의 충분한 구사력을 보일 수 있어야 하고, 그 외 육군의 사병모집 기준에 부합해야 합니다. 입대를 하게 되면 4년간의 현역복무 의무를 집니다. 한국어의 경우에도 35개의 언어 중 이 부문에서 요구하는 언어부문에 포함됩니다. 이 부문은 언어에 따라 세 그룹으로 나눠서 모병을 하고 있는데, 가장 시급히 필요한 부문은 그룹1이고, 가장 시급하지 않은 부문은 그룹3으로 분류를 합니다. 한국어부문은 그룹3에 속해 있습니다. 이 부분의 인원이 한국어 통역관 모집에 국한된 것은 아니고 일반 병과 전부에 걸쳐서 지원을 받고 있습니다. 각종 병과에 배치가 되면서 특정언어와 문화적 배경을 가지고 있으면 병무수행에 효율성이 있다는 판단 하에서 MAVNI 프로그램을 실시하고 있는데 그 취지가 있기 때문입니다.

의료부문의 모집은 미국 전역 모병소에서 선발하는 데 반해, 특정언어와 문화적 배경을 가진 사병부문은 뉴욕, LA, 애틀랜타, 시카고, 댈러스에서만 선발합니다. 현재 두 부문의 총모집인원은 900명입니다.

개인마다 특수한 상황이 있을 수 있으므로, 개별상담은 각 지역의 모병소에 연락을 하면 모병관이 나와서 자세히 상담을 해 줍니다. 또한 미국 육군의 웹사이트(www.goarmy.com)에 가면 관련 정보가 많이 나와 있으므로 참고하시기 바랍니다.

7. 미국 시민이 된다는 것

미국 영주권자로 있는 클라이언트들에게서 **종종** 듣는 질문들이 미국 시민권자로 귀화하게 되면 어떤 점들이 좋은가 하는 것이다. 그냥 영주권자로 있으면 미국에서 살아가는 데 크게 걸림돌도 없는데 굳이 미국 시민권을 취득해야 하는가라는 뜻이다.

미국 시민권자가 된다는 것은 곧 미국 국적을 얻는다는 뜻이다. 미국 시민권자가 되었을 때 얻을 수 있는 장점은 우선 미국사회에서 선거권과 피선거권을 가지게 된다는 점이다. 하루하루 먹고 살기 바쁜 이민생활에서 공직에 출마하고, 또한 공직출마자들에 대해 선거를 한다는 것은 조금 요원한 이야기일 수도 있을 것이나, 미국에서 소수민족으로서의 힘을 형성하기 위해서는 숫자, 정확히는 선거권을 가지는 해외동포들의 숫자가 가장 우선적인 요건이다. 이를 뒷받침하는 가장 좋은 예가 중국인들이다. 중국인들은 끊임없이 미국으로 유학 또는 이주해오는 자국민을 바탕으로 이미 거대한 규모의 자체 네트워크와 힘을 형성해냈다.

미국 내 교포사회의 경우 먹고 살기 바쁘다는 핑계로 '우리' 보다는 '나' 또는 '내 가정'에만 매몰되어 큰 그림을 보지 못하는 경우가 많지 않았다. 이제 오랜 이민역사와 한층 발전된 동포사회를 바탕으로 우리도 공식적인 힘을 형성해내야 하는 시점에 이르렀다. 여기에 가장 중요한 점이 바로 선거권과 피선거권을 가지는 우리 동포들의 숫자이고, 이를 행사하는 것이다.

미국 시민권을 가지게 되면 또 다른 장점으로는 미국 내에서 추방될 수 있는 위험이 현저히 줄어든다는 점이다. 영주권자라 하더라도 영주권 취득 시 또는 영주권자로 있으면서 일정한 범죄에 연루되면 언제든지 미국에서 추방이 될 수 있다. 왜냐하면 영주권자는 어디까지나 외국국적의 외국인이기 때문이다. 그러나 시민권자는 다르다. 우선 미국 국적보유자는 아주 예외적인 경우가 아니면 추방되는 경우는 드물다.

미국 시민권자는 해외, 특히 한국에 체류하는 데 영주권자보다 훨씬 자유롭다. 6개월 이상 장기간 미국 외 해외에 체류할 경우에 영주권자는 여행허가서를 발급받아서 해외에 나가야 하고, 장기체류가 빈번해지면 영주권 자체를 박탈당할 가능성이 있다. 그러나, 미국 시민권자로서 한국을 장기 방문할 경우 장기체류비자만 받으면 이러한 위험성이 없다. 또한, 한국뿐만 아니라 다른 국가를 방문할 때 미국 시민권자에게는 입국심사가 간소한 경우가 많다. 이는 일정한 국가군에 대해서는 미국과 상호비자면제 협정이 체결된 데 기인하는 측면도 있고, 다른 국가군에 대해서는 미국이란 부자나라에서 온 방문자는 반드시 미국으로 귀국할 것이라는 간접적인 보증이 되기 때문이다.

미국 시민권자가 되게 되면 자신의 직계 가족들을 영주권자로 초청하기가 쉽다. 초청하기 쉽다는 의미는 자신의 부모나 배우자 또는 자녀들에 대해서 영주권 수속의 스폰서로 될 수 있고, 그 수속기간 또한 굉장히 빠르다는 뜻이다.

미국 시민권자는 직업을 구할 수 있는 폭이 대폭 넓어진다. 미국 정부의 많은 직종들이 시민권자일 것을 요구한다. 또한, 미국 정부와 계약을 체결하여 업무를 진행하는 회사들 또한 시민권을 요구하는 경우가 많다. 특히 영주권자 청년들이 대학을 졸업하고 경찰이나 연방정부의 직종으로 지원을 하려 할 때, 막상 시민권자이어야 한다는 자격을 보고 부랴부랴 시민권을 신청하기도 한다.

그 외 북한 등 한국과 대치관계에 있는 국가를 한국 국적일 때보다 조금 더 용이하게 방문할 수도 있다.

이상과 같은 미국 시민권을 취득할 때 장점들이 있지만, 구체적으로는 개인마다 사정과 원하는 바가 다를 수 있으므로 시민권을 신청하기 전에 심사숙고해야 할 것이다.

Q. 최근에 시민권 신청을 했는데, 거절 당했습니다. 거절당한 사유가 영주권 취득 후 스폰서 회사에서 일을 했던 기록을 제시 못했다는 것이었습니다. 예상치 못했던 사유라 무척 당황했습니다. 이런 사유로 시민권 신청을 거절하는 것이 정당한지 궁금합니다.

A. 　　　　시민권 신청의 경우, 많은 신청자들이 그냥 신청서만 다운로드 받아서 관련 서류만 제출하고 시험만 통과하면 된다고 생각하고 있습니다. 그러나 최근 시민권 심사가 까다로워지고 있다는 점에 주의를 요합니다. 단순히 신청서만 기입하는 것이 아니라, 본인도 미처 깨닫지 못하고 있는 거절 사유나 문제가 될 수 있는 사유가 있을 수 있기 때문에 반드시 변호사 등 전문가의 자문이나 조력이 필요합니다.

귀하의 거절 사유는 영주권을 받기 위해 허위로 영주권 신청 시 스폰서를 받지 않았나 하는 문제, 즉 이민사기의 일종에 해당하고 이는 시민권 신청 상의 결격 사유인 도덕적 하자(moral turpitude)에 해당합니다. 많은 분들이 영주권을 받기 위해 주력한 나머지 영주권 취득 이후에 제기될 수 있는 법적인 쟁점들에 대해 소홀한 경우가 많습니다. 설사 진정으로 영주권 취득 후 바로 스폰서 회사로부터 이직을 했다 하더라도 나중에 시민권 신청시에 그것이 선의의 의사(good faith)로 이직했음을 입증해야 합니다.

이러한 상황 하에서 선의의 입증이 결코 쉽지는 않습니

다. 따라서 제일 좋은 방법은 설사 영주권 취득 후 진실된 이직 사유가 생겼다 하더라도, 나중에 시민권 신청에 문제가 없기 위해서는 일정한 기간을 좀 더 재직하는 것이 필요합니다. 얼마동안 더 재직해야 하는가에 대해서는 명확한 법적인 규정이 없습니다.

최근의 인터뷰 흐름을 보면 이민국 심사관들은 재직 기간에 관계 없이 영주권 신청회사에서 재직했다는 것 자체를 증명하는 서류, 즉 W-2 임금명세서 등을 요구합니다. 따라서 영주권을 승인받은 뒤에는 미리 이러한 서류들을 준비해서 후일 시민권 신청을 대비하여 잘 보관해 놓는 것이 중요합니다.

시민권 신청 시 쟁점이 되는 또 다른 사유는 음주운전기록입니다. 시민권 신청시점으로부터 5년 전 기간 내에 한 차례 정도의 다른 인명 또는 재산상의 피해를 발생시키지 않은 가벼운 음주운전 기록은, 최종 처분이 어떻게 났느냐에 따라 다르기는 하지만 통상 시민권을 받는 데 큰 걸림돌이 되지는 않습니다.

먼저 신청자가 거주하는 주의 음주운전에 대한 처벌이 어떻게 다루어지는지 해당 주의 형법이나 교통관련법 상의 음주운전에 대한 법률규정을 자세히 살펴야 합니다. 일반화시키기는 어렵지만, 대체적으로 만약 최종처분이 일정기간의 보호관찰(probation)로 났다면 이는 시민권 신청서 상의 유죄(conviction)에 해당하지는 않습니다. 따라서 통상 보호관찰 및 음주교육, 단기간의 면허정지로 최종 처분이 나온 경우에는 시민권 신청 시에 문제는 되지 않습니다.

문제는 신청시점으로부터 5년 내에 한 차례 이상 복수의 음주운전 기록이 있을 경우입니다. 이런 경우에는 해당주법에서 형법상 유죄에 해당하여 일정기간의 징역형에 처해질 수 있는지 살펴야 합니다. 통상적으로는 마지막 음주운전에 대하여 최종 처분일 또는 보호관찰 종료시점으로부터 5년 후에 시민권을 신청하는 것을 권하고 싶습니다.

경우에 따라서는 이민국 심사관이 5년 이전의 기간의 기록에 대해서도 살펴보는 경우가 있기 때문에 주의를 요합니다. 요약하자면, 절대적인 음주운전기록의 횟수보다는 음주운전의 강도, 피해사항, 도덕적 품성을 위반하는 정도의 사안인지를 종합적으로 살펴서 시민권 신청 결과의 가부를 결정한다고 하겠습니다.

Q. 저의 가족은 저를 비롯하여 모두가 미국 시민권자입니다. 저와 아내는 얼마 전 미국시민권을 취득하였습니다. 저의 두 명의 자녀는 미국에서 출생하여 자동적으로 미국 시민권자가 되었습니다. 한국에 계시는 어머님께서 위독하셔서 최대한 빨리 한국으로 가야할 일이 생겼습니다. 문제는 우리 가족 모두가 미국 시민권자이기는 하지만 미국여권이 없습니다. 미국여권을 내려면 최소 4주 정도는 걸린다고 들었는데, 좋은 방법이 없을까요?

미국여권은 미국시민권자임을 증명하는 서류 중의 하나입니다. 미국시민권자라고 해서 해외출입 시에 여권이 없이 왕래할 수 있는 것은 아닙니다. 미국은 국적에 관한한 속지주의를 따르기 때문에 미국에서 출생하면 자동적으로 미국국적이 주어집니다. 미국 국적을 입증할 수 있는 서류로는 출생증명서나 미국 여권이 보편적으로 사용됩니다. 미국여권은 16세 이상의 시민권자에게는 10년간 유효한 여권이 발급되며, 15세 이하의 시민권자에게는 5년간 유효한 여권이 발급됩니다.

미국여권 발급은 미국부에서 위임한 우체국 또는 패스포트 에이전시(passport agency)에서 담당을 합니다. 우체국의 경우에는 여권업무를 담당하는 우체국도 있지만, 담당하지 않는 우체국도 있습니다. 패스포트 에이전시는 동부, 남부, 서부, 중부 등 4개 권역으로 나뉘어서 각 권역별 주요 도시에 위치하고 있습니다. 한인들이 많이 거주하는 미 동부의 경우에는 뉴욕시, 보스턴, 코네티컷주의 스탬포드와 필라델피아 패스포트 에이전시가 있습니다.

패스포트 에이전시를 통하여 여권을 발급받고자 하는 경우에는 미리 전화(1-877-487-2778) 또는 인터넷으로 사전예약을 해야 합니다. 위급상황으로 인하여 신청일로부터 당일 안으로 미국 여권을 발급받고자 하는 경우에는 직접 패스포트 에이전시를 방문해서 신청해야 합니다. 당일 내로 미국여권을 발급받고자 하는 경우에는, 시민권증서 원본 또는 출생증명서 원본, 운전면허증, 사진 1매, 비행기 예약 증명(또는 비행기 티켓) 또는 재직하는 회사로부터의 국외여행 허가를 입증하는 편지 및 소정의 수수료를 가지고 가야 합니다. 당일 내로 발급받고자 하는 경우에는 적어도 하루 또는 이틀 후에는 국외여행을 위해 미국에서 출국을 해야 하는 것이 입증되어야 합니다.

만약 이틀 내로는 국외로 출국하지는 않지만, 향후 2주 내에는 국외로 여행을 할 경우에는 급행수속(expedite service)을 신청하면 늦어도 3일 또는 4일 내로는 여권이 발급됩니다. 이 경우에 미국 여권을 패스포트 에이전시를 방문하여 직접 수령하거나 Fedex(Fdederal Express)를 통하여 자신의 주소지로 직접 받을 수 있습니다. 레귤러 수속으로 미국여권을 발급받기까지 통상 4~6주가 걸리는 것을 감안할 때, 여권발급신청 시점과 국외 여행 시점이 4주 미만밖에 남아 있지 않을 경우에는 통상수속보다는 직접 패스포트 에이전시를 방문하여 급행수속으로 여권을 발급받는 것이 좋습니다. 주의할 것은, 미국 본토 50개주 외의 괌이나 캐리비언 쪽의 미국령의 섬들을 관광할 때에도 여권을 지참해야 합니다.

 영주권자 신분에서 시민권 신청을 하여 신청서가 계류 중 한국을 방문한 후 미국 공항에서 11만 달러의 돈을 소지했다고 하여 별도의 조사를 받았습니다. 예전에 친구의 여권을 소지했다가 벌금형을 받은 게 있는데, 그것도 문제가 되었고 11만 달러의 돈을 소지한 것도 문제가 된 것 같습니다. 시민권심사에 별다른 영향이 없을까요?

A. 문제가 될 가능성이 많습니다. 먼저 1만 달러 이상을 소지하고 미국에 입국할 때에는 반드시 세관에 신고를 해야 합니다. 귀하의 경우 따로 신고를 하지 않았으면 돈세탁과 연관되어 있을 거라는 의심을 받습니다. 일반적으로 벌금형 자체가 문제가 되지는 않지만 귀하의 경우 타인의 여권을 소지한 것은 여권위조나 다른 범죄를 위한 동기로 인한 것으로 간주될 수 있기 때문에, 시민권 심사의 한 기준인 moral character에 대한 심각한 의문을 제기할 수 있는 사안입니다. 위의 두 사건이 고려될 경우, 이민국에서는 귀하의 시민권신청을 거절하는 것은 물론이고, 향후 5년 내에 시민권신청을 금지할 수도 있습니다. 시민권신청을 한 상태에서 만약 입국 시에 소지한 현금을 신고 안했다고 한다면, 그 자체가 이미 심각한 실수를 저지른 것입니다.

Q. 한국에 일정규모 이상의 금융 및 부동산 자산을 보유하고 있습니다. 내년 7월부터 발효되는 '해외금융계좌 납세순응법'(FATCA)의 여파로 현재 시민권을 포기할까 심각하게 고려중입니다. 시민권을 언제든지 마음대로 포기할 수 있는 건지 궁금합니다.

A.   '해외금융계좌 납세순응법'이 실시되면 해외에 있는 금융기관들은 미국국적의 시민들의 보유계좌에 대한 정보를 미국 국세청, 즉 IRS에 보고하게 되어 있습니다. 한국의 경우 금융전산망이 잘 갖춰져 있기 때문에, 내년 7월 발효되는 FATCA에 맞춰서 미국의 IRS에 원칙대로 보고가 이뤄질 전망입니다. 만약 IRS에 신고되지 않은 금융자산이나 비즈니스 상의 보유지분이 알려지면, 민사 및 형사상의 페널티가 부과됩니다. 벌금으로 부과되는 과징금액은 최소 1만 달러에서 최대 5만 달러에 이르고, 세금보고를 낮춰서 보고한 것에 대한 페널티가 추가적으로 붙게 됩니다.

이러한 강력한 페널티와 타국가와의 강력한 공조체제, 해외은닉재산의 과징에 대한 미국정부의 강력한 의지 때문에 최근 미국 시민권을 포기하는 사람들이 늘고 있고, 미국 시민권이 자동으로 소멸되는 경우가 있습니다. 첫째, 18세 이후에 다른 국가의 시민으로 귀화할 때, 둘째, 18세 이후 외국정부에서 일하게 될 때, 셋째, 일정한 조건하에 외국정부의 군대에 복역하게 될 때, 넷째, 미국에 대한 반역죄를 저지를 때, 다섯째, 공식적으로 미국 시민권에 대한 포기를 할 경우입니다.

미국 시민권을 공식적으로 포기하고자 할 때에는 원칙적으로 자기가 살고자 하는 국가의 미국 대사관에 가서 '시민권포기선서'에 사인을 해야만 가능합니다. 예외적으로 미국이 타 국가와 전쟁 중에 있을 때에는 미국 내 또는 미국령 내에서 시민권 포기가 가능합니다. 시민권을 포기하게 되면 다시 시민권을 획득할 수는 없기 때문에 여러 가지 사항을 따져서 신중히 행해야 합니다. 예외적으로 18세 이전에 미국 시민권을 포기한 경우에는 18세가 된 후 6개월 이내에 시민권회복(reinstatement) 신청을 하면 다시 시민권을 받을 수 있습니다.

다른 국가의 국적을 귀화를 통해 획득하게 되는 경우에는 바로 시민권이 자동상실되는 것은 아닙니다. 타 국가의 국적을 획득하게 되면 미국시민권을 포기하지 않으려는 것으로 자동 간주가 되기 때문에, 미 대사관으로부터 미국 시민권을 포기할 의향에 대한 질문서를 받게 됩니다. 직접적으로 명확히 미국 시민권을 포기한다는 진술을 하지 않는 한, 미국 시민권은 유지가 됩니다.

타 국가의 정부직(government job)을 맡을 경우에도 시민권은 상실됩니다. 여기서 정부직은 내각이나 대사 등의 고위직을 말하는 것이고, 정책결정권을 가지지 않는 하위 정부직은 포함하지 않습니다. 가까운 예로 김종훈 미래창조과학부 장관 내정자의 경우를 생각하면 되겠습니다. 한국 정부에서 장관직을 맡게 되면 김 내정자의 경우 미국 시민권을 자동상실하게 되고, 이에 따른 국적이탈세금을 납부해야 합니다.

따라서, 본인의 경우 미국 시민권을 자발적으로, 공식적으로 포기하고자 하고, 한국에서 거주할 의향이 있다면 한국소재 미국대사관에 가서 포기신청을 해야 시민권이 상실됩니다. 시민권 상실 후 미국을 방문하고자 할 때에는, 미국 내에 합법적으로 체류하기 위한 비자를 따로 신청해야 미국 입국이 가능합니다.

8. 나의 사랑, 나의 가족

A씨는 50대 초반으로 상당한 미인이다. 그녀가 상담을 원한다고 전화기 너머로 얘기했을 때에는 별다른 이슈가 없는 평범한 케이스로 생각했다. 상담일에 왔을 때, 약간의 서구형이 가미된 함초로한 미인의 용모를 지니고 있었다. 그래서일까. 1차적 고민이 같은 교회에 다니는 신도 중에 자기를 흠모하여 계속 쫓아다니는 비슷한 또래의 남자 문제였다.

A씨는 이 남자와 그냥 신도로서만 알고 지내고 싶을 뿐, 사귀는 사이가 되고 싶지 않았다. 처음에는 같은 교회신도이기에 바로 거절하면 남자가 많이 마음 상할까봐 둘러서 싫다는 표현을 했다. 그러나, 남자의 구애작전은 계속되었다. 급기야 A씨가 더 이상 얼굴을 마주치고 싶지 않다며 사귈 생각이 없다고 잘라서 말하는 지경까지 왔다.

그렇게 단도직입적으로 말하면 남자가 조용해질 줄 알았지만, 남자의 구애는 날로 더 심해갔다. 심지어 평일 집에까지 쫓아와서 A씨가 일을 마치고 돌아오면 어김없이 그녀의 문 앞에 기다리고 있는 것이 아닌가.

사실 A씨는 미국에 온 지 당시 10년이 훨씬 넘었고, 이미 한 번의 이혼 경력이 있었다. 전 남편과의 사이에 17세가 넘은 딸이 있고, 이 딸을 공부시키느라 A씨는 사실 남자에 마음을 둘 시간이 없었다. A씨는 그렇게 교육을 많이 받은 것도 아니고, 영어도 거의 되지 않았다. 그러니, 이혼의 충격에 영어도 되지 않는 낯선 이역땅에서 딸까지 키워야 하니 그 고생이 오죽했으랴. 사실상 남자도 비슷한 처지의 동병상련의 위치에 있었다. 그래서 아마 A씨에게 더 끌렸는지도 모르겠다.

그 남자가 매일같이 집 앞에 기다리고, 일요일 교회에 가면 또 얼굴을 마주치니 A씨는 그야말로 죽을 맛이었다. 그 무렵 A씨는 지인의 소개로 만나기 시작한 남자 B씨가 있었다. 미국인이었고, 직업도 확실했다. 이 남자 역시 한번 이혼한 적이 있었는데, 전처도 한국여자였다. B씨도 A씨를 스토커 수준에 가깝게 괴롭히는 남자의 존재를 알게 되었다. 문제는 A씨가 불법체류자 신분이어서 경찰에 신고하면 A씨가 자신의 불법체류사실이 노출되고, 추방재판에 회부되지 않을까 두려워하고 있다는 점이었다. 그 남자도 A씨의 불법체류 사실을 알고 있었고, 더 이상 만나주지 않으면 이민국에 불법체류사실을 신고하겠다고 협박조로 나오고 있었다.

A씨와 B씨는 하루빨리 A씨가 시민권자 배우자가 받을 수 있는 영주권을 받고 싶어했다. 그러고 난 뒤, 그 남자를 경찰에 신고하여 접근금지 명령을 내릴 계획이었다. 시민권자 배우자의 자격으로 신청하는 영주권은 불법체류 배우자라도 영주권 신청이 가능하다. 또한 최종적으로 영주권을 받기까지 불과 5개월 정도밖에 걸리지 않는다.

A씨는 B씨와 혼인신고를 하고 조촐하게 결혼식을 올렸다. 그리고, 신접살림을 B씨의 집으로 잡고 예전의 A씨 주소에서 이사를 가게 되었다. 그 후, A씨는 5개월쯤 뒤 무사히 영주권을 받았다. 그녀를 괴롭혔던 그 남자는 A씨의 결혼사실을 알게 되었고, 또한 이사간 것도 알게 되었다. 자연히 그 남자의 스토커 행위는 멀어졌다.

가족 초청 영주권은 몇 가지의 종류로 나눌 수 있다.

먼저 시민권자가 직계 부모, 배우자 및 미성년 미혼 자녀를 초청하는 1순위가 있다.

2순위는 크게 2순위-A와 2순위-B의 카테고리로 나누어진다. 2순위-A는 영주권자의 미성년 자녀 또는 배우자가 신청할 수 있는 영주권의 종류이다. 2순위-B는 영주권자의 자녀들 중 21세 이상의 미성년 자녀가 영주권을 신청할 수 있는 카테고리이다.

3순위는 시민권자의 성년자녀가 신청하는 영주권 카테고리이고,

4순위는 성년 시민권자의 형제자매가 신청할 수 있다.

가족 초청영주권의 위에서 말한 순위 별로 매년 할당되는 이민비자의 양이 차이가 난다. 또한 수속기간도 각각 다르다. 1순위 가족 초청 영주권의 수속이 가장 빠르고, 순위가 올라 갈수록 수속이 느리다. 현재 4순위 가족 초청 영주권의 경우 10년 이상이 소요되고 있다.

Q. : 현재 미국 시민권자인데, 곧 불법체류신분인 여자친구와 혼인할 예정입니다. 문제는 혼인할 여자친구와 저와는 6촌 관계에 있는 사람

입니다. 이런 경우에 근친간의 혼인으로 간주되어 영주권 신청이 불가능한 것은 아닌지 궁금합니다. 또한 저는 학교를 졸업한 지 얼마 되지 않아 사실상 수입이 많지 않은 상태입니다. 배우자를 위해 영주권을 신청해 주기 위해서는 어느 정도 소득이 있어야 한다고 들었는데, 소득이 많지 않은 상태에서 배우자를 위해 영주권 신청이 가능합니까?

A. 미국 시민권자가 자신의 직계가족 또는 배우자를 위해 영주권 신청을 하는 경우에는 가족초청이민 0순위에 해당하는 것으로 영주권신분변경신청서(I-485)를 상시접수할 수 있습니다. 여기서 말하는 여기서 말하는 직계가족이란 자신의 부모, 자녀, 형제자매를 말합니다. 따라서 배우자 쪽의 장인이나 장모는 해당되지 않기 때문에, 본인이 시민권자인 경우 장인 또는 장모를 직계가족 순위로 하여 영주권신청을 해드릴 수는 없습니다.

일반적으로 근친간의 혼인인 경우에는 아예 유효한 혼인이 성립되지 않기 때문에 혼인증명서를 발급받을 수 없습니다. 따라서 혼인증명서를 발급받지 못하면 혼인관계를 입증하지 못하기 때문에 배우자를 위해서 영주권신청을 원천적으로 하지 못합니다. 미국의 각 주마다 차이가 있기는 하지만, 대체적으로 근친간의 혼인은 직계가족(형제자매) 또는 4촌까지로 한정하는 경우가 대부분입니다. 이 범위를 벗어나는 촌수관계에 있는 경우에는 근친간의 혼인으로 간주하지 않습니다. 6촌관계에 있는 상대와는 유효한 혼인관계가 성립하고, 혼인증명서만 정상적으로 제출되면 영주권심사 시에 별다른 문제가 없습니다.

가족초청 영주권신청 시 이민국에서는 혼인관계가 허위가 아니냐, 초청자(Petitioner)의 재정상태가 피초청자를 부양하기 위해서 정부로부터 생활보호대상(public charge)의 혜택을 받지 않을 정도의 재정능력을 갖추고 있는가 하는 두 가지 관점에서 심사를 봅니다. 이러한 재정능력을 판단하는 데에는 초청자의 소득이 연방정부의 빈곤지수 125%에 해당 또는 그것을 상회해야 합니다. 예를 들어, 하와이와 알래스카를 제외한 주에 거주하는 2인가족의 경우에는 초청자가 2015년도 기준으로 연간 $19,912 이상의 소득을 가지고 있어야 합니다. 3인가족의 경우에는 $25,112, 4인가족의 경우에는 $30,312 이상의 연간소득을 초청자가 올리고 있다는 것을 입증해야 합니다.

그렇지 못한 경우에는, 공동재정보증인(co-sponsor)을 내세워야 합니다. 공동재정보증인이 되기 위해서는 초청자 또는 피초청자와 혈연관계에 있어야 하는 것은 아닙니다. 다만, 18세 이상의 미국 내에 거주하는 영주권자 또는 시민권자이어야 하며, 역시 연방정부의 빈곤지수를 상회하는 소득능력을 갖추고 있어야 합니다. 따라서 친족관계가 아닌 친구라도 연방정부의 빈곤지수 125%를 상회하는 소득을 올리고 있고, 18세 이상이면서 미국 내에 거주하고 있는 영주권자 또는 시민권자라면 공동재정보증인이 될 수 있습니다. 이러한 요건에 해당되면 공동재정보증인의 경우에는 3년간 세금보고서, 재직증명서 및 은행의 잔고증명서 등의 서류가 필요합니다. 공동재정보증인이 있는 경우에는 초청자의 연간소득이 상기한 빈곤지수에 미달해도 괜찮습니다.

만약 공동재정보증인을 내세우기 어려울 때에는 자산(asset)으로 재정능력을 입증할 수도 있습니다. 자산의 범위는 유무형의 모든 자산이 해당합니다. 주식, 현금, 채권, 부동산 등을 포함합니다. 자산으로 재정을 입증할 경우에는 빈곤지수상의 기준 금액과 본인의 소득금액의 차액에서 5배에 해당하는 금액에 상응하는 자산을 초청자가 보유하고 있어야 합니다.

예를 들어, 2인 가족의 초청자의 연간소득이 $15,000인데, 빈곤지수상의 기준금액이 $18,000이라고 가정하면 초청자의 소득과 빈곤지수상의 기준금액 차액은 $3,000입니다. 이 차액 $3,000의 5배에 해당하는 금액, 즉 $15,000을 자산으로 가지고 있음을 초청자가 입증을 해야 하는 것입니다.

만약, 배우자가 영주권신청일을 기준으로 과거 6개월 이상 초청자와 같이 거주를 해왔고, 일정한 소득이 있다면 배우자의 소득도 소득산정에 포함될 수 있습니다.

Q. 대학교에서 수학전공으로 박사학위를 받았고, 학계의 저널에 발표한 논문도 5~6편 정도가 됩니다. 취업이민 1순위로 최근 영주권을 취득하였습니다. 그러나, 남편이 현재 한국에서 직장생활을 하고 있는 관계로, 영주권을 취득하기까지 남편이 미국에 잠시라도 들어올 사정이 되지 않아 남편의 영주권 신청은 하지 않았습니다. 그런데, 현재 남편이 영주권을 취득하려면 어떻게 해야 합니까?

A. 남편이 미국 내에 머물고 있거나, 미국으로 관광비자 등 비이민비자를 받고 미국에 들어올 수 있다면 신분변경신청서인 I-485 서류를 접수하여 영주권 신청이 가능합니다. 그러나, 미국으로 들어오지 못하는 사정이 있는 경우에는 following-to- join(FTJ)이라는 절차를 통해서 배우자가 영주권을 취득할 수 있습니다. FTJ를 신청하기 위해서는 다음 조건을 만족시켜야 합니다.

첫째, 배우자와의 혼인이 본인의 영주권을 취득하기 전에 성립되어야 합니다. 여기에서 혼인시점은 혼인증명서에 나와 있는 날짜를 기준으로 합니다. 미국에서 혼인신고를 했을 경우에는 해당 거주지의 타운에서 발급한 혼인증명서상의 날짜를 기준으로 합니다. 한국 또는 미국 중 어느 한 곳에서만 혼인증명서를 발급받으면 되고, 반드시 미국 내의 혼인증명서만 유효한 것은 아닙니다.

둘째, 본인의 영주권 취득 당시 배우자가 미국으로 동반해서 오지 않았어야 합니다.

셋째, 본인이 취득한 영주권의 종류가 취업이민, 가족초청이민 또는 약혼비자 등을 통해서 취득했어야 합니다.

넷째, 본인이 시민권을 취득하지 않았어야 합니다. 본인이 시민권을 취득한 경우에는 바로 가족초청 0순위인 시민권자 직계배우자 초청으로 바로 배우자가 영주권을 취득할 수 있기 때문입니다.

FTJ의 경우에 가장 중요한 이슈는,

첫째, 혼인시기입니다. 일부 신청자들이 처음에 FTJ를 모르고 영주권을 단독으로 신청했다가 후에 혼인 신고를 하는 경우가 있는데, 특별한 사정이 없다면 FTJ로 신청하기 위해서는 한쪽 배우자가 영주권을 취득하기 전에 혼인신고를 했어야 한다는 점이 중요합니다.

둘째, FTJ와 I-485신청서 접수 등의 두 가지 중에서 어떤 것으로 수속하는 것이 빠르냐 하는 것입니다. I-485를 미국에서 접수할 수 있다는 것은, 영주권이 없는 배우자가 미국에 들어와서 영주권 수속이 가능하다는 것을 전제로 합니다. I-485를 접수하여 영주권자 배우자로 수속할 경우에는 통상 수속기간이 3년여가 걸립니다. FTJ로 수속할 경우에는 1년 또는 1년 반이 소요됩니다. 주의할 것은 이상과 같은 수속기간은 어디까지나 예상기간이기 때문에 매 시점마다 총 수속기간은 바뀔 수 있다는 점입니다. 여하튼 이와 같은 일반적인 예상수속기간을 고려할 때, FTJ가 I-485를 접수하여 영주권자 배우자로 진행하는 것보다는 시간적으로 유리합니다. 참고로 FTJ은 유효한 혼인관계가 한쪽 배우자의 영주권 취득 전부터 존재하는 한, 언제든지 시간 제한 없이 신청을 할 수 있습니다.

9. 미국 서바이벌의 제 1순위

미국에서 취업에 근거하여 신청하는 취업이민 영주권만큼 힘든 과정이 있을까. 세계 각국이 자국에 거주하는 외국인에게 일정한 요건이 충족되면 영주권을 부여한다. 각 나라와 문화, 사회 경제적 요건에 따라 영주권을 얻는 것이 어려운 국가도 있고 비교적 쉬운 국가도 있다. 미국은 대체적으로 영주권 취득하기가 어려운 국가로 분류된다.

A씨는 한국의 명문사립대를 졸업하고, 12세 나이의 딸을 둔 가장이다. 한국에서는 대기업에서 10년 이상 다닌 직장경력을 가지고 있었다. 그러나, 업무 추진 중 실수로 회사와 회사의 거래처에 큰 손실을 입히고, 자신이 모아둔 거의 모든 재산을 회사와 거래처의 손실을 충당하는 데 쓰고 말았다. 거의 빈털터리가 되고, 더 이상 한국에서도 구할 수 있는 직장도 없었다. 그냥 가족들을 데리고 야반도주 하듯이 미국으로 건너왔다.

미국의 공항에 도착했을 때, A씨에게 있었던 돈은 오천 달러. 겨우 렌트하는 집을 구하고, 현금으로 급여를 받는 직장도 어찌하여 구했다. 그가 하는 일은 쌀가마와 야채박스를 매장 안으로 나르는 일이었다. 관광비자로 왔다가, 관광신분이 만료될 쯤 영어 어학원에 등록하여 학생신분으로 변경했다. 낮에는 고된 직장에 다니고 밤에는 학원에 나갔다. 생활은 근근이 렌트비 내고, 공과금 내고 밥 먹는 정도였다. 평소 육체노동을 한 적이 없는 A씨는 하는 일이 힘에 부칠 수밖에 없었다.

그러기를 3년. 우연히 초등학교 동창 B씨를 만나는데, B씨는 이미 필자와 취업이민 영주권을 한창 수속하고 있는 중이었다. A의 딱한 사정을 들은 B씨는 자기가 수속하던 영주권 케이스를(정확히는 승인받은 노동허가서) A에게 양도하였다. 당시만 해도, '대체케이스'라고 하여 제3자가 진행하여 승인받은 영주권은 고용주가 같으면 다른 사람이 승계를 하여 계속 다음 단계부터 영주권을 진행할 수 있었다. 이렇게 되면, 새로 승계 받은 사람의 영주권 수속시간이 거의 반 이상 단축되게 된다. 대개 자신이 승인받은 노동허가서를 제 3자에게 양도할 때에는, 불법이긴 하지만 일정한 보상을 승계자에게 받는 경우가 종종 있었다. B씨는 이러한 보상을 전혀 요구하지도 않고, 순순히 A에게 자신이 승인받은 노동허가서를 양도하였다. 영주권을 스폰서하는 고용주도 동의했음은 물론이다.

A씨의 딸이 대학교에 지원하기 직전 A씨의 영주권 신청은 최종 승인이 났다. 딸도 마침 약대에 당당히 장학생으로 합격하여, A씨의 집안은 겹경사가 나게 되었다.

Q. 현재 일하고 있는 회사를 스폰서로 하여 취업이민을 수속 중에 있습니다. 그런데, 미국 경기의 침체로 회사사정이 악화되면서 얼마 전에 해고를 당했습니다. 미국에서 계속 남아서 경력을 쌓고 싶은데, 회사의 스폰서 없이도 영주권을 취득할 수 있는 방법이 없을까요?

A. 취업이민 1순위의 경우에는 회사의 스폰서 없이 본인이 스스로 스폰서가 되어 영주권을 받을 수 있습니다. 취업이민 1순위에서는 과학, 예술, 공학, 비즈니스, 스포츠 , 교육 분야에서 특출한 재능이 있다는 것을 증명하면 영주권을 받을 수 있습니다. 취업이민 1순위의 장점은 우선 스스로 스폰서가 되어 영주권을 진행할 수 있다는 점을 들 수 있습니다. 따라서, 불리한 고용조건을 감수하면서까지 영주권취득을 위해 억지로 스폰서회사에서 일을 할 필요가 없습니다. 또한, 영주권을 받기까지 전체 수속기간이 짧게 걸린다는 장점이 있습니다. 취업이민 1순위에서는 노동허가서를 받는 것이 면제됩니다. 뿐만 아니라, 기타 다른 취업이민보다 서류수속이 대체적으로 빠릅니다. 현재 취업이민 1순위의 경우 영주권을 받기까지 빠르면 2~3개월밖에 안 걸리는 경우도 있습니다. 물론 이보다 훨씬 더 빠른 경우도 있고, 이보다 조금 더디게 영주권이 승인되는 경우도 있습니다.

득출한 새능을 입증하기 위해서 반느시 노벨상 또는 오스카상 정도의 레벨에 해당하는 수상경력을 가지고 있어야 되는 것은 아니지만, 본인이 종사해왔던 분야에서 어느 정도의 업적이 있어야 신청이 가능합니다. 단순히 해당분야의 관련 경력만 가지고 있다고 해서 승인을 받을 수 있는 것은 아닙니다. 질적인 내용으로 받쳐주는 추천서, 심사관에게 임팩트를 줄 수 있는 해당분야의 업적 제시, 객관적으로 특출한 재능을 가지고 있다는 것을 뒷받침하는 객관적인 자료가 제시되어야 승인을 받을 수 있습니다. 취업이민 1순위를 승인한 사례를 보면, 태권도 코치, 그래픽디자이너, 생물학자, 재료공학자, 성악가, 태권도 선수, 피아니스트, 패션디자이너, 화가 등 다양한 직업군에서 승인을 받아 왔습니다.

최근 경기악화로 회사의 스폰서를 받아서 진행하는 2순위 및 3순위의 취업이민이 시간도 많이 걸리고 심사가 까다로워지면서 1순위 취업이민으로 많이 몰리는 경향이 있습니다. 최근의 취업이민 1순위 심사경향은, 전체적으로 일반화시키기는 어렵지만 계속적으로 심사가 까다로워져 가고 있습니다. 여러 가지 개인의 입적 중에서 다른 신청자보다 두드러지는 사람을 제외하고는 이민국에서 접수 후 추가서류(증거)를 요청하는 경우가 늘어나고 있는 실정입니다. 요컨대 취업이민 1순위는 심사관의 주관성이 여타 비자나 취업이민보다 많이 작용합니다. 따라서 전체적인 틀과 어떻게 서류들을 준비하고, 어떤 종류의 수속을 밟을 것인지가 굉장히 중요합니다.

Q. 일반적으로 볼 때, 취업이민 1순위 특기자 재능으로 영주권을 신청하는 것과 2순위 NIW 순위로 영주권을 신청하는 것 중 어떤 쪽이 영주권을 받을 확률이 높습니까?

A. 결론부터 말씀드리자면, 신청자 개인의 배경에 따라 다릅니다. 2순위 NIW는 해당분야에 뛰어난 재능(exceptional ability)을 보유하고 있거나, 고학력(advanced degree) 소지자들이 해당분야에서 미국의 경제적, 문화적, 교육적인 부분의 현저한 이익을 줄 수 있는 사람에 한해서 영주권을 받을 수 있습니다. 이론적으로는 2순위 NIW의 '뛰어난 재능'이 1순위의 심사기준인 '특출한 재능' 보다 심사기준이 다소 낮다고 하겠지만, 실무에서 직접 나오는 결과들을 보면 두 기준 사이에 큰 차이는 없습니다.

영주권 신청자의 자격을 면밀히 검토하여 미국의 경제, 문화, 교육, 사회복지 등에 현저히 기여를 했거나 할 수 있을 것으로 보여진다면 1순위 보다는 2순위 NIW 카테고리로 영주권을 신청하는 것이 보다 바람직합니다. 어떤 경우는 1순위, 어떤 경우는 2순위 NIW로 영주권을 신청하는 것이 확률이 높다고 일반화시키기는 어렵기 때문에 전문변호사의 영주권신청자의 배경에 대한 자세한 검토가 사전에 대단히 중요하다고 하겠습니다.

10. 미국은 어떤 외국인을 환영할까

필자가 한국을 방문하게 되면, 가장 많이 받는 질문 중의 하나가 "변호사님, 어떻게 하면 미국에 갈 수 있나요?"라는 질문이다. 물론 최근 몇 년 사이 미국에 취업 목적이나 영주할 목적으로 오는 한국인들이 대폭 줄어들었다는 통계가 있다. 외교부에서는 한국에서의 생활 수준이 미국 못지않게 높기 때문에 굳이 미국에 갈 필요성이 많이 줄어든 것으로 분석하고 있다. 또한, 미국에서 학위를 받고 와도 정작 한국에서 옛날만큼의 대우를 받지 못하는 데에도 한 가지 이유가 있을 것이다.

그럼에도, 한편으로는 미국에는 가고 싶은데 방법을 몰라서 그냥 있는 경우도 꽤 있는 것 같다. 미국에 가려면 일정한 자격요건이 되어야 비자가 발급되고 미국에 입국할 수 있다. 그러면, 미국의 이민법과 정책의 이면에는 어떤 외국인을 불러들이고자 하는 걸까.

외국인으로서 석, 박사 이상의 고학력자이거나, 수십 만 달러 이상의 돈을 미국 비즈니스에 투자하는 등 미국 경제에 돈을 풀어 놓을 용의가 있는 사람들을 선호하는 이면이 있다. 여기서 학위는 반드시 미국 내 교육기관에서 받은 것을 요구하지는 않는다.

물론 고학력자가 아니거나, 수십 만 달러의 돈을 미국에 투자하지 못해도 받을 수 있는 비자나 영주권이 있다. 이러한 비자나 영주권은 소위 미국인들도 하기 싫어하는 3D업종이나 계절적인 노동력이 필요한 분야에서의 인력을 대상으로 하는 경우이다.

위의 주요 요건들을 갖추지 못하면 미국에서 초기에 엄청난 고생을 한다. 결국 학위나 돈을 가지지 못하면 비자발급에서 먼저 장애에 부딪친다. 중국인들의 경우, 학위나 돈이 없어서 비자를 발급받지 못하는 사례가 많다. 이들은 종종 밀입국이라는 극단적인 결심을 하는 경우도 있다.

미국에 가려고 결심하기 전, 자신의 스펙은 어떠한지에 대해 객관적으로 평가할 수 있는 눈이 필요하다. 이러한 스펙으로 미국에서 어떤 활동을 할 수 있는지도 고민해야 할 것이다.

Q. 현재 뉴욕 소재 박사학위 과정 중에 있습니다. 내년에 박사학위를 받을 예정이고, 전공은 재료공학입니다. 다수의 유명저널에 몇 편의 논문도 게재되었지만, 박사학위가 없어도 2순위 NIW로 영주권 취업이민을 진행할 수 있을지, 그리고 한국에서 받은 석사학위도 인정되는지 궁금합니다.

A. 취업이민 2순위 NIW는 고학력(advanced degree) 또는 그에 상응하는 학위를 가지고 있거나, 과학, 아트, 비즈니스 분야에서 '특별한 재능'이 있을 것을 요구합니다. 여기에 덧붙여 노동허가서 받는 것을 면제받기 위해서 해당분야에서 미국의 경제, 문화, 교육, 복지 등의 이익(interests) 증진에 기여할 수 있는 것을 보일 수 있어야 합니다. 여기서 말하는 아트(art)는 스포츠분야도 포함하기 때문

에, 스포츠 분야에서 자격이 되면 역시 취업이민 2순위 NIW로 영주권 신청이 가능합니다.

　2순위 NIW에서의 고학력이란, 석사학위 또는 그 이상의 학위를 말합니다. 학사학위와 더불어 5년 이상의 해당분야 경력을 가지고 있다면 석사학위에 상응하는 학위를 가지고 있는 것으로 인정받습니다. 본인이 현재 석사학위만 소지하고 있고, 박사학위를 아직 취득하지 못한 상태이더라도 다른 조건이 만족된다면 2순위 NIW로 취업이민을 신청할 수 있습니다.

　또한, 여기서의 학위는 미국뿐만 아니라 해외에서 취득한 학위도 포함하는 것이기 때문에, 한국에서 받은 석사학위도 석사학위로서 인정이 됩니다. 다만, 이런 경우에는 미국 이외의 해외에서 취득한 학위에 대해서는 미국 내의 석사학위에 상응하는 것이라는 학위평가서를 이민국에 제출해야 합니다.

Q. 한국에서 전문대를 나와서 건축분야에서 약 10여 년의 경력을 가지고 있습니다. 이번에 일하고 있는 회사에서 H1B 전문직비자의 스폰서를 해 줄 수 있다고 해서 H1B 신청에 들어가려 합니다. 그런데, 전문대를 나와서 전문학사(associate degree)를 가지고 있는 상태에서도 H1B 신분을 취득할 수 있나요? 제가 듣기로는 전문대를 나와서는 H1B 승인을 받지 못한다고 들었습니다.

A. H1B 비자는 일할 회사의 포지션이 학사 학위 또는 그에 상응하는 학위 이상을 요구하는 전문직종이 어야 합니다.

신청자가 학사학위를 소지하고 있다하더라도, 일할 포지션이 학사학위 이상을 요구하는 전문직종이 아니면 H1B 신분을 취득하기 어렵습니다. H1B 비자와 연관하여 학사학위라 함은 대학학사학위 뿐만 아니라, 경력과 학력을 조합하여 학사학위 이상을 취득하였음을 인정받으면 이런 경우에도 H1B 신분을 취득할 수 있습니다. 전문대를 나왔다 하더라도 해당전공분야에서 6년 이상의 실무경력을 가지고 있으면 학사학위에 상응하는 학위를 취득하는 것으로 인정되기 때문에, H1B 신분을 취득할 수 있습니다. 전문대를 나왔고 해당분야의 경력이 6년 이상인데도, H1B 신분을 취득할 수 없다고 하는 것은 잘못된 견해입니다. 다만, 전문대 학위와 경력을 조합하여 H1B 신청을 들어갈 경우에는 이민국의 심사가 깐깐할 수 있기 때문에, 세심하게 서류를 준비해서 접수를 해야 합니다.

Q. 회계분야에서 학사학위를 소지하고 있고, 약 3년의 직장경력이 있습니다. 이 경우에 취업이민 2순위 전문직 부문으로 영주권 신청을 할 수 있습니까?

A. 취업이민 2순위 전문직 분야는 석사학위 이상을 소지하거나 학사학위 및 해당분야의 5년 이상의 경력이 있을 때에만 신청이 가능합니다. 본인의 경우 5년의 경력이 안 되기 때문에, 취업이민 3순위 전문직종으로 해서 영주권 신청을 해야 합니다.

Q. 한국에서 IT분야에 약 10년을 종사하다가 뒤늦게 대학에 들어가서 컴퓨터 공학을 전공해서 학사학위를 취득했습니다. 학사학위 취득 후 2년의 경력이 있습니다. 이런 경우에 취업이민 2순위 전문직분야로 영주권 신청이 가능합니까?

A. 취업이민 2순위에서 말하는 자격, 즉 학사학위 및 해당분야의 5년 이상 경력에서 해당분야의 경력은 학사학위 취득 후의 경력을 말합니다. 따라서 학사학위 취득 전의 경력은 여기서 말하는 '5년 경력'에는 해당하지 않습니다. 본인의 경우 3년의 경력을 더 쌓아서 영주권을 신청하거나 취업이민 3순위 전문직 분야로 영주권 신청을 할 수 있습니다.

Q. 산업디자인 쪽에서 7년 이상을 종사해왔고, 나름대로 한국 내 유수의 디자인경연대회에서 다수의 상도 받았지만, 대학교를 나오지 않

앉기 때문에 학사학위를 가지고 있지 않습니다. 학사학위가 없어도 예술인비자를 신청할 자격이 있습니까?

A. 예술인비자는 해당분야에서 특출한 재능을 가지고 있다는 것을 보여야 합니다. 특출한 재능이란, 세계적 명성의 상이나 전국 또는 국제적 대회에서 수상하였거나, 이름 있는 기관에서 주요역할을 했거나, 탁월한 업적을 요하는 단체의 회원이거나, 본인의 업적에 대해서 언론기사 또는 정부 및 전문가들의 진술이 있거나, 해당분야의 권위 있는 저널에 자신의 논문이 게재되었거나, 본인의 분야에서 동종업종의 종사자보다 높은 보수를 받거나, 본인의 분야에서 상업적 성공을 거둔 것 등의 요건들 중 세 가지 이상 증명할 수 있으면 됩니다. 특출한 재능을 객관적 서류로써 증명할 수 있으면 되고, 특별히 해당분에서 학사학위 등 고학력을 요구하지는 않습니다. 위의 요건들이 충족된다면 학사학위가 없어도 예술인비자(피티션)를 신청할 수 있습니다.

II. 수수께끼 같은 대사관의 비자 발급

A씨는 한국에서 전문대에 있는 방송관련 학과를 졸업하고, 방송국 스텝으로 약 3년 정도 경력을 쌓았다. 그는 미국에 어학연수를 왔다가 우연히 뉴욕 근처 회사에서 직장을 구하게 된다. 그의 회사는 화학

물질을 해외에서 수입하여 미국 내에 공급하는 일을 주로 하고 있었다. 미국 경기가 가라앉기 시작하면서 회사에서 방송장비 쪽으로 조금씩 손댈 생각에 A씨를 채용했다. 무엇보다도 회사의 주력업종은 화학물질을 수입 공급하는 것이었기 때문에, 회사에서는 A씨를 위해 전문직 H1B 비자를 신청해주기로 결정했다.

필자에게 찾아온 A씨는 그러나 걱정에 가득 차 있었다. 미국에서 일을 하면서 직장 경력을 쌓고는 싶은데 도저히 자기의 교육배경과 회사업종을 볼 때, 받을 수 있는 마땅한 미국의 취업비자가 없다는 것이 고민이었다. 나름 상담도 받아보고, 인터넷을 뒤져 이것저것 관련 정보도 살펴 본 모양이었다. A씨의 상사인 B씨는 대놓고 H1B 비자를 받을 가능성은 많이 높지 않다고 말하기까지 하는 실정이었다.

서류를 최대한 꼼꼼히 준비하고 심사 시에 생길 수 있는 법적 문제에 대하여 충분히 소명하고 관련 자료도 넣어서 이민국에 접수 후, 바로 승인을 받게 되었다. A씨는 너무 좋아했지만, 일은 그 뒤에 벌어졌다. 6월에 이민국 심사에서 승인받고 10월에 동생의 결혼식 때문에 한국을 방문해야만 했는데, 한국에서 H1B 비자 신청을 했다가 거절되고 말았다. 더 정확하게는 대사관의 수개월 간의 심층 조사 절차(administrative proceeding) 끝에, 미 대사관은 결국 비자신청을 거부하면서 이민국에 최초 승인을 취소시킬 것을 요구하는 재심사 요청을 이민국에 의뢰했다. 한마디로 최악의 상황이었던 것이다.

비자 인터뷰에서 바로 승인을 받지 못하고, 추가 조사가 필요하니 기다리라는 영사의 말을 들은 A씨는 바로 필자에게 연락했다. 사실 대사관의 심층조사 절차에 걸리게 되면 대부분 최소 2~3개월은 별다른 조치를 취하지 못하고 하염없이 기다려야 한다. 물론 그 사이에 대사관에서 전화 인터뷰가 오거나 추가 소명서류를 요청하기도 한다. A씨에게는 미국에 여자 친구도 있었고, 회사도 업무상 A씨가 하루빨리 들어와야 하기 때문에 이만저만 난처한 상황이 아니었다.

필자의 조언에 따라 A씨는 비자면제프로그램에 따라 소위 무비자로 미국에 입국했다. 입국시 입국심사관의 까다로운 심문이 있을 것을 예상하고, 휴대폰, 지갑 등 소지품을 철저히 사전체크하고, 예상질문에 대한 답변도 준비했다. 공항에서 따로 조사실에 불려가서 수 명의 입국 심사관의 입회하에 거의 협박에 가까운 조사 아닌 조사를 받았지만, 결국 입국허가를 받게 되었다.

입국 후 얼마 되지 않아 이민국에서 H1B 승인 취소 통지서를 보내왔다. 30일 내에 대사관에서 제기한 이슈들을 소명하지 않으면 최초에 내렸던 H1B 승인을 취소하겠다는 내용이었다. A씨는 다시 한 번 깊은 시름에 빠졌다. 회사에서도 그때까지는 A씨에게 여러 가지 편의도 봐주고 적극 도와주는 입장이었지만, 이제는 그냥 내놓은 자식처럼 거의 포기하는 분위기였다. 소명요청을 한 이슈들에 대해 다시 서류를 준비하여 이민국에 답변서를 접수한 결과, 2주가 채 되지 않아 이민국에서 H1B청원서에 대한 최종 확정 승인을 결정했다. 대사관의 이의신청을 받아들이지 않고, 우리 쪽의 손을 들어준 것이었다. 그야말로 몇 번의 큰 고비를 넘어 천신만고 끝에 드디어 고생의 끝을 낸 것이다. 최종 승인확정 소식을 전화로 얘기했을 때, 떨리는 A씨의 목소리를 잊을 수가 없다. 사람마다 평생 잊지 못하는 순간의 목소리가 누구에게나 있을 것이다. 그때 A씨의 목소리는 그 중의 하나였다.

세계 각국에 산재해 있는 미국 대사관은 주요 영사업무의 하나로 비자 발급을 담당하고 있다. 비자발급의 법적 기준은 세계 어느 미국 대사관이든 같지만, 실제 비자 인터뷰를 담당하는 영사들에 따라 법적 적용 기준의 주안점이 조금씩 다르다. 뿐만 아니라, 비자신청절차와 발급의 까다로움도 각 대사관마다 조금씩 다른 성향을 보인다.

대부분의 미국에서 일을 하도록 허용한 취업비자는 1단계로 먼저 미 이민국에서 청원서를 승인받은 후, 2단계로 대사관에 비자를 신청하도록 되어 있다. 투자비자(E2) 같은 경우는 미 이민국의 심사를 거치지 않고, 바로 자국에 있는 미국 대사관에 비자를 신청하는 것이 가능하다.

대사관에 비자를 신청할 때, 주의할 점은 같은 종류의 비자라 하더라도 미 이민국에서 보는 관점과 대사관의 영사들이 보는 관점이 차이가 있다는 데 있다. 실례로, 투자비자의 경우 미 이민국에서는 주요 기준의 하나인 '상당한 금액의 투자금' 에 대해서는 업종 및 지역에 따라 합리적인 수준이면 상당한 금액의 투자금이라고 간주한다.

그런데 서울 소재 미국 대사관은 이를 조금 더 엄격하게 적용한다. 예를 들어, 미국에서 시골에 소재한 사업체를 사들일 경우, 7만 달러가 들었다하더라도 통상 비슷한 규모의 사업체가 그 정도의 가격에 시장에서 시세가 형성되어 있다면, 이민국에서 심사할 때 크게 문제를 삼지 않는다. 그러나, 미 대사관에서는 우선 7만 달러라는 절대적인 수치에 집중을 하여 상당한 금액의 투자금이라고는 생각하지 않는 경우가 많다.

미국 내에서 한인 학생들이 졸업 후 많이 신청하는 H1B 전문직비자의 경우도 마찬가지이다. 미 이민국에서는 신청자가 일할 직종이 전문직, 즉 specialty occupation이라는 것을 충분히 입증하고 있는가에 주력하는 반면, 서울 소재 미 대사관에서는 법적인, 그리고 종사하는 산업에서의 기준이 전문직인가에 해당하는가를 크게 보지는 않는다. 그보다는 부수적인 면, 즉 직무를 수행할 수 있는 학위를 가지고 있는지, 일정 기간 후 한국에 돌아올 것인지, 제출 서류상에 허위 서류가 있는지에 주안점을 두는 경향이 있다.

대사관에 비자를 신청할 때, 가장 큰 문제점은 역시 영사의 결정이 법원 등에서 적정했는가를 심사할 수 있는, 사법심사의 대상이 되지 않는 점이다. 이는 영사들이 너무 자신의 주관적인 재량에 근거하여 비자심사를 진행하는 관계로 객관적인 기준에 문제가 없어도 종종 신청자가 비자발급을 거부당하는 데서 논란이 되는 문제이다. 더구나, 대사관의 비자심사성향은 시기마다 조금씩 다른 경향을 보인다. 이는 정치적, 사회 경제적 요인, 또는 국무부의 보이지 않는 내부 정책에 기인하기 때문이다. 외부 비자 신청자들이 이러한 흐름의 변화를 감지하기는 어렵다. 또한, 대부분의 비자신청자들이 대사관에서 요구하는 서류만 갖추면 일단 비자신청에는 크게 문제가 없다고 본다. 그러기에 영사들의 다소 엉뚱한 방향의 결정이 신청자들에게는 무척이나 당혹스런 결과를 가져오는 것이다.

Q. 저는 한국에서 대학을 졸업하고 사업을 했습니다. 자녀가 둘이 있고 모두 초등학교에 다니고 있습니다. 뜻한 바가 있어 미국에서 영어도 배우고 아이들 교육도 시킬 겸 해서 이번에 한국에서 학생비자를 신청했는데 거절당했습니다. 오렌지색깔의 거절사유통지서를 받았으며, 한국으로 돌아올 기반이 약하다는 게 거절 사유였습니다. 꼭 미국에 가고 싶은데 어떻게 해야 할지 막막합니다.

A. 2012년, 중반기 이후부터 한국대사관의 비자신청 거부율이 다른 해보다 높게 나타나고 있습니다. 공식통계에 의한 것은 아니지만, 특정 비자의 종류에 국한되지 않고 전반적으로 거부율이 통상적인 경우보다 높은 경향이 있습니다. 따라서 한국에서 비자인터뷰를 준비 중인 경우에는 준비에 만전을 기해야 합니다.

특히 나이가 젊지 않으면서 대학교의 학사학위 이상을 가지고 있는데 미국 내에 어학연수 프로그램으로 영어공부를 하기 위해 학생비자를 신청하는 경우에는 거부율이 높습니다. 신청자의 직장이나 향후 한국에 왔을 때에도 딱히 영어를 필요로 하지 않는데 왜 영어를 배우려고 하는지 이유를 묻는 경우가 많습니다. 또한 영어를 배울 필요성이 있다고 하더라도 한국에서 배우면 되지 왜 굳이 미국까지 가려고 하는가라고 의심을 제기할 수 있습니다. 따라서 학사학위 이상의 소지자들은 어학연수 프로그램을 피할 것을 권하며, 그 이상의 학위과정에 등록하거나 유사 전공 프로그램에 등록해서 유학을 하는 것이 보다 바람직합니다.

또한, 미국 내에서 어학연수프로그램에 장기간 등록해서 체류했을 경우에는 비자 신청 시 영사가 문제를 삼을 수 있습니다. 이것은 예전에도 문제가 되어 왔지만, 최근 한국 내 미국 대사관에서 영사가 깐깐하게 검증을 요구하는 경우가 많습니다. 미국에 학생신분으로 들어왔다가 나중에 합법적으로 일을 할 수 있는 신분으로 변경했을 경우에는 학생신분으로 장기 체류한 이유에 대한 소명을 반드시 준비해야 합니다. 이 경우에는 단순한 구두 답변보다는 서류로써 뒷받침될 수 있게 답변을 준비하는 것이 좋습니다.

부모가 한국 내 유수의 기업에 다니면서 높은 소득을 올리다가 갑자기 미국을 가기 위해 학생비자를 신청하는 경우에도 주의를 요합니다. 부모의 소득이 높다고 해서 학생비자를 받는데 있어 무조건 안전하다고 생각하는 것은 잘못입니다. 이 경우에는 소위 한국에서 잘 살고 있는데 왜 갑자기 모든 걸 그만두고 미국에 가려는가에 대한 서류로써 뒷받침될 수 있는 합리적인 사유를 준비해야 합니다.

거절사유가 신청자가 한국으로 돌아올 수 있는 가족적·사회적·경제적 기반이 약하다는 것에 해당하면 거절될 확률이 높은데, 단기간 후에 재신청해도 거절될 가능성이 많습니다. 이러한 사유로 거절된 것은 단기간에 거절사유를 극복할 수 있는 경우가 아닙니다. 따라서 거절 후에 단기간 내에 비자를 재신청하기보다는 시간을 여유 있게 가지고 서류상으로 좀 더 보완하는 것으로 방향을 잡아야 합니다.

신청자의 본래 취지는 미국 내 학교에서 영어 등 학업이 목적이지만, 단순한 미국 내 체류 목적 또는 자녀들의 교육을 시키려는 목적이 아닌가에 대한 영사들의 날카로운 지적과 의심이 많습니다. 미국에 가려고 할 때 자신의 경력에 맞고 목적에 부응할 수 있으며, 안전하게 비자를 받을 수 있는 방법을 모색하는 등 전체적인 틀을 처음에 잘 셋업(set-up)하는 것이 무엇보다 중요합니다.

귀하의 경우, 우선 적어도 수개월 뒤에 비자를 신청하는 것으로 스케줄을 정하고, 연수프로그램보다는 학위과정 또는 경력 및 전공에 맞는 취업이 가능한 비자 쪽으로 선택하는 것도 한 방법입니다.

Q. 동생이 이번 가을에 한국에서 결혼을 하기 때문에 한국에 나가려 합니다. 작년에 미국 내에서 O1으로 신분변경을 했기 때문에 이번에 한국에 가면 미 대사관에 비자를 신청하여 받아야 합니다. 요즘 대사관의 비자심사 경향은 어떤가요?

A. 2012년 중반기부터 보여 왔던 서울소재 미국 대사관의 깐깐한 심사경향은 바뀌지 않았습니다. 최근 기준으로 오히려 더 까다로운 면을 보이고 있습니다. 대사관에 들어온 비자 신청서에 대해서 많은 부분을 이민법 221(g)

조항에 의거한 녹색용지의 통지서를 인터뷰 후 신청자에게 전달하고 있습니다. 동시에 대사관에서 좀 더 서류를 검토한 뒤 통보를 해준다고 구두상으로 노티스를 주고 있습니다.

보통 221(g)상의 녹색용지의 노티스를 비자신청자에게 발급하는 경우는 i) 비자 신청자의 서류가 미비하여 일부 서류를 추가적으로 제출할 것을 요구할 때, ii) 대사관 또는 미국정부에서 추가 조사가 필요할 때, iii) 안보상의 이유로 신청자의 신원조회가 필요할 때 발부됩니다. 현재 서울 소재 미국 대사관의 경우에는 정확한 통계는 없지만 두 번째의 경우에 근거하여 노티스가 발급되는 경우가 많습니다.

221(g)에 근거한 녹색의 노티스가 발부될 경우, 신청자는 최소 60일에서 90일 정도는 결정이 날 때까지 기다려야 합니다. 이는 대사관 또는 관련 정부기관에서 추가조사에 시간이 걸리기 때문입니다. 인터뷰 후 60일 이전에 대사관에서 전화를 하여 전화상으로 2차 인터뷰를 하는 경우도 있습니다. 이는 인터뷰 후 서류 심사 시 제기되는 질문사항 또는 이슈들에 대해 질문을 합니다. 사전에 2차 인터뷰를 한다는 노티스는 미리 보내지 않고 비자 신청서 상에 있는 전화번호로 불시에 전화를 합니다. 최초의 인터뷰 후 2차 인터뷰를 전화로 할 수 있다는 것을 염두에 두고 이슈가 될 만한 것이나 최초 인터뷰 때 영사가 제기하였던 이슈들에 대해 미리 대비를 하는 것이 좋습니다.

최초 인터뷰 후 60일 전에는 대사관에 현재 진행상황에 대해 문의를 해도 특별한 대답을 듣기는 힘듭니다. 이 기간 동안 영사의 결정이 나올 때까지 기다리는 방법과 결정이 나오기 전에 이슈가 되었던 사안들에 대해 적극적으로 해명을 하여 추가 서류를 제출하면서 기다리는 방법이 있습니다.

최초 인터뷰 후 추가 조사기간에는 신청자들의 학력, 경력, 수상실적, 예전의 미국 체류사실, 비자가 거절된 적이 있을 경우 거절된 사유와 관련 서류, 미국에 체류하면서 일을 한 경우 임금을 받은 사실, 비자 스폰서 회사에서 실제 일을 했는지 여부, 범죄사실, 기타 제출서류의 진위여부 등을 조사합니다. 이러한 조사는 매우 면밀하게 진행이 되고 있으며 신청자의 세부사항도 놓치지 않고 있습니다. 따라서 처음부터 이민국 청원서 접수 시 그리고 미국 비자 신청 시에 절대로 허위 서류를 제출하거나 허위사실을 기재하지 말아야 합니다. 또한, 현재 비자신청 이전에 비자신청이 거절된 경우가 있을 경우에는 거절사유에 대해 서류를 추가적으로 준비하여 임해야 합니다.

대사관의 비자 심사경향은 수시로 바뀌기 때문에 항상 대사관의 심사경향을 미리 스크린하고 철저히 서류를 준비하는 것이 좋습니다. 자신과 비슷한 백그라운드의 사람이 쉽게 받았으니 자신도 문제가 없다고 생각하는 것은 금물입니다.

Q. 최근 한국에서의 E2 비자 취득이 까다로워서 많은 사람들이 E2 비자신청에서 거부당한다고 들었습니다. 투자금이나 기타 E2 비자 취득의 다른 요건은 충족되는데, 최종 인터뷰에서 비자 승인을 받을 수 있을지 걱정이 많이 됩니다. 보다 안전하게 E2 비자 취득을 할 수 있는 방법이 없을까요?

A. 한국 내 미국 대사관에서의 E2 비자 취득이 까다로운 것은 사실입니다. 특히 여성들이 E2 비자의 주신청자가 되어 신청했을 때, 실제 투자보다는 교육목적으로 E2 비자를 취득하려 하는 것이 아닌가 하고 의심을 많이 합니다. 또한 수익실현이 가능한 비즈니스에 투자하는지도 따져봅니다. 따라서 비자 인터뷰 준비에 세심한 주의를 기울여야 합니다. 실무에서 보면 서류를 아무리 잘 준비를 해도 대사관 비자신청 시 영사들의 주관적 재량이 많이 작용하여 부당한 결과가 나오는 경우가 많습니다. 이를 피할 수 있는 방법은 한국 내 미국 대사관이 아닌 제3국가에 있는 미국대사관에서 비자를 신청하는 것입니다.

제3국에서의 E2 비자 신청은 전 세계 미국대사관의 비자 심사 경향이 조금씩 차이가 나는데서 그 이유를 찾을 수 있습니다. 심사가 조금 덜 까다로운 대사관에서 비자인터뷰를 받는 것이라고 할 수 있습니다. 세계 각국에 미국 대사관이 많이 산재해 있지만, 각 대사관에서의 비자 거부 또는 승인율이 통계상으로도 차이가 나고 있습니다. 또한, 세부적인 비자인터뷰 진행절차에 있어서도 약간씩의 차이가 있습니다. 제3국에서의 E2 비자를 신청하면 많은 경우 5년까지 기간을 받을 수 있어 미국 내에서 2년마다 연장해야 하는 번거로움을 피할 수 있습니다.

제3국에서의 E2 비자 심사 시 그 나라의 국민인지를 따지지 않는 국가를 선택해야 합니다. 가까이는 멕시코 및 캐나다 일부 대사관을 들 수 있고, 중남미 일부 국가도 이에 해당됩니다. 이들 국가에 비자 인터뷰를 받기 위해서 입국 시에 해당 국가의 비자를 소지해야 하는지 주의 깊게 살펴야 하고, 해당 제3국가에서의 범죄 및 치안상황도 고려해야 합니다. 미국 대사관에 대한 테러가 자행될 가능성도 종종 있기 때문입니다. 또한 한국에서 해당 제3국가로 바로 인터뷰 하러 갈 때에는 항공편이 미국을 경유하는지를 따져봐야 합니다. 미국을 경유할 시에는 미국입국비자가 필요한데, 이를 모르고 미국공항에서 경유할 경우에는 곤란한 상황에 처할 수 있습니다.

제3국에서 E2 비자 심사 시에는 적절한 국가의 미국 대사관 선택, 해당 제3국가의 비자취득의 난이도, 해당국가의 비자심사 경향 등에 대한 사전지식과 조사를 바탕으로 인터뷰 준비를 진행해야 합니다. 특히 비자 인터뷰 시 문제가 될 수 있는 이슈를 안고 있는 신청자의 경우 사전에 정밀 상담을 하여 한국 또는 제3국가 중에서 어느 곳이 적절한지를 정확히 판별해야 합니다.

12. 공부가 제일 쉬웠을까?

학생비자만큼 한국에서 많이 신청하는 비자가 있을까. 실제로 미국 내에서 학생비자로 학교에 등록한 외국인들 중, 2015년 현재 중국, 인도에 이어 한국인이 3위를 차지한다.

미국의 학생비자 정책은 결국 미국의 거대한 교육비즈니스와 이를 관장하는 교육부, 비자발급을 담당하는 정부기관이 합작하여 나오는 결과물로 볼 수 있다. 이는 이민법상의 결과물이라고 하기보다는 사회경제적 측면에서의 결과물이라고 보는 것이 맞다.

미국에서 외국학생을 자국에 유치함으로써 벌어들이는 소득과 이들 학생과 학교에서 창출하는 경제적 창출소득이 실로 엄청나기 때문이다. 나아가 우수한 외국인 학생들까지 졸업 후 미국에 유치하게 되면, 이들 인력이 미국의 국부 증진에 기여하는 정도는 더 엄청나다고 생각된다. 국가가 든든하게 밀어주는 비즈니스치고 이만큼 명분과 실리를 챙길 수 있는 비즈니스가 사실 드물다.

그렇기 때문에, 미국 내에서 학생비자와 학생신분의 유지를 두고, 학원에서 소위 비자장사를 하는 비리가 심심찮게 불거져 나오는데도 학생비자 자체를 제한하지 못하는 이유가 여기에 있다. 이런 실상을 생각볼 때마다 왜 한국은 이렇게 전향적으로 못하는 것일까 안타까운 마음이 드는 때가 한두 번이 아니다.

미국은 외국학생들을 대거 받아들이면서 은연중에 미국 문화와 역사 등을 직간접으로 배우게 한다. 연간 수백만 명의 외국인들이 이러한 미국의 문화와 역사에 노출되면 어떤 효과가 나올까. 결국 미국은 보이지 않는 미국의 헤게모니를 이들을 통해 의식적, 무의식적으로 전파하고 지배하는 것이다. 물론 이렇게 미국에서 교육받은 사람들도 반미주의 성향을 보이는 사람들도 있다. 그러나, 미국에서 교육받고 살았던 사람들이 은연중에 가지게 되는 미국의 논리와 그들에 대한 이해증진은 미국의 헤게모니 장악에 간접적으로 기여하는 것은 부인할 수 없는 사실이다.

보이지 않는 힘과 전파력. 이것이 더 무서운 것이다. 우리는 오래전부터 무형의 자산과 여기서 나오는 힘에 대해 약한 면을 보여 왔다. 삼성에서 휴대폰이라는 유형의 제품을 하나 더 팔아서 수익을 남기는 것도 중요하지만, 정작 우리가 더 신경을 쓰고 눈을 돌려야할 분야는 무형의 힘을 가진 산업과 헤게모니를 장악하는 것이다.

학생비자 심사에서 가장 중요한 것은 학업을 수행하는 데 필요한 비용을 조달할 수 있는 재정능력과 학업을 끝낸 후 한국에 복귀할 수 있는 한국 내에서의 사회 경제적 기반이 튼튼한가 여부이다. 학생의 재정능력은 학생본인의 재정도 되지만, 부모 또는 직계가족의 재정능력을 보충적으로 보여주는 것도 가능하다. 재정능력의 판단은 입학허가서(I-20) 상에 나오는 학비와 생활비를 합친 금액을 넘어서는 돈이 있는지를 본다. 적어도 현금자산이 학비와 생활비의 총합을 넘어야지, 현금 자산은 얼마 안 되는데 부동산 자산만으로 이들 비용이 커버된다는 것을 보이면 비자가 거절될 수 있다.

현금자산은 현재 신청자 또는 재정조력자의 은행 내 잔고를 주로 보지만, 이러한 잔고의 출처와 연관되는 임금소득, 자영업자의 경우 사업소득 등도 함께 고려된다. 그러므로, 학생비자 신청자의 경우, 자신 또는 재정조력자가 수입이 많은 직업이 아니라면, 재정능력을 증명하기 은행잔고만을 첨부하는 것은 위험하다. 수입이 많은 직종이 결코 아닌데, 다른 서류도 없이 은행잔고만 최종적으로 금액이 높게 나와 있다면, 십중팔구는 본인의 수입과 지출이 거래되는 주 통장원본을 요구한다. 따라서, 이런 점을 미리 알고 비자신청 전에 충분한 시간을 가지고 재정서류를 준비해야 낭패를 막을 수 있다.

한국에서의 사회 경제적 기반이 튼튼하다는 것을 입증하는 것은 대학교를 갓 졸업한 사회초년생들에게는 매우 힘든 부분이다. 결국 이것은 오랜 직장 경력, 한국 내 부동산 등의 경제적 자산, 각종 사회단체와의 활동 경력 등으로 입증되는 것이기 때문에 나이가 어릴수록 이런 배경이 부족하기가 쉽다. 그렇다고 해서 직장 경력이 10년차 이상이 되는 기업의 부장급 경력이었던 사람이라고 해서 학생비자 발급을 쉽게 받을 수 있다는 것은 아니다. 이 경우에는 오히려 학생신분으로 미국에 가서 학업 또는 어학연수를 받아야만 하는 동기와 이를 입증할 수 있는 객관적 자료가 더 중요하다.

단순히 업무상 외국인 클라이언트가 많고 해서, 미국에서 어학연수를 받고 와서 관련 분야에서 더 업무를 능률적으로 수행하려고 미국에 간다고 영사에게 말한다면, 이는 판에 박힌, 그야말로 영사에게는 하나도 설득이 안 되는 이야기다. 유학원에서 조언하는 대로 말만으로 동기에 대하여 구색을 맞춰서 비자인터뷰에 임하면 안 된다. 자신의 학업동기가 객관적으로 합리적인지 살펴보고, 합리적이라면 이를 객관적으로 증명할 수 있는 자료와 수치 등을 최대한 구비하여 인터뷰 때 가지고 가야 승인을 받을 수 있다.

경험상 보면 사실 법적인 조건을 다 만족시키지 못하는 경우라도, 진정으로 미국에 가서 자신이 원하는 학업을 수행하고자 하고, 이러한 진정성을 진실하게 표현하여 승인을 받은 경우도 종종 목격했다. 결국 비자인터뷰도 사람과 사람이 얼굴을 맞대고 하는 것이기 때문일 것이다.

Q. 학생비자를 받고 와서 어학원에서 영어를 배우면서 체류하고 있었습니다. 그러던 중, 갑자기 어학원으로부터 자신들의 어학원이 SEVIS 룰(rule) 위반으로 문을 닫게 되있다고 하면서 동시에 저의 SEVIS 넘버도 취소될 예정이라고 통보를 하였습니다. 저는 정해진 수업시간에 제대로 출석하면서 잘 다녔는데, 신분유지를 위해서는 어떻게 해야 합니까?

A. 어학원의 잘못으로 해당어학원이 문을 닫게 되는 경우라도 학생 본인들이 신분유지를 해야할 책임을 집니다. 어학원들의 경우 실제 I-20 발급을 할 수 있는 허가를 받지 않았는데도 허위로 I-20를 발급하여 운영하고 있는 경우, 학생들의 대리출석을 암암리에 눈감아 줘 SEVIS 룰을 위반한 경우 등이 가장 많이 적발되고 있습니다. 많은 사람들이 학생비자(신분)을 정해진 어학원에 출석하지 않고

며칠 몰아서 한꺼번에 수업을 받거나 무단으로 수업에 결석하여 SEVIS 룰을 어기는 경우가 많습니다. 어학원에서 영어를 배울 경우 한 주에 최소 18시간 이상의 수업에 참석해야 하고, 학부생의 경우에는 학기당 12학점을 이수해야 합니다. 온라인 수업(온라인 영어코스는 제외)을 들을 경우에는 학기당 한 개의 코스나 3학점을 이수하는 것도 가능합니다.

지난 2013년 12월 13일까지 이민세관 단속국에서는 연방교육인증기관인 영어교육인증위원회와 교육훈련인증위원회의 승인을 받지 못한 영어어학원 기관의 SEVIS 등록을 전면 중단한 바 있습니다. 현재 학생신분으로 어학원에 등록을 하고 I-20를 발급받은 학생들은 이제라도 자신이 다니고 있는 어학원이 합법적으로 I-20를 발급할 수 있는 상태인지 확인을 다시 해야 합니다. 만약 I-20를 발급할 자격이 없는 어학원에 계속적으로 등록하여 다니다가 나중에 I-20 발급자격 인가를 받지 않는 어학원으로 판명될 경우 그 피해는 고스란히 학생 본인이 부담하게 되고, 최악의 경우 신분유지를 못하게 되는 경우도 발생합니다.

만약 자신이 다니는 어학원이 문을 닫게 되었거나, I-20 발급 허가를 받지 않아 자신의 I-20가 취소되었을 경우에는 학생들은 체류신분 유지에 문제가 생기기 때문에 60일 내에 즉시 다른 학원으로 전학(transfer)하여 새로운 어학원 또는 학교로부터 새 I-20를 발급받아야 합니다. 일단 새 어학원에서 SEVIS에 학생이 새로이 등록했다는 것을 통보하게 되면 정상적으로 학생신분을 유지할 수 있게 됩니다. 어학원의 I-20발급자격에 대한 인가여부는 이민세관단속국의 웹사이트에서 확인이 가능합니다.

만약 60일 기간을 넘긴 상태에서 나중에 본인이 다니던 어학원이 I-20인가가 취소되었다는 것을 알았거나 다른 사유로 새 I-20를 못 받았을 경우에는 이민국에 학생신분회복(reinstatement)을 신청해야 합니다. 학생신분회복 신청도 학생신분이 만료되거나 취소된 지 5개월 내에 신청해야하므로 각별한 주의를 요합니다.

학생신분의 회복은 이민국의 룰에 위반하지 않았고, 풀타임으로 학업을 유지하려는 의도가 있고, 불법으로 노동을 하지 않았고, 학생신분을 유지하는 것이 자력으로 컨트롤 할 수 없는 사유로 인한 것임을 증명해야 합니다. 어학원이 문을 닫게 된 사유도 학생 본인이 컨트롤 할 수 없는 사유의 하나에 해당되기 때문에 학생신분회복이 가능합니다.

만약 학생신분 회복이 이민국으로부터 최종적으로 거절되게 되면, 학생본인의 여권 상에 있는 비자자체도 무효화됩니다. 이럴 경우에는 즉시 본국으로 돌아가서 자신의 여건에 맞는 비자를 선택해서 다시 비자 신청을 할 수 있습니다. 다만, 인터뷰 시 영사가 왜 학생신분 유지에 문제가 생겼는지 집중적으로 질문을 할 가능성이 높기 때문에 이에 대하여 서류상으로 자신의 주장을 증명할 수 있도록 준비해야 합니다.

13. 투자비자, 미국에서 살아갈 수 있는 디딤돌

투자비자는 미국에서 큰돈을 투자할 돈은 되지 않고, 소액 정도만 투자할 수 있는 사람들에 대해 부여되는 비자이다. 소액의 정확한 정의는 힘들다. 대략 투자비자를 승인받는 데는 20만 달러 정도 전후로 보고 있다. 한국 돈으로 약 2억이 조금 넘는 금액이다. 이 정도는 아파트 전세 값도 되지 않지만, 재산이 그보다 부족한 사람들도 한국에는 많으니, 사실 소액이라 부르기에는 조금 민망한 감이 있다.

한국사회의 오늘을 보건대, 투자비자는 조금 더 중요한 의미를 가지고 있다고 본다. 미국에 자영업을 하러 갈 때 신청하는 비자가 바로 투자비자이기 때문이다. 한국에서 명예퇴직 등으로 회사를 나와서 가장 많이 시작하는 것이 자영업이다.

널리 알려져 있다시피 현재, 한국의 자영업 시장은 포화상태이다. 2014년 현재 국내에서의 자영업자는 700만 명으로 추산된다. 이중 1년 이내 폐업하는 비율이 18.5%, 3년 내 폐업하는 비율이 47%에 육박한다. 음식점의 경우에는 3년 내 폐업하는 비율이 반을 넘은 52%에 달한다. 반경 1킬로미터 내에 미용실 36개, 일반 학원 13개, 치킨집 6개, 제과점 5개가 평균적으로 위치하고 있다. 이런 자영업자의 평균매출액은 1,080만 원, 자영업자의 66%가 1천만 원 미만의 매출을 올리고 있다. 평균 영업이익은 202만 원.

한 마디로 국내 자영업은 너 이상 나아갈 네가 없나. 명예퇴직이나 은퇴한 직장인들이 전문직이 아닌 이상 결국 자영업을 택한다. 소위 창업아카데미 등 자영업 개업을 돕는 과정을 이수하더라도 자영업의 앞날을 장담할 수는 없다. 평균영업이익이 202만 원이라고 하면 거의 기껏해야 인건비 정도 밖에 남지 않는 수준이다. 인생의 중·후반에 평생을 바쳐온 직장생활을 접고 하이-리스크, 로우-리턴(high-risk, low-return)인 자영업 생활에 모든 것을 걸어야 하는 걸까.

국내에서의 자영업 창업이라는 생각을 접고 미국에서 자영업을 시작하라. 미국에서도 자영업운영에 따른 리스크는 당연히 존재한다. 그래도 한국에서만큼의 악조건은 아니다. 어느 정도 평균되는 사업체를 사거나 오픈해서 열심히 일한다면 적어도 생계유지만큼은 큰 걱정 없이 가능하다.

물론 IMF사태 등의 특별한 경제적 상황이 온다면 그 여파는 당연히 미친다. 지금까지 보아온 소상공업에 종사하는 필자의 클라이언트들을 볼 때 평균 정도 이상의 규모와 열성을 보여온 분들은 나름 성공을 거두었다. 최근 매매에 관여한 클라이언트는 자신의 세탁공장(드라이클리닝업)을 150만 달러에 팔았다. 이 분의 한 달 평균 순수입은 대략 3만 달러 정도. 부부 둘이서 열심히 일하는 달은 약 5만~6만 달러 정도 순수입을 올렸다.

요즘 한국에서 미국 유학이나 미국 이민 이야기를 꺼내면 십중팔구 돌아오는 답변은 이렇다. "아직도 미국 가려는 사람 있나?" "요즘 대세는 중국유학이야" "아직도 아메리칸 드림에 사로잡힌 사람이 있나?" "미국 바람 그거 이제 한물가지 않았어?" 필자의 일부 동창생들은 나를 종종 친미파로 오해하곤 한다. 대학시절 나는 오히려 그 반대에 가까웠고, 이제는 미국에서 취할 것은 취하고 버릴 것은 버려야 한다는 실용파라 할 수 있다.

한국에서 자영업을 창업하는 것보다는 미국에서 자영업을 창업해서 운영하는 것이 성공확률이 더 높다. 문제는 미국이라는 나라가 멀게 느껴지기 때문이다. 아직 가보지 않은 미지의 세계. 두려움이 밀려든다. 그러나, 충분한 정보와 전문가의 자문으로 이러한 심리적 경계선을 뚫어내면 된다. 실패 확률이 높은 걸 알면서 불 속으로 뛰어 들 것인가, 아니면 새로운 부를 창출하기 위해 과감히 출사표를 던질 것인가.

그렇다면, 미국에서의 자영업은 안전할까. 2013년 금융감독원의 통계에 의하면 우리나라의 자영업자 비율은 28%를 상회하고 있다. OECD국가의 평균 자영업자 비율은 16%이다. 특히 미국의 자영업자 비율은 7%에 불과하다. 2014년 KB금융지주 경영연구소가 KB카드 가맹점을 대상으로 조사한 결과 창업아이템 1호인 치킨점의 가맹자수는 2011년 기준으로 3만6천 개에 달한다. 치킨점의 수는 해마다 증가 추세에 있는데 반해, 치킨집 개인사업주의 연간 순이익은 평균 2,500만 원에 불과하다. 이는 전문대졸의 초봉 수준에 불과한 수치이다. 그러나 이러한 순이익 또한 매년 하락추세에 있다는 것이 문제다.

2008년도 미국소상공부(US Small Business Administration)에서 발표한 자료에 따르면 미국 이민자의 30%가 스몰비즈니스, 즉 자영업을 하면서 생활하고 있는 것으로 나타났다. 한국 출신 이민자들은 전체 비즈니스에서 0.78%만 차지하고 있었다. 지역적으로 보면 캘리포니아 주에서 전체 이민사의 30%가 소규모 사업업에 종사함으로써 가상 높은 비율을 나타냈다. 뉴욕주는 25%, 뉴저지, 하와이, 플로리다 주는 합쳐서 20%의 이민자가 소규모 자영업에 종사하고 있었다. 업종별로는 레저, 소매업, 건축, 전문서비스, 교육, 의료, 복지 분야의 업종에 이민자들이 많이 종사하는 것으로 나타났다.

통계적으로 보자면, 미국의 자영업 비율이 OECD국가들 중에서 현저히 낮은 수준이기 때문에 일단 시장의 포화상태로 인한 과당경쟁의 위험은 한국보다 훨씬 낮다. 물론 지역적 경쟁은 통계적으로 존재한다. 위에서 캘리포니아주의 경우는 이민자의 30%가 자영업에 종사하고, 매달 34.2%의 자영업이 이민자들에 의해 창출되고 있으니, 지역적 경쟁을 피해야 하는 점은 분명히 있다. 전체적으로 볼 때에는 자영업자간의 경쟁이 크지 않고, 지역적 또는 업종별 경쟁을 피하기만 한다면 한번 해볼 만한 환경이라 할 수 있다.

그렇다고 미국 내 자영업이 마냥 장밋빛인 것은 물론 아니다. 특히 미국 내 한인 자영업자들의 가장 큰 문제라고 한다면, 대부분이 거의 한인동포들을 상대로 비즈니스를 한다는 것이다. 그러다보니, 상대적으로 마켓이 협소하고 동포들 간에 경쟁이 붙어 서로 제살깎아먹기 경쟁을 하고 있는 문제점이 노출되고 있다. 눈을 높이 들어서 미국마켓 사체를 타켓으로 하는 것이 매출증신이나 불필요한 동포들 간의 경쟁을 피하는 지름길이다.

투자비자는 미국 내 사업체를 매매를 통하여 사거나, 또는 기존의 사업체에 50% 이상의 지분을 사서 경영에 적극 참여하는 형태로 이루어진다. 전자의 경우 기존 업체의 수익성과 비즈니스 조건에 대한 면밀한 검토가 선행되어야 실패를 막을 수 있다. 후자의 경우도 역시 사업체에 대한 철저한 조사가 중요하지만, 무엇보다 동업자와의 정확한 조건 설정과 신뢰가 또 다른 큰 몫을 차지한다.

투자비자에서 규정하는 업종은 제한이 없다. 세탁소, 식당, 델리가게, 슈퍼마켓 등 전반적인 리테일(retail, 소매) 업종뿐만 아니라, 일반 기업체에 대한 투자도 가능하다. 마찬가지로 최소 및 최대 투자금액의 제한이 없다. 다만, '상당한 금액'을 투자해야 한다고 이민법에서 규정할 뿐이다. '상당한 금액'이란 투자업체가 위치한 지역과 업종에 따라 달라진다.

또한, 투자자는 투자한 사업체의 경영에 적극적으로 관여하여야 하며, 회사의 운영을 지시하고 컨트롤 할 수 있는 지위에 있어야 한다. 단순히 사업체만 사놓고 경영은 다른 사람에게 맡겨놓는 수동적인 투자는 투자비자의 대상에 포함되지 않는다. 그런 의미에서 미국 내 상업용 부동산 또는 주차장 부지를 단순히 사서 보유하고 있는 것만으로는 투자비자를 받을 수 없다.

투자비자를 받으면 주 신청자인 본인은 물론 배우자도 합법적으로 미국에서 일을 할 수 있고, 사회보장번호도 얻을 수 있다. 또한 자녀들도 합법적으로 공립학교에 미국인과 같이 학비를 내지 않고 학교를 다닐 수 있는 자격을 얻게 된다. 이런 경우 자녀들은 21세가 넘지 않는 한, 따로 학생비자를 받을 필요가 없다.

 Q. E2 비자로 미국에 들어왔는데, 영주권을 신청하려 합니다. 그런데, E2 비자 소지자는 영주권을 받을 수가 없다고 들었습니다. 어떻게 해야 할까요?

A. E2 비자는 소액투자 비자로 상당한 금액을 미국 내 사업체에 투자하거나 사업체를 취득할 때 얻을 수 있는 비자입니다. 투자 또는 구매할 수 있는 사업체의 종류에는 제한이 없습니다. 본인은 물론이고 배우자도 소셜넘버를 받을 수 있고, 배우자도 노동카드(employment authorization card)를 받으면 합법적으로 일을 할 수 있습니다. E2 비자는 상당한 금액 이상을 투자하여 투자대상의 회사에 대해 지분을 51% 이상을 소유하고 있어야 합니다. 영주권신청 시에 본인이 투자한 회사가 스폰서가 되어 투자자 본인에 대한 영주권을 진행할 수는 없습니다.

투자대상의 회사에 지분을 소유하고 있다면, 투자회사가 스폰서가 되어 영주권을 진행하지는 못합니다. 하지만, 외부회사에서 영주권 스폰서를 받아서 영주권을 진행할 수는 있습니다. 따라서 E2 비자 소지자가 영주권을 받지 못한다는 말은 옳지 않습니다.

Q. E2 비자를 내려고 하는데, 얼마 이상을 투자해야 비자가 나옵니까?

A. 이민법상 E2 비자를 받기 위해 최저 얼마 이상을 미국 내 사업체에 투자해야 한다는 조항은 없습니다. 다만, 이민법상 '상당한 투자'(substantial investment)이어야 한다고만 규정을 하고 있습니다. 일반적으로 대도시지역

일수록 투자금액이 높아야 하고, 시골지역일 경우에는 투자금액이 높지 않아도 E2 비자를 받을 수 있습니다. 주의할 것은 미국 내 이민국에서 심사하는 투자금액 수준과 해외에 있는 미국대사관에서 비자를 심사하는 투자금액 기준이 다르다는 점입니다. 물론 미국대사관에서 원하는 투자금액이 일정금액이상이어야 하는 것은 아니지만, 실무상 보면 20만 달러 이상은 되어야 비자를 받을 수 있는 안전한 수준이라고 할 수 있습니다. 미국 내 이민국에서 심사를 할 때에는 10만 달러 또는 그 이하의 금액으로도 E2 신분이 나온 경우도 많습니다.

Q. 실제 미국회사를 구매하지 않고, 일정한 돈을 투자해서 온라인 쇼핑몰로 사업을 할 경우에도 E2 비자를 받을 수 있나요?

A. 온라인 쇼핑몰 사업으로도 E2 비자를 받을 수 있습니다. 온라인 쇼핑몰뿐만 아니라, 온라인으로 구현되는 기타 다른 비즈니스 아이템으로도 E2 비자가 가능합니다. 다만 온라인 비즈니스로 E2 비자 신청을 하는 경우에는 정밀한 비즈니스 플랜을 마련하는 것이 상당히 중요합니다. 온라인 비즈니스 회사는 온라인이라고 해도 회사의 본거지는 반드시 미국 내에 있어야 합니다.

온라인 비즈니스로 E2를 신청할 때에는 낮은 투자금액

으로도 E2를 받을 수 있다는 장점이 있습니다. 다만, 나중에 대사관에 비자신청을 할 때에는 낮은 투자금액으로 E2 비자 신청이 거절될 수 있다는 점을 염두에 두고 투자계획을 수립해야 합니다.

Q. E2 비자를 받으려면 종업원을 적어도 2명 이상을 고용해야 한다고 들었습니다. 초기에 종업원 2명을 고용하기에는 재정 상태에 무리가 있습니다. 어떻게 해야 할까요?

A. 이민법상 E2 비자를 받기 위해 회사 종업원을 2명 이상 고용해야 한다는 규정은 없습니다. 따라서 회사를 경영하는 초기에 또는 E2 피티션에 회사 종업원을 2명 이상 고용하고 있지 않아도 E2 비자를 받을 수 있습니다. 다만, 고용된 종업원이 있으면 종업원이 하나도 없는 경우보다는 E2 비자를 받기가 보다 수월한 점은 있습니다.

Q. 석 달 뒤에 E2 신분이 만료되기 때문에 곧 연장신청에 들어가야 합니다. 그런데, 회사가 지난 2년간 계속 적자가 났습니다. 적자상태로 E2 연장신청을 하면 이민국에서 연장신청을 거절하지 않을까요?

A. 　　　　최근 E2에 대한 이민국의 심사가 예전보다 까다로워졌습니다. 예전에는 E2 연장신청의 경우에는 무리 없이 승인이 나는 경우가 많았지만, 최근에는 이런 기조가 많이 바뀌었기 때문에 이런 이민국의 심사경향에 맞춰서 서류를 준비하는 것이 좋습니다. 회사가 계속 적자가 났다고 해서 반드시 연장신청이 거절되는 것은 아닙니다. 적자가 난 것에 대한 명확한 소명이 필요하고 향후 어떤 식으로 적자를 개선하겠다라는 플랜을 제시하면 연장신청을 승인 받을 수 있습니다. 회사가 조금이라도 흑자상태라면 보다 수월하게 연장신청을 승인 받을 수 있습니다.

Q. 얼마 전에 식당을 매매하기로 하고 약 30만 달러를 투자하여 E2 비자를 신청했다가 사업의 수익성이 부족하다는 이유로 거절당했습니다. 어떻게 대처해야 합니까?

A. 　　　　E2 비자의 주요 거절 사유 중의 하나가 사업의 수익성이 부족하다는 점입니다. 이를 marginality 요건이라고 부릅니다. 즉 비즈니스 수익이 근소한 정도의 것이 아니라 투자자의 가족 생계를 유지하고도 상당한 금액이 남아야 한다는 것을 뜻합니다. 이 요건은 현재 해외 소재 미국 대사관에서 신규 또는 갱신하는 E2 비자 심사 시 가장 주의 깊게 보는 점이기도 합니다.

기존의 사업체를 사서 E2 비자를 신청하려고 할 때에는 먼저 파는 사람(seller) 쪽의 3년간 비즈니스 수입 세금보고를 받아서 사업체의 수익성을 면밀히 검토해야 합니다. 세금보고서 상으로 투자할 사업체의 수익성이 높지 않다면 사업체를 사는 것에 신중한 것이 좋습니다. 투자 사업체의 수익성 판단여부는 사업체의 순수입(net business income)과 투자자에게 부여되는 임금 또는 배당이익을 합친 금액이 사업체가 소재한 지역의 연간 생활비를 상쇄하고도 충분한 금액이 남는가로 판단합니다. 해당 지역의 생활비는 각 지역마다 상이하므로 일괄적으로 얼마 이상의 금액이어야 한다는 기준은 없습니다. 영사가 판단할 때에도 구체적인 가이드라인을 가지고 심사하지 않고 경험적으로 판단해서 연간 생활비를 상쇄하고도 충분한 금액이 남을 것 같다고 하면 수익성이 있다고 봅니다.

투자사업체의 수익성에 대한 요건은 해외 소재 미국 대사관의 영사들이 가장 중요시하는 E2 비자 승인의 조건이기는 하지만, 미국 내 이민국에서는 영사들보다는 중요성을 약간 덜 두는 경향이 있습니다. 미국 내 이민국의 E2 심사 시에는 투자자금의 출처와 적법성 여부, 투자자금의 유입경로, 투자사업체의 실제 운영 여부와 이에 대한 증명에 중점을 두고 있습니다.

투자금의 액수가 높을 경우 투자사업체의 수익성이 약하더라도 상쇄될 수 있는가라는 질문을 종종 받습니다. 투자액

수가 높다고 해서 수익성이 낮은 점을 상쇄되지는 않습니다. 동종업종의 평균적인 사업체 매매금에 비해 현저히 높게 산다고 하더라도 이 점만 믿어서는 E2 비자의 승인을 받기가 쉽지 않습니다. 오히려 낮은 수익성을 상쇄 시킬 수 있는 요인은 투자사업체가 얼마큼의 고용창출을 하는가 여부입니다. 만약 투자사업체가 상당수의 직원을 고용함으로써 지역의 고용창출을 이룬다면, 비록 이로 인하여 수익성이 다소 낮다고 하더라도 E2 비자 승인이 날 수도 있습니다.

투자자가 새로이 회사를 설립해서 비즈니스를 운영할 경우에는 비니지스 플랜과 향후 5년간의 예상 재무제표를 잘 작성해야 합니다. 사업시작 후 합리적인 기간 내에 어떻게 상당한 금액의 수익성을 낼 수 있을 것인가에 대해 합리적인 근거를 가지고 구체적인 수치를 제시할 수 있어야 E2 비자 승인을 받을 수 있습니다. 예상재무제표나 비즈니스 플랜에 전혀 근거를 가지지 않고 부풀려진 숫자를 넣어서 제출한다면 영사들이 믿지 않습니다. 대개 대사관에서는 따로 E2 비자만 전담하는 영사들이 있습니다. 이들은 해당 비즈니스의 실무에도 밝을 뿐 아니라, 재정서류를 해석하는 능력 또한 탁월하기 때문에 재정서류 준비와 이와 관련된 답변에 만전을 기해야 합니다.

해외 소재 미국대사관의 영사들이 E2 비자 심사 시 또 중요하게 보는 조건은 투자자가 투자사업체에서 비즈니스를 발전시키고 이끌어 갈 수 있는가 여부입니다. 특히 이

요건은 주부 등 직장 또는 해당 업종에서의 경험이 없는 투자자에게 자주 적용하는 요건입니다. 보통 이 요건을 만족시키기 위해 새로 설립한 사업체의 주권(stock certificate) 상으로 과반 이상의 소유권을 가지고 있다는 사실과 주식변동에 관한 장부(stock ledger) 등을 함께 제출하지만, 서류상의 증명과는 별개로 영사들이 종종 주관적 재량으로 투자자가 이 요건을 만족시키기 힘들다는 결정을 내리고는 합니다.

요컨대, E2 비자의 핵심은 사업체의 수익성과 투자금으로 요약될 수 있습니다. 이 두 가지 요소와 관련된 서류와 증명을 어떻게 이루어내는가에 따라 E2 비자의 승인여부가 판가름납니다. E2 비자의 근간은 결국 재정적인 부분이라고 하겠습니다.

사업체를 매매할 경우에는 반드시 사전에 변호사와 상담하여 E2 비자의 요건들을 충족시킬 수 있는지를 미리 판단하고 투자금의 송금과 사용출처 증명 등에 대해 긴밀히 의논하는 것이 중요합니다.

14. 미국에서 두 번째로 가장 많이 이용하는 비자는?

전문직비자, 즉 H1B 비자라고 불리는 비자는 미국에서 학위과정을 졸업하면 취업을 하면서 가장 많이 신청하는 비자이다. 전문직비자의 요건은 신청자 본인이 학사학위 이상의 학력을 가지고 있고, 자신이 일하려고 하는 직종이 학사학위 이상을 요구하는 전문직(specialty occupation)이어야 한다. 그렇기 때문에 비록 자신은 학사학위를 가지고 있다고 해도, 고용되는 회사에서 하는 일이 학사학위를 요하는 직종이 아니라면 H1B 비자를 받기 어렵다. 예컨대, H1B 청원서를 미국 이민국에 신청하는 사람이 컴퓨터 공학분야에서 4년제 대학의 학사학위를 가지고 있다. 그런데, 이 사람이 식당의 매니저로 일하게 된다면, 식당의 매니저 자체가 미국 노동청의 직업 분류 기준으로 볼 때, 학사학위 이상을 요하는 전문직 직종이 아니기 때문에 H1B 청원신청이 거절될 수 있는 것이다.

H1B 비자는 처음 승인 시 3년이 주어지고, 다시 연장 시에는 추가로 3년이 주어진다. 즉 최대 6년간의 기간으로 미국에 체류할 수 있다. 6년의 기간이 다 소진되었다 하더라도 영주권 서류를 접수하여 진행하고 있으면, 1년 단위로 영주권이 승인될 때까지 연장이 가능하다.

한국에서 태권도 사범으로 일하고 있는 여자 손님이 어느 날 상담을 신청했다. 이 사범은 당시 국기원 공인 태권도 5단이었고, 시·도 대회에서 두 번의 수상경력을 가지고 있었다. 미국에 있는 도장으로부터는 취업을 하기로 약속이 되었는데, 문제는 미국으로 오기 위해 어떤 비자를 신청해야 하는가였다. 다른 종류의 비자를 신청하기에는 수상경력이 너무 약하고, 그렇다고 이 여자 사범이 정식으로 4년제 대학에서 학사학위를 취득한 것도 아니었다. 교육부에서 인정하는 학점은행제를 통해 최종적으로 체육학 분야에서 학사학위를 받았다. 더구나 문제는 태권도 사범이라는 직종 자체가 미국 노동청이나 이민국에서 볼 때, 학사학위 이상을 요구하는 전문직으로 분류를 하지 않는 점이다. 사실 학점은행제는 미국에서는 생소한 제도이기 때문에, 그렇지 않아도 태권도 사범 자체가 H1B 신청을 승인받기 쉽지 않은데, 생소한 제도 하에서 학사학위를 취득했다고 한다면 이민국 심사관이 더욱 깐깐하게 나올 것이 분명했다.

그러나, 이 여자 사범이 미국으로 와서 취업하고자 하는 열망이 워낙 강해서 필자도 더 신경을 쓰지 않을 수 없었다. 학점은행제에 대해서 최대한 설명을 하고 관련 자료를 첨부하면서 아울러 왜 해당 태권도 도장에서 학사학위 이상을 요하는 사범이 필요한지 소명을 하였다. 그 결과 접수 이후 간단한 소명 자료를 추가 제출한 뒤, 이민국으로부터 최종 승인을 받게 되었다. 이후 미국 대사관의 비자신청에서도 별 문제없이 통과되어 비자를 받고 지금은 미국 태권도 도장에서 열심히 학생들을 가르치고 있다.

한국에서 미국에 관광 등 단기 체류가 아니라 취업을 목적으로 오고자 할 때에는, 자신이 학사학위를 가지고 있다면 우선적으로 H1B 비자를 고려해보라고 권장하고 싶다. H1B 비자의 장점은 신청자가 준비해야 할 서류가 상대적으로 간소하고, E2 투자비자 같이 많은 투자금을 필요로 하지 않는다. 다만 자신이 미국에서 몸담고 일해야 하는 직장을 먼저 구하고, 이 회사로부터 H1B 청원서를 미국에 신청해준다는 약속을 받아야 하는 걸림돌이 있다. 법적으로 H1B 청원서는 외국인 신청자가 하는 것이, 아니라 회사가 회사 명의로 신청하고 회사의 대표가 신청서류에 사인하는 것이기 때문이다.

또한, 대사관에서 비자 서류 신청 시 그나마 영사들이 주관적 재량에 바탕을 두지 않고 객관적 기준에 근거하여 심사를 하는 것이 H1B 비자이다. 따라서 H1B 비자 신청 전에 미국 대사관에 비자신청을 했는데, 당시 허위 서류를 제출했거나, 한국에서의 사회 경제적 기반이 너무 약하거나, 예전에 미국 입국 시 입국이 거부된 사유 등이 아니라면 다른 종류의 비자보다 인터뷰가 조금 더 수월한 편이다.

H1B 비자의 단점으로는 신청서 접수를 받는 것이 1년에 딱 한번, 4월 첫째 주로 한정되어 있다는 점, 연간 비자 할당량 6만5천 개(싱가포르, 호주 등에 대해 별도의 H1B 비자쿼터를 할당하기 때문에 실제로는 약 5만 8천 개이다)를 초과하여 신청서가 접수가 되었을 때 추첨으로 심사 대상을 가린다는 점을 들 수 있다. 그렇기 때문에 H1B 신청을 마음먹고 있다면, 시간적인 스케줄을 잘 잡아야 접수시기를 놓치지 않는다.

Q. 올해 학생신분으로 있다가 6월에 H1B 청원서에 대한 승인을 받았습니다. 그런데, 당장 소셜넘버를 받아야 할 필요가 있는데, 바로 소셜넘버를 받을 수 있나요?

A. 일반적으로 합법적으로 일을 할 수 있는 비자소지자는 소셜넘버를 받을 수 있습니다. H1B 비자의 경우 사회보장국에서는 10월 1일부터 소셜넘버 신청을 받아줍

니다. 귀하의 소셜넘버 신청 시점이 아직 10월 1일이 되지 않은 시점이면 10월 1일 이후에 신청하실 수 있습니다. 여권, I-94 비자, H1B 승인통지서 원본을 지참하시고 가까운 사회보장국에 가서서 'Form SS-5'를 기입하여 제출하시면 4~6주 안에 소셜카드가 발급됩니다.

Q. H1B 신분을 가지고 있는데, 회사에서 사정이 어렵다고 잠시 쉬고 있으라고 합니다. 정식으로 해고당한 것은 아니고 추가 프로젝트가 생길 때까지 잠깐 일을 쉬고 기다리라고 하는데, 벌써 3개월째 임금을 받지 못하고 지냈습니다. 이 상태에서도 H1B 신분이 유지되고 있는 건지, 임금을 3개월이나 주지 않는 점에 있어서 고용주에게 문제는 없는 건지 궁금합니다.

A. 회사에서 임금을 받지 못하면 H1B 신분이 합법적으로 유지가 되고 있는 것은 아닙니다. 본인의 경우 하루빨리 새롭게 H1B 신분 또는 다른 체류신분으로 변경해야 합니다.

현재 합법적으로 H1B 신분을 유지하고 있는 상태가 아니기 때문에, 고용주변경(change of employer) 카테고리로는 H1B 신분을 변경할 수는 없습니다. 고용주변경은 피티션 신청 당시 합법적인 신분이 유지되고 있다는 것을 전제로 하고 있는 것인데, 현재 본인은 합법적으로 H1B 신분을 유지하고 있지 못하고 있기 때문입니다. 따라서, 한국으로 나가서 새로이 H1B 피티션과 비자를 신청해야 합니다. 다만, 고용주가 귀하의 어떤 행위에 대해 보복성으로 해고를 한 경우에는 예외적으로 이민국에서 현재 합법적인 신분이 유지가 되지 않고 있는 경우에도 H1B를 승인해줍니다. 보복성 해고가 아닌 구조조정으로 인한 해고 등의 경우에는 이와 같은 예외를 적용받기 어렵습니다.

귀하의 경우에는 보복성 해고가 아니라 단지 회사의 재정상태가 좋지 않아서 일을 못하고 있는 경우이기 때문에 예외를 적용받지 못합니다.

고용주의 경우에는 이민국에 H1B 피티션을 종료한다는 노티스를 보내지 않는 한, H1B 피티션은 아직 유효하기 때문에 H1B 신분을 보유한 직원에게 노동조건신청서(LCA)에 명시한 대로 임금을 지불해야할 의무가 있습니다. 이는 비록 일을 하고 있지는 못하지만 아직 해고당하지 않은 상태의 직원에게도 마찬가지입니다. 따라서 귀하의 고용주는 노동조건신청서를 위반했기 때문에, 노동청에 신고가 들어가서 조사결과 노동법 위반이 인정되면, 위반한 건당 최하 1천 달러에서 최대 3만5천 달러까지의 벌금을 낼 수 있습니다. 또한 향후 회사의 비자피티션과 노동허가서 신청이 최소 1년간 금지됩니다.

Q. 지난해에 H1B 청원서를 접수했는데, 승인 받고 신분을 미국에서 변경한 뒤 지금까지 아무런 문제없이 잘 지내왔습니다. 그런데, 갑자기 며칠 전에 이민국에서 노티스를 받았는데, 회사에 이민국직원이 찾아와서 확인한 결과 제가 인터뷰 당시 회사에 없고 다른 곳에서 일을 하고 있었기 때문에 추가소명에 대한 답변이 없을 경우 H1B 신분을 취소하겠다고 합니다. 어떻게 대처해야 할까요?

A. 최근 H1B 청원에 대해 제기된 이슈에 대해 답변이 없을 경우 승인된 H1B 청원을 취소한다는 내용의 노티스 발급이 늘어나고 있습니다. 이러한 노티스는 'Notice of Intent to Revoke(NOIR)'라고 불리는데 보통 노티스 발급일로부터 33일 기간을 답변기간으로 부여합니다.

통상 승인된 H1B 청원을 취소하는 경우, 이를 revocation이라고 합니다. Revocation은 법적인 효력을 해당 법적효력이 발생한 시점까지 소급해서 취소시키는 것을 말합니다. Cancellation이란 해당 법적인 효력을 현재시점부터 취소시키는 것을 말하기 때문에 Revocation과는 다릅니다. 질문자의 내용과 같은 노티스는 통상 revocation 노티스이고, 33일 내에 답변을 하지 않으면 소급해서 승인된 H1B 청원을 취소시키게 됩니다.

NOIR 발급이 많이 되는 경우는 1) H 1B 청원서 상의 임금과 실제 받는 임금과의 차액이 발생했을 때, 2) H1B 청원서 상의 직무가 실제 업무와 다를 때, 3) H1B 청원서 상의 일하는 곳과 실제 일하는 곳이 다를 때, 4) H1B 신분 신청자가 현장실사(site visitation) 시에 회사의 주소지에 없을 때 등입니다. NOIR은 현장실사 후에 생긴 이슈에 대해 발생이 되며 이에 대한 답변을 신중하게 해야 합니다. NOIR을 받지 않기 위해서는 원천적으로 현장실사에 잘 대응을 하는 것이 무엇보다 중요합니다. 현장실사는 사전통보 없이 이민국 직원이 직접 청원서 상의 회사에 나와서 질문을 합니다. 그러므로, H1B 청원서가 승인이 된 이후에 바로 회사에서는 언제든지 현장실사가 나올 수 있다고 생각하고 H1B 청원서 서류 카피 및 임금을 지불한 증명 등을 항상 사무실에 비치를 하고 있어야 합니다.

NOIR이 발급된다고 해서 무조건 H1B 청원서가 거절되는 것은 아닙니다. 제기된 이슈에 대해 서류로 된 증거와 자세한 소명을 하면 다시 H1B 청원을 재승인(reaffirmation)을 받을 수 있습니다. 이민국에 답변서를 내게 되면 통상 2주에서 두 달 사이에는 결정이 나옵니다. 만약 재승인을 받게 될 경우에는 계속적으로 미국에서 변경된 신분으로 체류를 할 수가 있습니다. 만약 거절되었다면 본국으로 돌아가서 H1B 청원서를 다시 접수할 수 있습니다. 이 경우에는 NOIR 거절에 대한 항소와 재접수(refiling)가 있는데, 특별히 이민국에서 결정에 실수가 없다고 한다면 항소보다는 재접수로 방향을 잡는 것이 전략적으로 유리합니다.

Q. 저는 2년 전 전문직 취업비자 H1B를 가지고 미국에 들어왔고, 남편은 해외에 거주하면서 H4 비자로 미국을 가끔씩 왕래하고 있습니다. 남편이 H4 신분으로 미국에 와 있는 중에 저의 영주권 신청이 승인되었습니다. 남편의 경우 영주권을 신청하지 않고 계속 유효하게 H4 신분으로 체류가 가능한지 궁금합니다. 현재 H4 신분으로 체류한 지 3개월이 되었습니다.

A. 본인이 영주권을 승인받으면 자동으로 H1B 신분은 소멸됩니다. 따라서 H1B의 동반 배우자인 남편의 H4 신분도 소멸되게 됩니다. 현재 시점으로 볼 때, 남편은 본인이 영주권신청을 승인받은 이후 시점부터 합법적인 신분으로 체류를 하고 있는 상태가 아닙니다. 이럴 경우, 남편의 불법체류기간이 3개월이 되지만 영주권신청이 가능합니다.

미국 이민법 245(K)조항에 근거하여 승인된 취업이민에 기반하여 신분변경신청서(I-485)를 신청하는 경우에는 최고 180일까지 유효한 신분으로 체류하지 않았더라도 신분변경 신청이 가능하기 때문입니다. 다만, I-485를 신청하려면 현재 영주권자 배우자에 카테고리에 해당하는 우선순위가 와야 신청이 가능합니다. FTJ를 미국 입국 후 적어도 4개월이 경과하여야 하고 유효한 신분을 유지하여야 하기 때문에 현재로서는 I-485를 신청하셔서 영주권을 취득해야 합니다.

Q. 미국에 H1B 비자를 가지고 수년간 거주를 했습니다. 예전에 경찰에 경미한 일로 잠시 구금(detention)된 적이 있었는데, 저의 잘못이 없는 것으로 밝혀졌고, 경찰도 이를 인정했고, 향후 아무 일이 없을 거라고 했습니다. 그런데, 한국에서 미국으로 입국할 때마다 따로 이민국으로부터 조사를 받고 수 시간이 지난 뒤에야 아무 문제가 없는 것으로 확인한 후에야 풀려났습니다. 어떻게 이런 문제를 피할 수 있을까요?

A. 과거에 체포되었거나 구금된 사실은 공식적으로 다 기록에 남아 있습니다. 따라서 미국에 입국할 때 이러한 기록이 이민국의 조회시스템에 나타나게 되어 있습니다. 보통 형사기록을 가지고 있는 경우, expungement를 통해서 자신의 형사기록에 대한 접근을 봉쇄(seal)시킬 수 있지만, expungement를 했다 하더라도, 이민국이나 이민세관단속국 관련 업무나 Job에서는 expungement가 효력이 없습니다. 따라서 본인의 경우 expungement를 하여 형사기록을 봉쇄하는 것은 방법이 되지 않습니다. 불편하더라도 법원의 최종 처분(disposition)이 담긴 disposition letter 원본을 미국 입국 시에 항상 지참을 하여 이민국에 보여야 합니다. 이민법상의 이슈를 떠나서 일정한 기간이 지났다면, expungement를 신청하여 형사기록을 봉쇄시키는 것이 직업을 구할 때나 다른 목적으로 자신에 대한 신원조회가 들어올 때를 대비하여 좋습니다.

Q. H1B 신분을 소지하고 있는데, 이번에 더 좋은 조건의 직장이 결정되어 이직하려 합니다. 새 회사로 이직하기 전에 유효하게 체류신분을 유지할 수 있는 grace period가 어느 정도 주어집니까?

A. 　　　　미국에서 합법적으로 일을 할 수 있는 신분은 스폰서 회사로부터 더 이상 임금을 받지 않고, 고용이 끝난 시점부터 종료됩니다. 그러나 실무상에서는 이러한 룰이 그대로 엄격히 적용되지는 않습니다. 대략 한 달 정도의 시간적 간격이 있는 경우에는 새 회사로 이직하여 H1B 신분을 이전하더라도 이민국에서는 승인을 하고 있습니다. 이것이 법적으로 보장되는 것은 아니기 때문에 이전 직장의 종료시점과 새 직장으로의 이직기간을 최대한 줄이는 게 중요합니다.

Q. 한국에서 4년제 대학교를 다니다가 중도에 그만두고 학점은행제를 통하여 최종적으로 학사학위를 취득했습니다. 이런 경우에도 H1B 청원을 승인 받을 수 있습니까?

A. 　　　　학점은행제를 통해 최종적으로 학사학위를 받은 경우에도 H1B 청원을 승인 받을 수 있습니다. 다만 이민국에서는 처음부터 4년제 대학교를 졸업하여 학사학위를 취득한 전형적인 경우보다 더 까다롭게 심사를 하므로 철

저한 사전준비가 필요합니다.

Q. 이번에 석사학위를 취득하고 OPT(실무수습생)로 있다가 OPT 만료 전, 직장을 구하여 이 회사를 통해 H1B 청원에 들어가려 했지만 끝내 직장을 구하지 못했습니다. 전공의 특성상 제가 회사를 설립하여 직접 사업에 뛰어들어도 되는데 이 경우 제가 회사를 설립하여 H1B 승인을 받을 수 있습니까?

A. 전체적인 진행에 대한 정밀한 전략의 수립과 서류 준비 여하에 따라 승인이 가능합니다. 본인이 회사를 설립하려는 것이 H1B 신분을 취득하여 체류연장을 위한 것이 주 목적이 아니라는 것을 잘 보이는 것이 무엇보다 중요합니다. 또한, 자신이 설립한 회사의 임원이 되어 청원서에 사인을 할 수는 없기 때문에 파트너의 조인 등 회사지배구조상의 조정이 뒤 따라야 합니다.

Q. 친분이 있는 지인이 약 5개월 전 회사를 설립하여 막 비즈니스를 시작했습니다. 그런데, 제가 가진 경험이 필요하여 저를 위하여 회사가 H1B 스폰서가 되어 줄 수 있다고 합니다. 이제 막 설립된 새 회사도 H1B 청원을 위한 스폰서 자격이 됩니까?

A. 설립된 지 얼마 되지 않는 회사도 H1B청원의 스폰서 자격이 됩니다. 스폰서 회사의 설립시기와 관련하여 법적인 제한은 없습니다. 다만, 이런 케이스는 실무상 까다로운 심사가 진행될 가능성이 높기 때문에 치밀한 서류준비가 반드시 선행되어야 승인을 받을 수 있습니다. 이런 케이스는 추가서류 요청(RFE)이 나올 가능성이 높다고 보고, 사전에 대비하여 서류를 준비해야 합니다.

Q. J1 비자로 있던 중, 미국에서 잡오퍼(job offer)를 받아서 H1B 비자를 신청하려고 합니다. 현재 J1 비자상의 2년간 본국거주의무 웨이버를 신청 중인데, 아직 승인이 나지 않았습니다. H1B 비자 쿼터가 언제 소진될지 알 수 없는 상황에서 빨리 H1B 비자를 접수시켜야 하는데 어떻게 해야 할까요?

A. J1 비자(문화연수비자)는 미국에서 체류기간이 끝난 뒤 본국으로 2년간 귀국해야 하는 경우가 많습니다. 이는 'DS 2019' 서류상에 귀국의무가 있는지 아니면 귀국의무가 아예 처음부터 면제가 되는지에 대해 명확히 규정하고 있습니다. 2년간 본국귀국의무가 규정되어 있다면 미국 내에서 체류기간 후에 반드시 한국으로 돌아가거나 아니면 미국 내에서 미 국무부에 J1 비자 본국귀국의무에 대한 면제(waive)를 신청해야 합니다. J1 비자의 본국거주의무면제 신

청은 결과가 나오기까지 보통 3개월 내지 6개월이 걸리는데, H1B, L 비자, 영주권신청 등을 위해서는 반드시 본국거주의 무면제를 받아야 합니다.

본 사안에서는 일단 H1B 비자의 쿼터가 남아 있을 때 하루라도 빨리 접수해야 하기 때문에, H1B 비자 신청서류의 커버레터에 현재 상황을 자세히 설명하고 관련 증명서류를 첨부하면 H1B 비자의 유효한 신청이 가능하고 승인도 받을 수 있습니다. 다만, 전제조건은 J1 비자의 귀국의무 면제신청에 대한 승인이 나야 H1B 비자도 승인이 난다는 점입니다. 또한, 미 국무부에도 H1B 비자를 신청 중이라는 편지를 따로 발송하여 프로세스를 보다 빨리 진행하도록 요청하는 것이 좋습니다.

Q. 학생신분으로 대학원에 다니다가 졸업 후 OPT를 신청하여 회사에서 일을 해왔습니다. OPT가 올해 5월 말에 만료가 되었는데, 7월초에 회사에서 H1B 피티션을 이민국에 신청하여 현재 심사 중에 있습니다. H1B 피티션이 승인된다면 10월 1일부터 일을 시작하게 되는데, 9월 30일까지 합법적으로 미국에 체류를 할 수 있는 것인지, OPT 종료 이후에도 H1B 피티션이 승인나기까지 일을 계속적으로 할 수 있는지 궁금합니다.

A. 학생신분으로 정규학위과정을 졸업하게

되면 최장 1년간 또는 과학, 기술, 공학, 수학 등 특정 분야에서 학위를 받은 경우에는 최장 17개월간 훈련기간이 주어지고 이 기간 동안 합법적으로 일을 할 수 있습니다. OPT기간이 끝나면 60일간 미국에 더 체류할 수 있는 유예기간(grace period)이 주어집니다. 이러한 유예기간의 취지는 학위과정과 OPT과정 동안의 학업과 훈련기간을 잘 마무리하고, 미국을 떠나기 전에 이삿짐을 꾸리는 등 자신의 나라로 돌아갈 준비를 할 수 있는 합리적인 기간을 주자는 것입니다.

유예기간 동안에는 일이나 공부를 하는 것이 허용되지 않습니다. 즉 OPT기간 동안 일을 할 수 있도록 허가 받은 노동카드(Employment Authorization Card)의 연장이 허용되지 않습니다. 유예기간 동안에는 H1B 피티션 신청은 물론이고 영주권으로의 신분변경은 가능합니다. 다만, 다시 학생 신분으로 연장신청을 할 경우에는 체류연장을 위한 것으로 간주될 수가 있어 유의해야 합니다.

OPT만료 후의 합법적인 유예기간을 허용받기 위해서 따로 이민국에 따로 신청을 해야 하는 것은 아닙니다. 유예기간은 OPT만료 후 자동적으로 부여받게 되는 것입니다. 또한, 예전에 OPT기간을 사용한 관계로 OPT기간이 1년 미만으로 주어졌다 하더라도 유예기간은 똑같이 60일이 주어집니다. 이와 같은 일반규정을 적용할 경우 H1B 피티션을 신청한 외국인 노동자들에게 본인과 같은 문제점이 많이 발생합니다.

즉, 유예기간에 대한 일반 룰을 적용하면 유예기간이 9월 30일 이전에 만료될 경우 10월 1일까지 단 하루라도 시간적 차이가 생기면 본국으로 돌아가야 합니다. 이러한 부당성을 바로 잡기 위하여 현재 이민국에서는 OPT만료 뒤 유예기간이 지나도 10월 1일까지 시간적 갭(gap)이 생기더라도 자동적으로 학생신분이 9월 30일까지 연장되는 것으로 룰을 정했습니다. 이를 일반적으로 Cap-Gap룰이라고도 부릅니다.

그러나, 본인의 상황 하에서 H1B 피티션을 신청했다하더라도 학생신분은 9월 30일까지 자동으로 연장되지만, 일을 할 수 있는 노동카드 자체가 자동으로 연장되는 것은 아닙니다. 비록 H1B 신분이 일을 할 수 있고, H1B 피티션 자체가 현재 이민국에서 심사 중에 있다하더라도 이 자체가 미국 내에서 일을 합법적으로 할 수 있도록 허용하는 것은 아닙니다.

Q. 성악가로 무대에서 활동하고 있습니다. 현재 H1B 비자를 가지고 있지만, 직업 성격상 한 회사에 소속되어 활동하는 것보다는 여러 가지 공연이나 이벤트에 참가해야 하는 경우가 많은데, 그럴 경우 다른 회사 주최의 공연에서 pay를 받을 수 없는 문제가 생깁니다. 어떻게 해야 할까요?

A. 귀하의 경우 예술인비자(O1)를 신청하시는 것이 좋습니다. 예술인비자는 예술인뿐만 아니라 비즈니스, 교육, 스포츠, 영화, 방송, 공학, 과학 부문에서 종사하는 사람들도 신청할 수 있습니다. 예술인비자의 적용범위는 상당히 넓습니다. 메이크업 아티스트, 무대디자이너, 화가, 작곡가, 편곡자, 패션디자이너, 인테리어 디자이너, 조각가, 동물 조련사, 엔지니어, 성악가, 태권도 사범, 코치, PD, 카메라 감독 등 다양한 분야의 종사자들이 받을 수 있습니다. 예술인비자를 받기 위해서는 자신이 특출한 재능이 보유하고 있다는 것을 증명해야 합니다.

특출한 재능이란 그 분야에 종사하는 다른 사람과 구분이 되는 특별함(distinction)이 있는 것을 말합니다. 비즈니스, 스포츠, 교육, 사이언스 분야에서 종사하는 사람들은 전국적 또는 국제적으로 널리 알려진 권위 있는 상을 받은 적이 있거나 또는 권위 있는 학술지에 논무을 게재한 적이 있거나, 각종 대회에 심사위원으로 참석한 적이 있거나, 세미나에서 발제자로 참석한 적이 있거나, 언론이나 관련분야의 저널에 자신의 업적에 대한 기사가 나온 적이 있거나, 저명한 조직에서 지대한 공헌을 했거나, 같은 분야에 종사하는 다른 사람들에 비해 높은 임금을 받고 있다는 사실 등으로 특별한 재능을 입증해야 합니다. 이민법상으로 위와 같은 일곱 가지 요건이 있지만, 그 중에서 세 가지 이상만 충족되면 됩니다. 물론 세 가지 요건만 충족된다고 해서 반드시 예술인비자를 받을 수 있는 것은 아닙니다.

한인들이 많이 신청하고 있는 H1B 전문직비자에 비해 예술인비자는 많은 장점을 가지고 있습니다.

첫째, 이민국 접수비가 저렴합니다.

둘째, H1B 비자처럼 비자기간이 최대 6년으로 한정되어 있지도 않습니다. 공연스케줄이 계속 있고 스폰서조직에서 몸담고 있는 한 계속적으로 갱신을 할 수 있습니다.

셋째, H1B 비자처럼 연간 비자쿼터가 있는 것도 아니며, 연중 언제든지 신청이 가능합니다.

넷째, 최근 H1B 비자나 E2 비자의 심사가 까다로워졌지만, 아직 예술인비자에는 그러한 경향이 덜하다는 것을 들 수 있습니다.

마지막으로 스폰서가 에이전트가 되면 귀하의 경우처럼 특정한 조직에 얽매이지 않고, 자유로이 다른 회사가 주최하는 공연에 자유로이 참가할 수 있고, pay를 직접 그쪽에서 받을 수도 있습니다. 따라서, 예술인비자를 신청하실 것을 권합니다.

Q. 식당에서 조리사로 일을 하려고 합니다. 미국에서 요리학교를 졸업했고, 현재 학생신분으로 미국에서 체류하고 있습니다. 제가 합법적으로 일을 할 수 있는 신분으로 변경하려 하는데 어떤 것이 가능할까요?

A.

우선 H1B 신분으로 변경하실 수 있습니다. H1B 비자는 학사학위 또는 그와 동등한 자격을 가진 신청자가 전문직(specialty occupation)인 포지션에 신청할 때 가능한 비자입니다. 여기서 말하는 전문직이란, 해당 포지션이 적어도 대학교의 학사학위 이상을 요구하는 전문화되고 복잡한 직무를 요하거나 해당 업종에서 공통적으로 학사학위 이상을 요구하는 직종을 말합니다. 물론 대학교의 학사학위를 가지고 있지 않다 하더라도, 지원하는 포지션과 동동하거나 유사한 직무에서 경력이 있다면 일정한 경우 학사학위를 인정받을 수 있습니다. 예를 들어 전문대를 졸업했다고 하더라도 H1B 신청 상의 직무와 같거나 유사한 분야에서 6년 이상의 경력이 있으면 H1B 비자 신청이 가능합니다.

따라서 본인의 요리학교에서의 학위가 학사학위가 아닌 2년제 학위를 졸업한 것으로 주어졌다면, 요리분야에서의 경력이 6년 이상이 되어야 H1B 비자를 신청할 수 있습니다

다만, 조리사의 경우 단순히 직접 주방에서 요리를 만드는 직무로서는 H1B 비자를 받기가 힘듭니다. 단순히 요리를 만드는 것이 아니라, 자기 밑에 있는 요리사들과 주방전체를 관리하는 주방장(chef)이어야 H1B 비자를 받을 수 있습니다. 즉 직접 요리를 만드는 업무보다는 관리직 직무가 주된 것이어야 가능합니다. 또한 담당할 직무가 전문직에 걸맞는 복잡하고 전문화된 직무이어야 합니다. 이러한 관리 직무를 맡고 있다 하더라도 작은 식당보다는 큰 규모나

인지도가 높은 호텔 등에 속한 레스토랑에서 일할 경우에 H1B 비자가 승인될 확률이 높아집니다.

또 다른 대안으로는 예술인비자(O1)를 들 수 있습니다. 이는 본인이 요리 분야에서 특별한 재능, 즉 관련분야에서 수상실적이 있거나, 저명한 식당에서 요리사로서 주도적인 역할을 했거나, 본인의 업적에 관해 언론에 기사가 났거나, 동종 업종의 다른 요리사보다 높은 연봉을 받았거나, 상업적으로 성공했다는 증거를 보일 수 있어야 신청이 가능합니다. 예술인비자(신분)는 요리분야의 학사학위가 없어도 위와 같은 증거를 제출할 수 있다면 신청해서 받을 수 있습니다.

만약 본인이 일할 직장이 저명한 식당도 아니고, 요리분야에서 이렇다 할 뚜렷한 수상실적이나 특출한 업적이 없다면 J1 신분을 고려해 볼 수 있습니다. J1 비자는 연수비자로 최대 18개월까지 해당직장에서 일을 할 수 있습니다. J1 비자는 보통 비자기간 만료 후에 2년간 본국에 귀국해서 거주해야 할 의무가 있는데, 이는 다른 신분으로 변경을 하려고 할 경우에 이러한 본국귀국의무를 면제신청하면 걸림돌이 되지 않습니다.

만약 본인이 일할 직장이 스키리조트 등에 위치하고 있다면, H2B 신분으로 변경할 수도 있습니다. H2B 비자는 임시적이며 계절적인 직무에 대해 발급되는 비자입니다. 따라서 항시적인 일이 있는 일반 식당에서 일을 할 예정이면 적합하지 않습니다.

그 외, 본인이 일할 식당이 한국에 본점이 있고 미국에 분점이 있고 거기서 일할 예정이라면 L1 또는 L2 비자를 고려할 수 있습니다. 다만 이 경우에는 한국 본점에서 이전에 1년간 계속적으로 재직하고 있었어야 합니다. L1 비자는 관리직급에서 일할 신청자에게 발급됩니다. 이 경우에 L1 신청자의 밑에 부하직원들이 있다는 것을 보일 수 있어야 합니다. 자신의 통솔을 받는 직원들이 많을수록 관리직급이라는 것을 보일 수 있기 때문에 유리합니다. 판례는 L1 신청자가 일할 회사의 규모나 종업원 수 등에 관계없다고 판시하고 있으나, 실제 이민국 심사관들은 규모가 큰 회사일수록, 종업원 수가 많고 매출이 큰 회사일수록 L1 비자를 더 잘 승인해주는 성향을 보여주고 있습니다.

L1 비자를 받으면 향후에 노동허가서를 신청하는 단계를 거치지 않고 바로 1순위 카테고리로 영주권 신청에 들어갈 수 있다는 장점이 있습니다. L2 비자는 해당분야에 특별한 지식이나 기술을 가지고 있는 종업원에 대해 발급되는 비자입니다. 요리분야에서 특별한 지식이나 기술을 가지고 있다는 것을 보이면 종업원이라 하더라도 L2 신분으로 변경이 가능합니다.

마지막으로 본인이 자금을 투자하여 식당을 개업하거나 기존에 운영 중인 식당을 인수하여 E2 신분으로 변경할 수 있습니다.

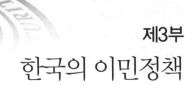

제3부
한국의 이민정책

　　해외인력이 한국에 진출함으로써 나오는 이익은 여러 가지가 있겠지만, 우선 우수 인력의 한국 유치가 최우선이다. 사실 우리는 오래전부터 이 문제의 중요성에 대해 인식해왔음에도 지금까지 진전이 없었다. 여기에는 여러 원인이 있을 것이다. 해외인력의 적극적인 유치는 10년 전, 5년 전에 비해 이제 사회적 경제적 필요성이 훨씬 증대되었다. 필자는 여기서 '유치'라고 말했지만, 실상은 인력의 문호개방을 의미한다.

　　이러한 해외인재에 대한 문호개방에 대한 필요성은 벌써 알고 있었으나, 지금까지 정부가 추진한 정책을 보면 각론에서 각 부처별로 보이기 위한 정책밖에 없었다. 통합되고 전체를 포괄할 수 있는 이민정책이 지금 대한민국에는 없다.

　　해외대학생들의 유치는 놀랄만하게 증가했지만, 정작 연구개발에 필요한 해외 고급인력은 낮은 수준이다. 이제는 해외대학생들의 유치뿐만 아니라 고급인력에 대한 전방위적 문호개방이 절실하다. 이 길만이 강국으로 가는 지름길이다.

1장

이민정책,
어떻게 세울 것인가?

I. 보편적 이민정책의 수립

보편적 이민정책이란 외국인들 중 소수 엘리트들의 이민에 집중하는 것이 아니라 일반 외국인들에게까지 문호를 대폭 확대하는 것을 뜻한다. 즉 고학력, 고도의 기술을 보유한 외국인 뿐만 아니라, 저숙련공 또는 비숙련 노동에 종사하는 외국인들에게도 문호를 개방해야 한다는 의미이다.

그러면, 왜 이러한 보편적 이민정책이 필요한가. 가장 큰 이유는 한국의 현재 인구증가율이 급속히 감소하고 있기 때문이다. 인구증감은 경제성장과 직결된다. 이렇게 볼 때 현재 대한민국 인구의 급감은 예사로운 일이 아니다. 2010년 OECD의 통계와 예측에 따르면 한국은

2020년부터 인구가 −0.02%로 감소하는 것으로 나타났다.

지난 1970년에는 우리나라의 인구증가율은 2.21%를 나타냈지만, 이후 1980년에는 1.57%, 1990년에는 0.99%로 줄었다. OECD의 전망에 따르면 2015년에는 0.1%, 2025년에는 −0.12%가 될 것으로 보인다. OECD에 따르면 2020년 OECD국가들 중 인구감소를 나타내는 국가는 독일, 러시아, 일본, 한국, 이탈리아 등 5개 국가만일 것으로 전망했다.

2014년도 11월에 게재된 〈이코노미스트〉지의 분석에 따르면 인구의 감소는 잠재적 노동력의 감소를 가져오고 다른 모든 조건이 같다고 전제할 경우 노동인구증가율이 0.5% 감소하면 경제성장률도 비슷한 수준의 수치로 감소한다고 전망했다. 나아가 경기침체는 근로자들의 조기 은퇴를 촉진하여 인구감소를 더욱 빨라지게 하는 악순환을 낳는다.

따라서 급격한 인구증가를 겪고 있는 한국으로서는 젊은 노동인구의 확보가 무엇보다 급선무이다. 현재 한국 내에서는 젊은 세대의 출산을 저해하는 요소가 너무 많다. 이러한 출산장애들을 단시간 내에 정책적으로 제거하는 것은 불가능하다. 합리적인 시간 범위 내에서 출산에 장애가 되는 사회적 제도와 관행들을 개선해 나가되, 적극적인 이민정책을 통한 젊은 노동층의 외부 '수혈'을 동시에 진행시켜야 한다. 그리하여 보다 액티브한 국내경제를 만들고 사회전체를 활성화시킬 수 있어야 할 것이다.

또한 현실적으로 한국의 경우 저숙련 또는 비숙련 노동자들이 필요하다. 이들이 합법적으로 일정기간 한국 내에서 일을 할 수 있는 비자

시스템이 필요하다. 현재 외국인노동자들에 대해 실시되고 있는 산업
연수생제도를 잠깐 살펴보자.

산업연수생으로 왔다가 2년 뒤 연수기간이 끝나면, 더 돈을 벌기
위해 불법체류를 감수하면서까지 한국에 머물려 한다. 그러다보니,
돈을 벌어야 한다는 목적이 앞서서 불법체류를 감수하면서 한국 내
체류를 계속하려는 외국인이 늘고 있다. 이러한 폐단을 없애려면 합
리적인 기간 내에서의 비자연장을 허용하고 아울러 일정한 조건이 충
족되는 경우에 이들에게도 영주권을 부여하는 것이 보다 현실적일 것
이다. 법의 임무 중의 하나는 현실과 법제도 간의 괴리를 최대한 좁히
는 것도 포함되기 때문이다. 이러한 합법적인 비자와 영주권의 테두
리에 들어오지 않고, 불법체류로 남는 외국인들에 대해서는 엄정한
법집행과 단속을 벌여야 한다.

필자가 주장하는 '보편적' 이민정책의 시행에는 몇 가지 전제가 따
르는데, 무차별적으로 저숙련 또는 비숙련 외국노동자들을 받아들여
야 한다는 뜻은 아니다. 일정한 숫자로 연간 쿼터를 설정하는 것이 필
요하다. 연간 이들 저숙련 또는 비숙련 노동자들에게 할당되는 영주
권 연간 쿼터는 산업계에서 요구하는 수요와 국내 내국인의 저숙련
또는 비숙련 노동자들의 실업률 추이, 국내의 경제상황 등을 고려하
여 결정하여야 한다.

미국 경제학계의 연구에 의하면 2007년 기준 미국 내 이민자들의
미국 경제에 대한 기여도를 액수로 환산하면 연간 370억 달러에 이른
다고 한다.[20] 미국의 경우 저숙련공 외국 노동자들은 미국 국민들 중

고학력자들의 실업률에는 거의 영향을 끼치지 않고, 또한 이들 고학력자들과 전혀 경쟁적인 관계에 있지 않음이 밝혀졌다. 다만, 저숙련 외국노동자들은 같은 레벨의 고졸 미만의 학력을 가진 미국 노동자들과는 경쟁관계에 놓이게 되는데, 대체적으로 이들의 소득을 감소시키는 영향을 끼치는 것으로 나타났다.

그러나, 이들의 소득감소가 저숙련 외국 노동자들의 유입이 유일한 원인이라기보다는 여러 가지 소득 감소 원인들 중의 하나인 것으로 결론지었다. 따라서, 무조건적으로 저숙련 외국 노동자들에 대한 문호개방이 반드시 한국 내의 노동시장과 경제에 부정적 영향을 끼치는 것만은 아니라는 점을 명심해야 할 것이다.

2. STEM 분야 인력정책의 현주소

STEM 분야를 육성하는 것은 국가의 경쟁력 확보와 직결한다. 앞서 얘기한 보편적 이민정책이 국가전체의 경제적 기반과 저력을 다지는 것이라면 STEM 분야의 문호개방과 육성은 국가경쟁의 척도이자 첨병역할을 하는 부분이다.

그동안 정부에서도 이공계 분야의 인력감소와 두뇌유출에 대해 고민하고 이에 대해 다양한 대책을 마련해 왔다. 노무현 대통령 당시에도 의욕적으로 이공계 지원책을 펼쳤지만, 효과는 내지 못하고 오히려 이공계 기피현상이 더 확산되었다. 2007년 한 해 동안만 이공계

---

20) http://www.nbcnews.com, 2007년 7월 10일.

지원을 위해 정부가 1조 238억 원이라는 돈을 썼다.

그럼에도 2007년 통계를 보면 이공계 졸업자의 40% 이상이 비전공 분야로 취업했다. 의학전문대 진학이나 고시공부로 진로를 수정하는 학생이 상당히 많았다. 뿐만 아니라 삼성경제연구소에 의하면 2000년에서 2003년 사이 해외에서 이공계 박사학위를 취득한 유학생들이 현지에 정착하는 비율이 46.3%에 육박하는 것으로 드러났다.

2010년도 기준 과학기술부 산하 정부출연 13개 연구기관에 종사하는 연구원들의 학위별 초임을 살펴보면 초라하다. 이공계 박사의 경우 최저 수준이 연간 3,900만 원, 석사는 2,400만 원, 학사는 2,200만 원을 보이고 있다.

세계에서 최고의 기술을 자랑하는 미국도 국가경쟁력 향상을 위해 오랫동안 몸부림쳐 왔다. 미국에 십수년간 살아왔지만, 현실에서 미국의 거대함을 느꼈던 경우는 거의 없었다.

그런데 정말 미국이 크게 느껴졌던 때는 플로리다 케이프케네베랄(Cape Canaveral)에 소재한 케네디 스페이스 센터에 다녀왔을 때였다. 케이프케네베랄은 필자에게 1980년 초에 미국 최초의 왕복 우주선인 컬럼비아호가 발사된 장소로 기억된다. 수십 년이 지났음에도 뉴스 화면에 비쳐진 발사 장면은 아직도 생생하다. 물론 이 장소는 컬럼비아호뿐만 아니라, 우주로 향하는 다른 미국산 로켓들의 발사장소이기도 하다.

케네디 스페이스센터를 방문했을 때 호기심 어린 초등학생의 마음으로 스페이스 센터 내에 있는 셔틀버스를 타고 이동식 로켓발사대의 거대함을 본 순간, 저것이 바로 인류역사를 견인해 온 하나의 이정표라고 생각하니 가슴이 뭉클해짐을 어쩔 수 없었다. 그 거대한 이동식 발사대만 해도 수많은 기술과 그것들을 적용함에서 시행착오가 있었다고 한다. 실제로 그 거대한 로켓 또는 우주왕복선을 제작소에서 어떻게 발사대로 옮길지 정말 어려운 과제가 아닐 수 없을 것 같았다. 로켓의 기술도 문제이지만, 그것을 발사대로 넘어뜨리지 않고 그 육중한 고체를 발사대에 정확한 위치에 옮기는 것도 여간 어려운 과제가 아님에 틀림없었다.

더 놀라웠던 것은 센터 내에 위치한 전시관에서 미국의 우주과학기술의 발전사에 대한 간략한 소개영상을 보면서 1969년 달에 처음으로 인류를 착륙시킨 지 얼마 안 된 1971년부터 이미 TF팀을 결성하여 다시 로켓을 쓸 수 있는 스페이스 셔틀의 개념을 고안하여 프로토타입을 만드는데 착수한 점이었다.

우리 한국은 2013년 1월 30일 겨우 로켓을 발사하고 궤도에 안착시키는 데 성공했다. '겨우' 라는 용어를 사용했지만, 로켓 발사를 성공시키는 것만 해도 사실 대단한 기술이다. '겨우' 라는 말은 미국이 이미 1969년에 달 착륙에 성공하고, 1971년에 이미 스페이스 셔틀의 개념을 고안한 것과 비교하자면 그 기술 격차를 뜻하는 상대적으로 사용한 뜻일 뿐, 절대 한국의 우주과학기술을 비하할 뜻으로 적은 것은 아니다. 어쨌거나 한국은 2013년에 로켓을 쏘아 올렸는데, 미국은 1971년 이미 로켓발사를 넘어 스페이스 셔틀 제작에 착수했다니 대단하지 않을 수 없다.

우리 정부도 최근 2014년 1월 '해외우수인재유치활용' 방안을 발표했다. 여러 가지 중 장기적인 방향을 제시했으나, 구체적인 내용은 남고 있시 않고, 많은 내용들이 아직 추상적 수준에 머물고 있다. 과학분야에서의 해외 인재 유치 방안들을 살펴보자면, 성과 내기 또는 프로젝트성 방안에 머문다는 인상을 지울 수 없다. 한층 진일보한 해외 STEM 인력유치를 위해서는 전면적인 해외 STEM 인력유치 정책의 대대적 수술이 불가피하다. 이는 이민정책과 교육정책을 잘 조합시키는 기반 위에서 진행되어야 할 것이다.

3. 블룸버그 전 시장의 자동영주권 부여안

마이클 블룸버그 전 시장이 말한 적이 있는 STEM 학위 소지자에 대한 자동 영주권 부여안도 많이 회자되어 왔다. 이러한 의견을 일부 한국 내 학자 또는 실무자들이 받아서 역시 같이 이공계 석·박사 소지 외국인에 대해서 자동으로 영주권을 부여하자는 의견을 내고 있다.

'자동 영주권 부여안' 이 상당히 전폭적이고 매력적이기는 하지만, 이는 현실적인 면을 고려하지 않는 안이다.

STEM 분야 석·박사 학위를 취득하자마자 바로 영주권을 주게 되면 도덕적 해이와 동기상실을 낳을 수 있다. STEM 분야의 석·박사 학위가 목적이 아니라 한국 내에서의 장기체류가 오히려 주 목적이 되어 본말이 전도될 가능성이 많다. 이는 한국 내 대학들의 재정상태

가 열악하여 무분별한 외국유학생 유치에 나서는 현실과 맞물려 시간
이 흐를수록 많은 부작용을 낳을 수 있다. 또한, 졸업장만 나오면 자
동으로 영주권이 나오기 때문에 굳이 머리 아픈 STEM 분야에 일하
기보다는 학위만 받고 STEM 분야와 다른 분야에서 일을 할 수 있는
동기를 낳는다.

또한, STEM 분야에서의 우수한 학위자와 우수하지 못한 학위자
사이의 차별성을 두지 않는 문제가 있다. 어쨌든 학위만 받으면 되니,
힘들게 업적을 올리거나 우수한 논문을 쓸 필요가 없는 나태함을 낳
을 수 있는 것이다. 따라서 필자는 STEM 학위 졸업자들에게 다음과
같은 조건으로 영주권을 부여하는 방안을 제안한다.

STEM 분야에서의 한국 내 소재 대학에서 받은 석·박사 학위를
보유한 자들 중

첫째, 졸업 후 2년 내에 SCI 선정 학술지중 영향력 지수기준 50위
권 내에 등재된 학술지 또는 이에 준하는 관련 분야 학술지에 한 편
이상의 논문을 게재한 자,

둘째, 졸업 후 2년 내에 전공분야 관련된 제품 또는 기술로 국내외
특허등록을 한 자,

셋째, 졸업 후 2년 내에 전공분야와 관련된 제품 또는 기술로 벤처
기업을 창업하여 국가기관으로부터 벤처기업 인증을 받은 자,

넷째, 지도교수를 제외한 전공분야의 국내외 박사급 이상 전문가
또는 학자로부터 5인 이상의 추천서를 제출한 자,

다섯째, 영주권 취득 후 향후 연구 또는 기업활동 계획을 제출한 자

이다.

이들 STEM 학위 보유 외국인들에 대해서는 미국 노동청에서 정하는 임금레벨 기준 또는 한국 내 5대 대기업 과장급(석사학위자) 또는 부장급(박사학위자) 임금을 최소 금액으로 하고, 고용주가 실제 지급하는 임금과 이러한 최저 임금 사이의 차액은 국가가 보조해주는 것으로 해야 한다. 또한, STEM 학위 보유자에 대하여 영주권 취득 후 일정 기간 소득세를 감면해주는 방안도 고려해 볼 수 있다. STEM 학위 보유 외국인들이 벤처기업을 한국 내에 창업할 경우 대폭적인 세제 감면과 관련법률 조력지원, 벤처공동단지(가칭)의 5년간 무상 임대를 제공하는 것도 한 방법이 될 수 있다.

정확한 데이터는 없지만 현재 전세계적으로 볼 때 STEM 분야의 고학력자의 공급이 수요를 따라가지 못하고 있다. 국가별 이주조건 난이도에 따른 차이는 있지만 STEM 분야의 고학력자의 이동은 국가적으로 어렵지는 않다. 어렵지 않게 더 좋은 조건을 제공하는 국가 또는 기업으로 이직할 수 있는 것이다. 따라서, 이들을 유치하는 경쟁관계를 전 세계와 지역으로 확대해서 보고 어떻게 이들을 유치하여 국가경쟁력에 이바지할 수 있을까에 초점을 맞춰야 한다.

4. 유학생비자문제는 어떻게 해야 하나?

한국의 경우에도 외국인 학생들에 대한 비자제도를 전폭적으로 개방하여 전략적으로 활용할 수 있어야 한다. 현재 한국의 경우 외국 유학생들에게 1년짜리 유학비자를 발급한다. 따라서 학업기간이 1년 이상일 때에는 매년 갱신 신청을 해야 하는 번거로움이 있다. 이 부분은 미국과 같은 구체적인 연한을 두지 않고 학업기간 동안 학생신분 유지가 가능한 연한의 학생비자로 제도 개선이 되어야 한다.

2014년 8월부터 한국 내 어학원에서도 유학비자를 발급할 수 있도록 제도를 개선했다. 거시적으로 볼 때에는 환영할만한 일이다. 그러나, 같은 제도를 가지고 있는 미국과 달리 한국의 경우는 과연 한국어가 영어만큼의 폭발적인 수요를 가지고 있는 언어인가, 어학원에 등록하는 외국인 학생들을 효율적으로 관리할 수 있을 만큼 한국 내의 유학생정보시스템(FIMS)과 사후 관리체계가 탄탄한가에 대해 냉철히 생각해보아야 한다. 어학원에서의 유학비자 발급자격은 크게는 올바른 방향이지만 아직 유학생관리체계가 잡히지 않은 현 상황 하에서는 향후 부작용이 더 클 것으로 전망된다.

1) 유학생 관리 시스템

미국도 현재 SEVIS란 시스템하에 유학생관리를 하고 있고, 1차적으로 각 학교의 담당자가 자신의 학교 학생들에 대한 기록 관리를 이민국에서 위임받아 전담하고 있다. 학교담당자들에게 권한을 이양하여 관리하고 있는 유학생관리 시스템은 관리체계의 많은 문제점을 노출하고 있기 때문에 크게 찬성하고 싶지는 않다.

무엇보다 학교 담당자들이 유학생관리 시스템에 대한 전문지식이 부족하다. 또한, 유학생관련 이민법규에 대해 무지한 경우가 많아 그

피해가 종종 고스란히 유학생에게 전가된다. 그리고, 시스템담당자들의 독립성과 강직성이 요구되는데, 아직 한국문화에서는 이들 학교 담낭자들이 각종 뇌물이나 사적인 요구에 응하여 각종 비리가 생겨날 가능성이 많다. 따라서 한국에서의 유학생관리 시스템은 이민관련 중앙행정기구 산하 부처에서 일괄적으로 관리하는 것이 아직은 장점이 더 많다고 생각된다.

2) 창업비자란 무엇인가?

한국의 경우 창업비자라는 종류가 있기는 하지만, 학사학위 이상이어야 하고, 지식재산권을 보유 또는 이에 준하는 기술력을 보유하고 있다는 것을 증명해야 한다. 지식재산권을 보유 조건으로 내세우는 것은 창업비자를 받기 전에 보유한 기술에 대해 지식재산권을 먼저 취득할 것을 요구하는 것으로 이것은 창업활동을 더디게 할 수 있다.

또한 지식재산권 보유에 준하는 기술력도 그 기준이 모호하기 때문에 심사관의 주관적 재량에 창업비자의 혜택을 받지 못하는 사람들이 생겨날 수 있다. 그러므로, 창업비자의 요건을 개선하든지 아니면, 학위과정 졸업 후에 다른 비자를 보유하지 않고도 2년 기간 동안 창업 또는 취업활동을 선택적으로 할 수 있게끔 하는 '훈련기간'을 부여하는 것이 더 타당하다고 본다.

5. 지문날인제도

우리나라에서 외국인을 대상으로 실시했던 지문날인 제도는 노무현 대통령 시절인 2004년 7월에 폐지되었다. 이유는 우리나라에 입국하는 외국인들의 인권을 보호하기 위한 것이 주된 이유였다. 그러다가 2012년 7월 외국인을 대상으로 하는 지문날인제도는 다시 부활되었다. 이유는 국내 외국인 범죄의 증가와 국가 안보 및 테러위험의 사전 방지를 위한 것이었다.

2004년 한국에서 외국인 지문날인 폐지를 위해 나왔던 가장 큰 이유가 인권침해 문제였지만, 보다 구체적으로는 개인의 사생활, 즉 프라이버시 침해가 가장 큰 문제이다. 오늘날 국가기관의 개인에 대한 직간접적인 정보채취는 우리가 생각하는 것 이상으로 깊게 그리고 널리 행해지고 있다.

2004년의 폐지에 대한 논의를 살펴보자면 이러한 구체적인 폐해를 정확히 모르고, 외국인의 인권 보호에 많이 치중하여 다른 요소들을 고려해야 하는 것을 놓쳤다. 또한 지문날인 제도에 대한 세계적인 입법 및 정책의 추세가 어디로 흘러가고 있는지 정확히 모르고 잘못된 정보로 오판하고 있었음이 명확히 눈에 띈다.

6. 난민 문제는 어떻게 할 것인가?

1) 북한 '난민'의 수용

위의 언론 보도를 보자면 탈북자의 해외정착문제가 점점 어려워지고 있다. 북한의 현실을 견딜 수 없어 탈북한 망명자들, 난민들을 누가 어떻게 수용할 것인가. 남북통일을 이 시대 지식인이 짊어져할 민족최대의 과제라고 언급되어 왔지만, 북한난민 문제가 바로 발등 앞에 떨어진 최대의 과제이다. 중국에서도 정치적인 사유로 망명이 거부되고, 미국은 가기에 너무 멀고, 인권에서 전향적인 유럽도 거부한다면 북한 난민들은 고향을 떠나 도대체 어디로 향해야 한단 말인가.

북한주민이 북한을 떠나 한국에 정착하는 것을 광의 개념으로 보면 이민정책의 하나에 속한다. 북한주민이 한국 또는 제3국으로 탈출하여 이주를 시도할 경우, 이들을 난민으로 볼 것인가에 대하여는 통일된 견해가 없다. 대한민국 헌법에 따르면 '대한민국의 영토는 한반도와 그 부속도서로 한다'라고 규정되어 있기 때문에 북한도 별개의 국가가 아니라 대한민국의 일부 영토이다.

이런 견해를 수용한다면 북한을 탈출한 주민들은 난민으로 규정짓기 어렵다. 그와는 반대로 북한을 하나의 국가로 인정할 때 난민으로 규정지을 수 있는 것이다. 유엔고등판무관실(UNHRC)은 탈북자들에 대해 대한민국 국적이라는 이유로 난민의 지위를 인정하지 않고 있으며, 탈북자들에 대해 남한과 북한의 이중국적 소지자들로 간주하고, 난민지위를 인정하자는 의견들이 대두되고 있다.

북한에서 이탈한 북한주민을 난민으로 간주할 경우 몇 가지 이슈들

탈북자들이 유럽에서 정착하는 것이 점점 더 어려워지고 있다고 미국의 자유아시아방송(RFA)이 16일 보도했다.

영국에 본부를 둔 인권단체 유럽북한인권협회(EAHRNK)는 '유럽 난민 정책과 탈북자'라는 제목의 보고서에서 "최근 몇년간 북한 망명자들이 유럽 국가에서 난민 지위를 획득하는 데 어려움을 겪고 있다"고 밝혔다. 보고서에 따르면 2013년 영국은 탈북자들의 난민 신청 40건 가운데 30건을 거부했다. 2014년에는 23명이 난민 신청을 했으나 17명이 거절당했다. 거절된 비율 자체는 비슷한 수준이지만 전체적으로 정착이 성사된 탈북자의 규모가 큰 폭으로 줄어든 것이다.

네덜란드의 경우 2012년에는 29건 중 5건만이 거부됐으나 2013년에는 140건 중 128건이 거부당했다. 또 2013년 벨기에에서는 126건 중 99건이 거부됐고, 프랑스와 스웨덴에서는 각각 19건과 5건 모두가 거부됐다.

빌리 데이비스 EAHRNK 조사관은 "유럽 국가들의 탈북자들에 대한 판단이 현재 유연성과 경직성 사이에서 불안정한 상태"라고 지적했다. 그는 이어 "난민 관련 법률이 탈북자들에게 공평하고 평등한 대우를 보장해야 하며, 정부는 긴급한 위기 상황에서 탈출한 북한 주민을 보호하기 위한 폭넓은 인도주의적 대응을 취해야 한다"고 조언했다. 앞서 한국 국적을 취득한 탈북자들이 제3국에 체류하는 탈북자로 위장해 난민 신청을 하는 '위장 난민'을 막고자 영국과 캐나다 정부가 탈북자에 대한 자격 심사를 강화한 바 있다.

(출처=국민일보, 2015년 6월 16일)

이 제기된다. 우선 북한에서 급변사태가 났을 때 북한주민들이 과연 대량으로 탈북할 것인가이다. 여기에는 다수의 이견들이 있다. 북한의 급변 사태 중 대량 딜북의 가능싱이 높은 경우는 다음으로 본다.

첫째, 식량난과 전염병의 창궐

둘째, 핵시설폭발과 방사능누출 등에 의한 대규모 환경재난

셋째, 정치적혼란에 따른 군 · 보위 · 보안기관 등의 극심한 수탈과 억압

넷째, 내전 등에 의한 전쟁상황 등이다.[21]

현재까지 논의되고 있는 의견을 보면, 탈북주민의 탈북루트는 다섯 가지 루트로 요약된다. 첫째 함경도와 양강도에서 두만강을 넘어 중국으로 가는 루트이다. 두 번째 루트는 두만강을 넘어서 러시아로 가는 루트이다. 세 번째 루트는 배를 타고 동해를 통해 한국과 일본으로 가는 루트이다. 네 번째 루트는 서해에서 한국으로 가는 루트이다.[22] 다섯 번째 루트는 금강산과 판문점 근처의 비무장지대를 통한 루트이다.

북한에서 급변사태가 났을 때, 어느 정도 규모의 북한주민들이 위의 예상루트를 이용하여 올 것인가가 난민정책의 기조를 마련하는 데 중요하다. 난민정책의 기본 방향은 단순 수용이 아니라 사회적통합이

---

21) 북한급변사태 시 대량난민 발생 전망과 대책 (2013), NDI Policy Seminar, '북한특징의 급변사태' 와 대량 탈북난민 예방 · 통제 대책 (2013), 손광주, p. 36

22) Id. p 35.

라는 목표 하에서 추진되어야 한다.

난민정책이 중요한 이유는 북한주민의 탈북사태를 지혜롭게 잘 넘어갈 경우 강력한 통일한국으로 거듭나고 동북아 지역의 명실상부한 리더역할국으로 나갈 수 있는 갈림길이 되기 때문이다. 자칫 탈북주민과 사태에 미숙하게 대응할 경우 경제가 후퇴하고 사회갈등을 증폭시킬 수 있다. 이렇게 되면 우리가 그리고 있던 강한 통일한국은 물 건너가는 것이다. 비틀거리다가 세월이 지난 뒤 겨우 일어설 것인가 아니면 처음부터 단단히 준비하여 동북아의 강국으로 우뚝 설 것인가가 탈북주민의 수용에서 판가름이 날 문제이다.

2) 북한 난민 캠프의 운영

대량 난민 문제를 겪었거나 겪고 있는 다른 나라들의 사례를 보면 대체적으로 난민수용캠프를 설치하여 난민들이 적응하기까지 우선적으로 여기에서 거주하게 한다. 앞서 살펴 본 미국이 베트남 난민들에 대해 실시한 정책에서도 마찬가지였다. 과도기적 시기에 난민들을 수용하여 적응시킨다는 측면에서 난민캠프는 필요하다. 그러나, 난민캠프로 다 끝나는 것은 아니고, 난민캠프 자체가 여러 가지 문제점과 한계성을 가지고 있기 때문에 반드시 보완이 필요하다. 궁극에는 난민캠프 수용자들을 물리적인 한국 사회 실질적인 공간에 정착시키는 시스템이 필요하다.

터키의 경우 시리아 대량 난민사태가 발생했을 때, 자국에서 설치한 캠프에 많은 시리아 난민들을 우선적으로 거주시켰다. 이들 중 많은 시리아 난민들이 캠프를 벗어나 터키의 타운 내로 이주하거나, 일자리를 찾아 벗어나는 경우가 많았다.[23]

북한주민의 달북 시 캠프를 벗어나 실세 한국 내 노시로 주거를 옮기려는 북한 주민들이 많을 것으로 예상된다. 이는 직업을 찾아서 떠나려는 경제적인 면과 캠프 내에서의 처우 및 복지, 미래에 대한 불안감 등 복합적인 요인이 작용하기 때문일 것으로 추측된다.

그러면 북한주민들을 위한 난민캠프는 어디에 설치하는 것이 좋을까. 북한주민들의 탈북루트로 예상되는 지역 근처와 북한과의 접경지역에 난민캠프를 설치하는 것이 이상적이다. 난민캠프의 운용은 민간단체에 맡기되 정부가 감독하는 형태가 되는 것이 바람직하다. 이는 많은 난민들을 한정된 정부부처 인원이 관리하는 것은 현실적으로 불가능할 뿐더러, 갈등 발생시 북한 주민과의 불필요한 마찰과 정부에 대한 직접적인 불신을 낳을 수 있기 때문이다.

이러한 난민캠프시스템에서 문제가 되는 것이 난민들을 관리하고 캠프들을 효과적으로 운영할 수 있는 능력을 가진 한국 내 민간단체가 거의 없다는 점이다. 국제 난민관련 민간단체의 조력을 받을 수 있겠지만, 근본적으로는 한국 정부에서 지금이라도 관련 민간단체들과 인력에 대한 훈련과 운영 프로그램 마련에 적극적으로 지원을 나서야 할 것이다.

난민캠프를 운영할 민간단체에 대한 정부의 객관적이고 투명한 심사기준이 시급히 마련되어야 하고, 정부의 심사가 신속히 결정될 수

---

23) Kemal Kiriçci and Raj Salooja, Northern Exodus : How Turkey Can Integrate Syrian Refugees, Brookings Institute(April1 5,2014).

있는 시스템을 갖추어야 할 것이다. 이는 터키 소재 국제난민단체들이 터키정부의 느린 인허가 시스템에 대한-인허가를 받는 데만 1년 이상이 소요된다고 한다- 불만이 폭증하는 사례에서도 볼 수 있다.[24)

이로 인해 터키에서는 지방정부의 암묵적 묵인 하에 난민구호단체들이 활동하고 있는 경우가 많았다. 정부의 인허가와 사후 감독이 중요한 것은 자칫 자격이 없는 민간 난민단체들이 난립하여 정책과 실무 혼선을 부추길 우려가 있다. 뿐만 아니라 정부 지원금만 노려 명색만 난민구호 활동을 펼치는 유령 시민단체도 활개를 칠 가능성이 있기 때문이다.

탈북한 북한 주민들에게 심리적 좌절감과 불안감을 최소화 할 수 있는 방법은 결국 그들에게 적절한 일자리를 제공하는 것이다. 난민캠프 내에서의 지원은 긴급 구호를 위해 지원하는 성격으로 기본적인 한계를 가지고 있다.

한국에서의 안정적인 기반을 확충하기 위해서는 경제적 기반의 확충이 필수적이다. 따라서 탈북 북한주민에게는 일을 할 수 있는 자격을 부여해야 한다. 그러나 모든 탈북 북한주민에게 노동 자격을 부여할 수는 없고 난민심사 후 난민으로 인정받거나 또는 체류유예(parole)를 허가 받은 북한 주민에 한정해야 할 것이다.

탈북 북한 주민에게 일을 할 수 있는 자격을 부여하지 않을 경우, 불법으로 일을 할 수 밖에 없게 되고 이를 둘러싼 고용주의 불법 고용, 이러한 직업을 알선하는 불법 브로커들이 난립할 수 있다. 탈북 북한 주민을 불법으로 전락시켜 제도권 밖으로 돌게 하는 것은 사회

---

24) Id.

통합이나 치안 등의 면에서 볼 때 바람직하지 않다.

　필자의 견해로는 난민이나 체류유예를 받은 북한 주민들에게는 1
년 내지는 일정기간 경과 후, 중범죄 등의 기록이 없는 한 영주권 또
는 대한민국 국적을 부여하는 것이 바람직하다고 본다. 난민 인정과
동시에 영주권 부여보다는 1년 정도의 유예기간을 가지는 것이 좋은
이유는 다음과 같다.

　한국으로 온 북한 주민들의 경우 1차적으로 한국을 택하기는 했지
만, 후에 본인들이 한국보다는 중국이나 제3국으로 가서 정착하기를
원할 수도 있다. 이런 경우, 억지로 영주권 또는 대한민국 국적을 부
여하기보다는 당사자들의 의사를 존중하여 정착지를 결정하도록 함
이 바람직할 것이다.

　그에 반해, 북한으로 다시 돌아가길 희망하는 사람이 있을 수도 있
다. 이는 북한 내의 정치 및 사회적 상황에 따라서 북한으로 돌아가기
를 희망하는 사람이 많아질 수도 있고 적어질 수 도있다. 이러한 의미
에서 볼 때, 난민 인정 또는 체류유예 후 일정한 유예기간을 둔 뒤에
영주권이나 대한민국 국적을 부여하는 것이 여러 가지로 바람직하다
고 본다.

3) 북한 난민의 지원

　독일의 경우 동독사람들에게 무분별한 노동허가를 독일 내에서 허
락하지는 않았다. 독일은 통일 후 동독 및 폴란드를 비롯한 동구권에
서 넘어오는 외국인 노동자들에 대해 몇 개의 그룹으로 분류하여 제

한적으로 독일 내에서 노동을 할 수 있는 권리를 부여하였다.

독일은 1990년과 1991년에 주변 중부 및 동구 유럽 국가들과 협정을 맺고, 프로젝트 연관된 노동자(projected tied worker), 계절취업 노동자(seasonal worker), 국경지역 왕래 취업 노동자(border commuter), 신규 방문노동자(new guest workder), 간호사 등의 그룹으로 분류하여 제한적으로 노동을 할 수 있게 하였다.[25]

그러면, 한국 내에서 북한난민들이 일을 할 수 있는 법적지위를 가지게 된다면 그 이후 어떤 조치들이 따라와야 할까. 먼저 한국에서 일을 할 수 있는 자격을 부여받은 북한주민에게 필수적으로 한국에서의 직장업무를 수행할 수 있는 직업훈련이 실시되어야 한다. 직업훈련이나 한국 내에서의 취업은 근본적으로 빈곤의 악순환을 한국에서는 되풀이되지 않게끔 하는데 주안점을 두어야 한다. 형식적인 내용의 재취업 교육, 제도를 위한 제도에 머무는 것이 아니라 실질적으로 탈북자가 조금이라도 빨리 빈곤에서 벗어날 수 있는 시스템을 갖추게 하는 것이 중요하다.

탈북자들은 무엇보다도 한국에서의 직장관행, 고용주가 바라는 사항들, 임금체계, 기본적인 노동법 사항 등에 대하여 제대로 알지 못하고 있으므로, 탈북자에 대한 충분한 정보의 제공과 기본사항 교육이 병행되어야 한다. 이러한 직장인으로서의 기본적인 소양교육과 더불어 기업체에 대한 교육도 필요하다.

특히 기업들은 탈북자에 대한 차별이 회사 내에서 없도록 만전을

---

25) Elmar Hönekopp, Labour Migration to Germany from Central and Eastern Europe-Old and New Trends, IAB Labour Market Research Topics, 23(1997).

기해야 한다. 아직까지 한국에서는 회사 내에서의 차별 문제를 그리 심각하게 인식하지 못하는 경우가 많다. 차별의 문제는 성, 나이, 인종, 종교 등 광범위한 영역과 연계되어 있다. 미국에서는 성별에 따른 직장 내 차별의 문제가 자주 소송의 원인으로 제기되고 있다. 비슷한 맥락에서 북한출신과 한국출신의 이중구분으로 직장 내 차별이 나타나지 않도록 기업체에서는 끊임없는 교육과 계도를 실시해야 할 것이다.

북한에서 받은 교육과 취득한 기술이 한국 내에서 용이하게 전환될 수 있도록 적절한 시스템의 확충도 중요하다. 이는 탈북자들의 빠른 취업과 취업률 자체와 직결되기 때문이다. 의사, 변호사, 건축사 등 라이센스와 직결된 직종은 한국 정부가 직접 나서기보다는 한국 내 해당 협회 내에서 라이센스 전환에 대한 자체 기준안을 만드는 것이 더 적당하다. 또한, 북한에서 받은 교육, 예컨대 북한 소재 대학교를 졸업했을 경우 한국 내 4년제 대학 졸업 후 받는 학사학위와 동등한지의 여부에 대한 자체 기준 및 심사절차도 마련해야 한다. 북한 내에서 받은 교육과 취득한 라이센스에 대한 신속한 판단과 결정이 무엇보다 중요하다.

탈북 북한주민에 대한 교육문제도 시급하다. 자세한 교육정책들은 관련 전문가 및 당국에서 잘 시행하리라 믿지만, 탈북주민들, 성인이나 청소년층 모두가 상대적 박탈감, 이질감, 심리적 불안감에 휩싸여 있기 때문에 적절한 교육문제가 상당히 중요한 의미를 가진다.

먼저 남북한의 언어의 이질성이 크기 때문에 기본적인 언어사용의 차이에 대한 교육 프로그램이 만들어져야 한다. 이러한 교육 프로그램은 정부가 민간 전문 기관에 용역을 주어 통일된 언어 통합 교육 프로그램을 마련하는 것이 좋을 것이다. 이렇게 되면 어느 기관에 가서 위탁 교육을 받던지 동일한 체계 내에서 교육을 받게 되고 다른 기관에 가더라도 다음 레벨부터 교육을 받을 수 있는 이점이 있다.

그리고, 통합언어 교육을 실시하는 기관들에 대한 중앙정부 차원에서의 전액 예산 지원도 필요하다. 지방 정부로부터 예산을 쓰게 되면 지방정부의 재정상태에 따라 지원 예산의 변동이 있게 되고, 지원 예산이 전액 교육기관을 위해 쓰이지 않고 관련 분야로 전용될 수 있는 가능성도 있기 때문이다.

탈북 북한주민의 난민 또는 체류 유예 자격을 심사할 때에는 관련 기관에서 접수비 등 일체를 받지 않아야 한다. 이는 탈북자들의 가족을 한국으로 초청하여 영주권을 부여하는 과정에 있어서도 마찬가지이다.

또한, 탈북 북한주민의 난민 또는 체류유예 자격을 심사할 때 무엇보다도 지문채취가 필요하다. 이는 향후 넘쳐나는 북한주민의 관리와 궁극적으로는 한국 국민으로의 편입시 관리를 위해서도 필요한 사항이다. 그러나, 지문채취를 넘어서는 과도한 신원확인 제도, 예컨대 DNA 채취 등은 금지시켜야 한다. 과도한 신원확인 자체가 우선 탈북자들에 대한 심리적 저항감과 한국사회와의 동질성을 심화시킬 수 있기 때문이다. 이를 위해서는 앞에서 살펴 본 바와 같이 외국인에 대한 지문채취 제도와 통합하여 엄격한 요건 하에서 실시할 필요성이 있다.

북한주민의 난민 또는 체류유예 자격을 심사하는 데 있어서 신속한 심사가 되게끔 시스템이 갖추어져야 한다. 이를 위해서는 심사관의 적정한 확충과 이에 부가되는 제반 시스템이 갖추어져야 할 것이다. 앞서 기술한 바대로, 미국의 경우 유엔의 고등난민판무관실과 협력하여 난민자격을 판단하고 있다. 일정한 유형의 난민에 대해서는 유엔과의 협력이 필요하다고 본다. 대량의 탈북사태가 나기 전부터 유엔 고등난민판무관실과의 협력을 통해 적절한 교육과 연수를 미리 하여 사전 지식과 도움을 쌓는 것도 도움이 될 것이다.

7. 불법체류자의 단속 및 관리

한국 내 외국인 불법체류자 숫자가 갈수록 늘고 있다. 2012년 말 현재 불법체류 외국인의 숫자는 약 18만 명, 2014년 말에는 24만 명에 육박할 것으로 예측하고 있다. 외국인의 불법체류 문제는 국경을 접하고 있는 국가라면 예외 없이 직면하는 문제이다. 현실적으로 불법체류 외국인이 자국에 한 명도 없게 할 수는 없다.

그러나, 불법체류 외국인 숫자를 최소화시키지 않을 경우 사회적 갈등과 통합에 심한 부작용을 가져올 수 있다. 이미 이런 문제들이 한국사회에 나타나기 시작했다. 한국 정부에서는 단속을 하고 여러 가지 방안을 내놓고 있지만, 소수의 단속인력과 급증하는 외국인 불법노동자의 숫자를 볼 때 효과적인 단속을 기대하기는 어렵다. 잠깐 언론의 보도를 살펴보면 현재 한국 내 출입국관리 시스템에서 얼마나 쉽게 불법체류로 지낼 수 있는지 알 수 있다.

제적·휴학 등으로 학업에서 이탈한 외국인 유학생들에 대한 출입국 관리가 허술하게 이뤄져 불법체류자를 양산할 우려가 큰 것으로 나타났다. 6일 감사원은 지난 해 12월 실시했던 법무부 기관운영 감사 결과를 발표하고 법무부 장관에게 외국인 유학생 체류관리 업무에 대한 지도·감독을 철저히 하라며 주의를 요구했다.

감사원에 따르면 법무부 소속 14개 출입국관리사무소는 지난 2013~2014년에 58개 대학으로부터 외국인유학생 191명이 이탈한 사실을 통보받고도 짧게는 1개월에서 길게는 1년 10개월까지 출석통지서 발부 등의 조치를 취하지 않았다. 지난 해 마련된 법무부 지침은 출입국관리사무소가 각 대학으로부터 외국인유학생의 이탈 사실을 통보받았을 경우에는 해당 유학생에 대하여 14일 이내에 출석하라고 통지해 소명기회를 부여하고 소재가 불분명할 때는 체류허가를 취소하는 등의 조치를 취하도록 규정하고 있지만 사실상 이를 방치한 것이다. 또 법무부는 또 17개 대학이 소속 외국인 유학생에 대한 신분 변동을 제대로 신고하지 않았는데도 별다른 조치를 내리지 않은 것으로도 이날 드러났다.

(출처= 매일경제 2015년 4월 6일)

현재 한국 내 불법체류 외국인의 숫자가 대략 20만 명에 달하는 것으로 추산하는데, 지금 출입국관리를 체계화, 엄격화 해놓지 않으면

폭증하는 불법체류외국인 단속에 큰 애로를 겪을 수 있다. 불법체류 외국인의 문제는 심각한 사안인데도 정부당국은 아직까지 인지가 미흡한 것 같다. 사실 미국에서도 불법체류 외국인들의 문제로 골머리를 앓고 있다. 불법체류자들의 사면문제에 대해서 항상 국가전체적으로 뜨거운 이슈가 되어왔다.

한국 내의 불법체류 외국인을 단속 관리하는 체계와 관련 법률을 보면 여러 가지 문제점을 안고 있다. 무엇보다 불법체류자의 단속에서 공통적으로 나타나고 있는 문제점은 인권의 과다한 강조이다. 외국인 불법체류자의 인권을 보호하자는 취지로 국가인권위원회가 과다하게 개입하여 지나치게 인권에 편중된 권고를 자주 내리고 있다.

잠깐 국내 언론사의 기사를 살펴보자.

출입국관리사무소 직원들이 외국인 불법체류자를 단속할 때 명확한 고지나 사전동의 없이 개인이 운영하는 음식점에 들어가 단속한 것은 식당 업주에 대한 인권침해라는 국가인권위원회의 결정이 나왔다.

10일 인권위에 따르면 지난 2월 경기도 화성의 한 아파트 건설현장 근로자들을 상대로 하는 식당에 출입국관리사무소 단속팀이 들이닥쳐 점심 중이던 내국인과 외국인에게 신분증을 요구하는 등 영업을 방해했다는 진정이 인권위에 접수됐다. 단속팀장은 식당 측의 사전 동의를 받았고 출구 밖에서 대기하다 식사를 마치고 나오는 외국인 위주로 신분 확인을 했다고 주장했지만, 인권위 조사결과는 달랐다. 당사자들의 주장과 폐쇄회로(CCTV) 촬영 영상 등을 종합한 결과 단속팀은 입구에서 식당 주인과 그 부친의 등 뒤로 신분증을 잠깐 펼쳐보인 게 사전고지 절차의 전부였다. 단속팀은 식사를 마치고 나가려는 사람의 팔을 잡아 밖으로 데리고 나가는 등 사실상 식당 안에서 단속행위를 했다. 이 과정에서 주인의 항의를 받기도 했다.

이에 인권위는 단속팀이 출입국관리법을 위반, 헌법 제15조와 제16조가 보장하는 영업의 자유와 주거의 자유를 침해한 것으로 판단했다. 출입국관리법은 용의자의 주거지 또는 물건을 검사할 때 용의자의 동의를 받도록 했으며, 그 시행령 제61조는 용의자와 관련 있는 제3자의 주거지나 물건을 검사할 때 미리 제3자의 동의를 받아야 한다고 규정하고 있다. 인권위는 해당 출입국관리사무소장에게 단속팀장을 경고조치하고 직원들을 상대로 인권교육을 하라고 권고했다.

(출처= 연합뉴스 2014년 9월 10일)

한국에는 아직 미국과 같은 이민법이 제정되어 있지 않다. 그에 상응하는 기능을 하는 것이 출입국관리법이다. 미국에서 이민규정에 관한 권한은 미국의 수정헌법에 직접적으로 명시되어 있지는 않은 상태이다. 역사적으로 인정되어 온 이민에 관한 권한은 전속적인(plenary) 권한으로 인정되어 왔다. 즉 행정부가 내린 결정이나 권한에 대해서는 사법부는 개입하지 않는 원칙을 고수해왔다. 이렇게 이민에 관한 사항을 행정부의 전속적인 권한으로 보며 개입하지 않는 전통적 원칙에서 벗어나 9·11 사태 이후 미국 사법부는 제한되기는 하지만 개입금지에서 조금씩 탈피하고 있는 추세이다.

또한, 미국에서 이민법은 어디까지나 민사법의 한 부분이다. 형사법은 아닌 것이다. 형사법일 경우 민사법과 구분되는 여러 가지 특징과 당사자가 당연히 누려야할 권리들이 있다. 예컨대, 변호사의 조력을 받을 권리, 배심원재판을 받을 권리, 보석(bail)을 청구할 수 있는 권리 등이다. 이들 권리들은 민사법일 경우 적용되지 않는 권리들이다.

한국과 미국의 법체계는 엄연히 다르다. 크게는 미국은 영미법 체계하에 있고, 한국은 대륙법 체계를 따른다. 한국의 헌법상 이민에 관한 권한과 힘이 헌법에 명시되어 있지는 않다. 그러나, 공공의 안전을 위해서 외국인에 대한 행정부의 필요상의 조치는 정당하다고 간주되어야 한다. 신문기사에서 언급한 사례에서 출입국관리법의 관련 조항이 영업의 자유와 주거의 자유를 침해한 것으로 얘기하지만, 행정부의 이러한 조치는 헌법상의 보장된 권리보다 하위의 개념이 아니라고 보는 것이 맞다. 따라서 공공의 안전을 위해 인정될 경우 이들 영업의 자유와 주거의 자유에 대한 제한은 정당하다.

1) 전자고용확인시스템의 채택

어떻게 하면 불법체류 외국인을 방지할 수 있을까. 이는 웬만큼 사는 나라라면 어떤 나라든지 처해있는 고민거리다. 따지고 보면 외국인이 불법체류를 감수해가면서 타국에 머물고자 하는 이유는 무엇보다도 그 나라에서 일을 할 수 있고, 그로 인한 수입이 자신의 나라에서 벌어들이는 수입보다 월등히 많기 때문이다. 그렇기 때문에, 불법 체류라는 것을 감수하면서 돈을 벌고자 하는 것이다.

그렇다면 불법체류를 방지할 수 있는 가장 큰 수단은 돈벌이의 근원이 되는 고용주들을 감시, 단속하는 것이 가장 효과적이라는 결론이 나온다. 이러한 사용자 위주의 처벌원칙은 주요국가의 불법방지청책의 가장 최근 흐름을 이루고 있다. 독일은 적발된 기업에 대해 이윤세를 부과하고 프랑스는 자유형을 부과한다. 이에 반해 미국은 막대한 금액의 과징금과 형사처벌을 가하고 있다.

여기서 한국 내 불법체류 외국인과 고용의 실태에 대해 언론에 비춰진 모습을 잠깐 살펴보자.

사천지역 마사지 업소들이 태국인 등 외국인 불법체류자들의 온상이 되고 있으나 단속 손길이 미치지 못하고 있다.

15일 관련업계에 따르면 사천지역 마사지 업소는 지난해까지 3곳에 불과했으나 호황을 누린다는 입소문을 타고 1년 사이 10여 곳으로 크게 늘어났다. 이들 업소에서는 평균 3명가량의 마사지사를 고용하고 있으나 일부 업소를 제외하고 대부분의 업소가 외국인 불법 체류자들을 고용, 영업행위를 하고 있다.

태국인들이 주류를 이루고 있는 마사지사들은 3개월 관광비자로 입국한 뒤 간단한 마사지 기술을 배우고 마사지 업소에 고용돼 불법체류하고 있는 것으로 알려졌다. 현재 사천시 관내 마사지 업소에는 업소당 2~4명, 전체 30명가량 불법 체류자들이 고용돼 있는 것으로 업계는 파악하고 있다.

마사지 업소가 불법 체류자들의 온상이 되고 있는 이유는 한국인 마사지사에 비해 인건비가 상대적으로 저렴한데다 외국인 마사지사들에 대한 고객들의 기대심리, 불법 체류자들 또한 3D업종보다는 비교적 손쉽고 안정적으로 돈을 벌 수 있다는 점이 맞아떨어졌기 때문으로 풀이된다.

한 업주는 "불법 체류 마사지사 대부분은 태국인들이거나 이주 여성노동자들이며, 업주가 이들을 선호하는 것은 인건비가 싸고 한국인들이 외국인 마사지사들에 대한 호감 때문"이라고 전했다.

이들 불법 체류자들 때문에 국내 마사지사들이 취업길이 원천봉쇄되고 있고, 마사지 업소가 불법 체류자들의 온상으로 전락하고 있지만 단속은 잘 이뤄지지 않고 있다.

이에 대해 창원 출입국관리사무소 관계자는 "마사지 업소만 별도로 단속 건수를 집계하지 않고 있으나 앞으로 단속을 강화해 불법 체류자를 근절하도록 하겠다"고 말했다.

(출처=경남일보, 2015년 6월 15일)

결국 더 많은 돈을 벌기 위해 한국으로 향하고, 더 싸게 고용하기 위해 한국 내 고용주들이 불법체류외국인을 고용하는 것이다. 한국정부도 사용자 위주의 처벌이라는 세계적인 흐름에 따라 '고용허가제'를 2004년 8월 17일부터 시행하고 있다.

고용허가제는 국가 간 상호향해각서를 체결하여 요건에 맞는 외국인 노동자를 전산시스템상으로 추천하고 기업은 필요한 인원을 고용하는 내용이다. 단, 근로계약의 해지 등 특별한 사유를 제외하고는 3년간 외국인 노동자는 다른 기업으로의 이직이 허용되지 않고, 3년의 기간 이후에는 본국으로 돌아가야 한다. 좋은 취지로 시작한 고용허가제는 현재 문제점을 노출하고 있다. 언론 기사를 잠깐 살펴보자.

(세종=연합뉴스) "처음에는 외국인 근로자를 저뿐만 아니라 직원 대부분이 꺼렸죠. 하지만 점차 모두가 어우러지고 동등한 동료로 대우했더니 생산성이 높아지더군요. 이제 외국인 근로자와 함께 연간 매출액 1천억 원 이상의 기업으로 성장하게 되었습니다."(광주소재 제조업체 인사담당자)

"고용허가제는 '현대판 노예제도'라는 손가락질을 받아도 이상할 것이 없는 제도입니다."(4대 종단 이주·인권위원회 대표 공동 기자회견문)

2004년 8월 시행된 외국인 고용허가제가 17일로 10주년을 맞는다. 고용허가제는 정부가 국내에 취업을 희망하는 15개국 출신 외국인 근로자에게 취업비자(E-9)를 발급해 국내 근로자와 동등한 대우를 보장해 주는 제도로, 체류기간은 최대 3년이다. 시행 첫해인 2004년 3,167명에 그쳤던 주한 외국인 근로자 수는 올해 4월 기준으로 450,134명으로 늘었다. 고용노동부는 10년이라는 세월을 거치면서 고용허가제가 성공적인 이주 관리 시스템으로 정착했다고 평가한다. 산업연수생제의 불법체류 확산, 각종 송출비리 등의 문제점을 해결하기 위해 도입된 고용허가제가 정책목표를 달성했다는 판단에서다. 제도 도입 전 80%에 육박했던 외국인 근로자의 불법체류율이 올해 2월 기준으로 16.3%까지 떨어진 점을 근거로 든다.

고용허가제가 도입된 후 외국인 근로자의 권익이 산업연수생제 시행 때보다 대폭 신장됐고 송출과정의 부정·비리가 강력하게 차단되면서 송출비용이 줄었다는 긍정적 평가에 대해서도 정부와 경영계는 인식을 같이한다. 외국인 근로자들은 국내 근로자들이 기피하는 이른바 3D 업종의 영세 사업장에서는 없어서는 안될 존재다. 고용부는 6월 4일 스위스에서 열린 국제노동기구(ILO) 총회 본회의에서 "한국의 외국인 고용허가제는 2010년 ILO로부터 아시아의 선도적인 이주관리 시스템으로 평가받았고 2011년에는 유엔으로부터 공공행정 대상을 수상했다"고 소개하기도 했다.

고용부는 고용허가제 시행 10주년을 맞아 13일부터 17일까지 주한 송출국 대사 간담회, 평가 토론회, 한국문화 페스티벌 등 다양한 기념행사를 열 계획이다. 그러나 이주·인권 단체들이 고용허가제를 바라보는 시각은 정부, 경영계와 확연히 다르다.

이들은 고용허가제가 외국인 근로자의 사업장 이동을 제한하고 차별과 강제노동, 노동착취의 도구로 전락했다고 비판한다. 실제로 사업주가 마음대로 직장을 옮길 수 없는 점을 악용해 외국인 근로자들에게 일부러 임금을 체납하거나, 퇴직금을 주지 않는 경우가 비일비재하다는 증언이 외국인 근로자들 사이에서 잇따른다. 유엔인종차별철폐위원회가 이런 이유로 2012년 8월 고용허가제를 개정하라고 권고하기도 했다. 국내 4대 종단 이주·인권위

262

원회 대표들은 고용허가제 10주년을 앞둔 12일 오전 서울 광화문 광장 세종대왕 동상 앞에서 기자회견을 열고 '고용허가제 폐지'를 촉구했다. 이들은 기자회견문에서 "고용허가제 아래에서 이주노동자들은 탈법적 파견근로와 장시간 노동으로 고통 받는 경우가 많다"며 "고용허가제는 더는 합리적인 제도가 아니라 '현대판 노예제도'라는 손가락질을 받아도 이상할 것이 없는 제도"라고 주장했다.

(출처=연합뉴스 2014년 8월 13일)

고용허가제의 문제점은 다양한 관점에서 제기된다. 우선 단순노동직에 대한 전체 취업쿼터가 현재 한국에서는 없기 때문에 외국인력의 적절한 숫자상의 관리가 되고 있지 않다는 점이다. 또한, 불법체류 외국인을 양산할 수 있는 제도적 허점을 가지고 있다. 이는 2010년 7월부터 근로계약 기간을 3년 이내의 범위에서 자율적으로 결정하게 하고, 재고용시 출국할 필요없이 최고 5년간 재고용이 가능하도록 고용허가제가 보완되었기 때문이다.[26] 따라서 기존의 고용계약 기간 직후뿐만 아니라, 재고용기간 내에 외국인노동자가 얼마든지 불법체류로 전환될 여지가 있다.

뉴스의 보도와는 달리 실제 조사에서 외국인 노동자의 임금 체납률은 2011년 5월 현재 고용부에 신고된 임금체납률은 1.1%에만 달하는 것으로 나타났다. 그러나, 이는 실제적 임금체납 사례가 다 반영된 것

---

26) 고용노동부, "고용허가제 시행평가 및 제도개선 방안", p.157. 2011.

으로는 보이지 않는다. 미국의 경우에도 임금체납과 각종 차별로 외국인 노동자들의 처우가 사회이슈가 되고 있다. 미 노동부의 각종 규제와 신고 감시체계가 있지만, 실제적으로 크게 현실에서 유용하게 작용하고 있지는 않다.

8. 한국에서의 무슬림쇼크 · 테러 문제는?

A는 알 카에다 조직원이다. 그는 알카에다의 지령을 받고 필리핀에서 암약중인 다른 알 카에다 요원과 함께 인천국제공항으로 입국했다. 그들은 한국과 일본에서 출발하여 미국으로 향하는 민간 여객기 14대를 태평양 상공에서 동시에 폭파시키는 임무를 받았다. 이 테러사건이 성공적으로 실행되었을 경우 전 세계적으로 가져올 파장은 엄청날 것으로 예상되었다. 예정된 시각에 폭탄이 터질 수 있도록 제조된 폭탄을 필리핀에서 무사히 가져왔다. 한국의 공항은 입국뿐 아니라 출국 시에도 미국만큼 검색이 엄격하지 않다. 알 카에다 조직원들은 마침내 폭발물을 비행기 내에 설치하고 태평양 상공에서 한국과 일본의 국적기 여객기들이 동시에 14대가 폭발하는 참상이 일어난다.

위의 이야기는 단순한 상상의 시나리오가 아니다. 칼리크 세이크 모하메드라는 알 카에다 조직원이 1995년 실제 한국과 일본을 테러하기 위해 기획한 시나리오다. 실행 직전 필리핀에서 암약하고 있는 또 다른 조직원이 거주하고 있던 아파트에서 보관하고 있던 폭발물이 터지면서 경찰에 의해 위의 조직과 계획이 드러나서 무산되었던 것이다.

1986년 9월 14일 아시안게임을 일주일 앞두고 김포공항에서 폭탄 테러 사건이 발생했다. 국제선 청사 출입문에 있는 자동판매기 옆에 설치한 쓰레기통에서 폭발물이 터진 것이었다. 이 사건으로 5명이 숨지고, 33명이 부상을 입었다. 당시 아시안게임과 88년도에 서울 올림픽을 앞두고 있었기 때문에, 국민들이 경악한 것은 물론이고 경찰과 국정원 등은 발칵 뒤집혔다. 사건 발생 이튿날 사마란치 당시 국제올림픽위원회(IOC) 위원장이 한국을 방문하기로 되어 있어 경찰 등 당국에서는 현장보존은 커녕 사건현장을 '말끔히' 치우느라 속전속결로 정리해버렸다. 그러나, 국정원과 경찰의 조사에도 불구하고 끝내 테러범은 밝혀지지 않았다.

그런데 사건이 발생한 뒤 23년이 지난 2009년에 우연한 기회에 이 사건의 범인이 밝혀진다. 범인은 아부 니달이라는 이름의 무슬림으로 1985년 로마 및 오스트리아 빈 공항과 1989년 미국 팬암여객기를 납치한 주동인물로 알려졌다. 아부 니달이 북한과 협력하여, 루마니아 정보당국의 도움으로 위조 영국여권을 받아서 한국에 당시 입국한 것으로 전해졌다. 이후 아부 니달은 2002년 이라크에서 의문의 변사체로 발견된다.

이 사건 이후 '테러'라는 단어가 처음으로 전 국민에게 각인되게 된다. 물론 그 전에도 김신조의 청와대 습격사건 등이 있었지만, 사실상 한국이 북한을 제외하고 국제적인 테러에 최초로 노출된 사건은

이 김포공항 테러사건이다.

테러는 더 이상 한국과 연관이 없는 것이 아니다. 사실 한국의 각종 주요 기반시설을 보자면 테러에 취약하다. 유동인구가 대량으로 모이는 시설, 예컨대 여의도의 국제금융공사 몰, 코엑스 몰, 강남역 사거리, 여의도 63빌딩 등이 테러의 주요 대상이 될 수 있다. 이런 대형빌딩이나 시설에 대한 접근도 특별한 검색절차가 없다는 점이 손쉽게 테러를 가능하게 할 수도 있다. 만약 이런 시설에 폭발물이 터진다면 수많은 사상자는 물론이거니와 주변 시설의 교통이 완전 마비되면서 대중에 대한 심리적 타격과 아울러 국가 전체가 아수라장에 빠질 가능성이 크다. 한국은 국토 면적이 좁을 뿐만 아니라, 기반시설의 대부분이 수도권, 특히 서울에 집중되어 있다. 따라서 주요 지역, 시설물에 대한 일부의 타격이 미칠 심리적 파급효과는 상당하다.

전문가들이 예측하고 있는 한국의 테러 가상시나리오를 잠깐 살펴보자. 만약 알 카에다와 같은 테러 조직이 한국에 귀화한 이슬람 근본주의자를 매수해 테러를 시도한다면 어떤 일이 벌어질까에 대해 생각해 보자.

우선 자금은 10만 달러, 조직원은 10명으로 가정하자. 먼저 조직원을 2:4:4로 나눈다. 처음 2명은 경찰 등 안보기관을 속이기 위한 미끼다. 여기에는 한국인 이슬람 근본주의자와 한국 국적의 무슬림을 활용한다. 테러에 참여한 대가는 '돈'이다. 다른 팀은 1차 테러, 2차 테러를 실행할 팀이다. 각 팀은 다시 2인조로 나뉜다.

그 다음 소규모 화공약품 가게와 농산품 가게에서 질소비료 등을 구입한다. 여기서 질산암모늄을 추출해 낸다. 이것을 등유와 섞어 폭탄으로 만든다. 전자상가 등에서 퓨즈와 구형 싸구려 휴대전화를 구입한다. 휴대전화는 당연히 대포폰이나 외국인 명의의 선불폰이다. 차량도 구입한다. 이태원, 안산, 화성 등에서 외국인 명의의 대포차를 4대 구입한다. 눈에 띄지 않는 준중형이나 중형차가 적합하다. 필요하다면 이태원 일대에서 외교차량 번호판을 훔쳐 단다. 그 다음 '작전'에 돌입한다.

'미끼' 팀은 먼저 공공시설 사물함에 폭발물을 설치한 뒤 원격 폭파한다. 단 폭발력을 작게 조절해 인명피해 없이 공포심만 조성한다. 경찰 등에 체포되는 시점도 7~14일 정도로 조절한다. 그 사이 제1차 테러와 제2차 테러를 준비한다.

1차 테러는 남산타워 전망대와 코엑스, 잠실 롯데월드, 63빌딩 지하 아케이드다. '미끼' 팀 체포 후 3일 가량 지난 금요일 오후가 좋다. 관계 당국이 방심하기 때문이다. 폭발 시간은 각각 20분 단위로 한다.

2차 테러는 교통마비를 노린다. 이때는 차를 버릴 생각을 해야 한다. 강변북로와 마포대교 북단이 만나는 램프 주변, 한남대교와 경부고속도로가 만나는 램프 또는 성수대교 남단 입구에 폭탄을 실은 차를 세워 둔다. 비상등을 켜 놓으면 한국 사람은 신경을 쓰지 않으니 안심해도 좋다. 더 큰 인명 피해를 일으키고 싶다면 견인차를 불러 일산이나 구리의 특정지점으로 간다. 실행팀은 중간에 내리면 된다.

그 다음 실행팀은 대중교통으로 이동한다. 폭탄이 든 배낭을 메고 각각 호남선과 경부선을 탄다. 중간 지점인 천안에서 가방을 쓰레기통에 버리고 내린다. 폭발 시간은 KTX에서 내린 뒤 30분 후가 좋다. 최고 속도를 내기 때문이다. 쓰레기통은 객차 사이마다 있어 최고속도에서 폭탄이 터지면 열차 전체를 탈선시킬 수도 있다. 마지막 실행팀은 택시로 이동해 토요일에는 한남동 이슬람 사원 건물, 일요일에는 여의도 순복음교회에 폭탄이 든 배낭 또는 트렁크에 폭탄을 채운 차를 놔둔다. 폭발 시간은 오전 9시에서 오후 1시 사이 언제든지 좋다.[27]

(출처= 미래한국, 2011년 6월 10일)

만약 많은 사람들이 여의도의 63빌딩 안에 있는데 전체 유리창이 깨지면서 폭탄이 터지는 것을 생각하면 끔찍하다. 그러면, 테러와 이민정책은 어떤 연관성이 있을까, 또한 가능할 경우 테러 방지를 위한 이민정책의 출발점은 어디서 찾을 수 있을까.

1) 또 하나의 섬

현재 한국 내에서는 약 4만5천여 명의 무슬림 신자가 있는 것으로 추정하고 있다. 한국 사회에서 무슬림과 최초로 연관을 맺게된 계기는 6 · 25때, 터키가 한국을 군사적으로 도와주면서 시작되었다. 역사

---

27) http://www.futurekorea.co.kr/news/articleView.html?idxno=20380.

적으로 살펴보면 이미 훨씬 오래전인 신라시대부터 무슬림 국가와 교역을 하고, 실제 무슬림이 신라사회에서 살았던 것으로 역사학자들은 보고 있다. 무슬림과 한국은 오랜 인연을 가지고 있지만, 한국 내의 무슬림들은 한국 사회와 동화되지 못하고 하나의 섬으로 고립되어 있는 것이 현실이다. 언론기사를 잠깐 살펴보자.

그날 이후 모든 것이 바뀌었다. 그날, 하늘은 청명했다. 라틴계·아시아계가 많이 사는 미국 뉴욕 퀸스 거리에 초가을 햇볕이 내렸다. 오전 9시경 윤알리야(36) 씨는 자취방에서 수업 준비에 바빴다. 오후엔 퀸스 대학 미술학과 대학원 수업이 있었다. 얼핏 고무 타는 냄새를 맡았지만 신경 쓰지 않았다. "오오, 나의 신이여. 또 다른 비행기가 충돌했습니다." 건성으로 틀어놓은 라디오에서 누군가 외쳤다. '새 드라마를 시작했군.' 윤 씨는 생각했다. 지하철로 열 정거장 떨어진 곳에서 무슨 일이 벌어지고 있는지 윤 씨는 알지 못했다. 유학 2년째를 맞은 2001년 9월 11일 아침이었다. 세계무역센터 빌딩이 무너진 뒤, 윤 씨는 손가락질을 받았다. 거리를 걷는데, 어느 백인 아줌마가 윤 씨의 미간을 손가락으로 가리켰다. "너는 역겨워!" 지나던 사람들은 백인 여성과 아시아계 여성을 번갈아 쳐다봤다. 말리는 사람은 없었다. 사진학 수업에서 윤씨는 C학점을 받았다. 과제물로 낸 뉴욕 무슬림(이슬람교도) 사진을 유대인 교수는 노골적으로 싫어했다. 직업을 구하려 했으나 번번이 면접에서 떨어졌다. 어렵게 사립학교 상담교사 자리를 구

했다. 윤 씨를 채용한 미국인이 나중에 말했다. "우리 아버지도 무슬림이셨어."

9·11 테러 직전인 2001년 여름, 윤 씨는 무슬림이 되었다. 그것은 유일신 알라를 믿고, 무함마드가 하나님의 예언자임을 믿고, 하루 5번 '살라'(기도)를 드리며 살아가는 일이었다. 대학생 시절 윤 씨는 성당 성가대에서 성가를 불렀다. 뉴욕에서 만난 모로코 출신 무슬림 친구가 그의 믿음을 흔들었다. 윤 씨는 새 믿음을 택했다. 미사포 대신 '히잡'(이슬람식 두건)을 썼다. 어딜 가건 스카프로 머리와 어깨를 둘렀다. 인터넷 메신저로 한국의 아버지한테 고백했다. "저, 무슬림이 됐어요." 11,000km의 거리를 빛의 속도로 날아온 문자가 컴퓨터 화면에서 깜빡거렸다. "모든 종교에는 진리가 있지." 아버지는 덧붙였다. "왜 하필이면 이슬람이니?"

(출처=한겨레신문, 2011년 5월 16일)

무슬림을 비롯한 외국인에 대한 공공연한 차별은 어제오늘의 일은 아니다. 무슬림은 타 외국인 그룹과는 특이성을 가진다. 우선 무슬림에 대한 대중의 인식이 대부분 곱지 못하다. 그것은 9·11 테러 사건을 비롯하여 심심찮게 발생하는 세계 여러 지역의 폭탄, 테러가 바로 이들 무슬림에 의해 저질러지고 있기 때문일 것이다.

정확한 통계는 나와 있지 않지만, 현재 한국 내에서 가장 많은 무슬림 그룹은 파키스탄, 방글라데시 등 남아시아 출신이다.[28] 그 다음으

---

28) 조희선, 김대성 등, "한국무슬림의 혼인현황과 정착과정연구," 지중해지역연구 제11권 3호, p.11.(2009년 8월)

로 우즈베키스탄, 카자흐스탄, 키르키스탄 등 중앙아시아 출신이 차지한다. 다음으로 인도네시아, 말레이지아 등 동남아시아 출신이 차지하고 있다.

이들 무슬림들도 출신 국가에 따라 서로 다른 특징을 가진다. 아랍계, 비아랍중동계의 이란 출신 외국인, 동남아시아계, 남아시아계 출신의 무슬림은 산업연수생자격으로 입국하여 한국 내에 잔류하고 있거나, 관광비자로 입국하여 미등록 상태로 체류하고 있다. 반면, 비아랍중동계 중 터키 출신 무슬림들은 유학생 신분이 대부분이거나, 고학력출신으로 한국기업에 취업을 성공한 이른바 화이트칼라이고, 국내 거주 중앙아시아계 무슬림의 경우 대부분이 여성이고, 결혼을 목적으로 국내로 입국했다는 점이 다른 집단과 다르게 두드러지는 점이다.[29]

이렇게 출신 배경이 다른 무슬림들도 토로하는 공통적인 불만은 한국인의 무슬림에 대한 심한 편견이다. 무슬림은 폭력적이고, 외골수이며, 여성차별이 심하다는 인식을 많은 한국 사람들이 가지고 있다는 것이다. 비단 이는 한국 사람들만의 편견은 아닐 것이다.

실제 무슬림 국가에서 살아 온 사람들의 말을 들어보면 일반적인 편견과는 달리 무슬림 종교 자체는 폭력적이지 않고, 차도르나 히잡으로 대표되는 여성차별도 크지 않다고 한다. 2010년 한국 내의 통계를 보더라도 내·외국인의 범죄는 99.1%가 한국 국민이 저지르는 것이고, 그 다음이 중국인(0.5%), 베트남인(0.1%), 몽골인(0.1%) 순으로 나타났다. 그 중에서 무슬림으로 분류되는 파키스탄인에 의한 범죄는

29) Id., p. 33.

불과 0.012%만 차지하는 것으로 보고되었다.[30]

그러나, 이러한 한국의 상황과는 달리 이미 무슬림들 인구가 상당 부분을 차지하는 프랑스나 독일 등에서는 무슬림들의 소외감과 차별로 인한 범죄가 증가하고 있는 추세다. 최근 잔인한 테러로 주목을 받고 있는 IS의 경우, 프랑스 파리의 풍자잡지사인 『샤를리 엡도』의 테러를 주동하여 편집장을 비롯하여 11명을 총으로 사살했다. 이들 테러범들은 아랍계 프랑스인으로 이른바 자생적 테러를 저질렀다. 즉, 프랑스에서 자라서 생활하면서 프랑스에 반기를 든 것이다. 왜 이들을 극단적인 선택으로 내몰았을까.

최근 테러의 경향은 다른 외국에서 파견된 '전사'들로 구성된 테러범들이 아니라, 그 나라 그 지역에서 자라난 자생적 테러범들이 주를 이룬다. 이렇게 자생적 테러가 싹트게 된 데에는, 여러 가지 원인이 있겠지만 무엇보다도 무슬림 사회와 소위 주류사회와의 소통과 이해가 제대로 이루어지지 않았다는 점을 꼽을 수 있다.

한국과 미국과의 역사적, 군사적 긴밀한 관계와 한국 내에서 무슬림에 대한 편견과 무슬림 노동자가 증가하는 것을 볼 때, 한국 내에서도 향후 자생적 테러가 생길 가능성이 높다. 어떻게 하면 한국 내에서 무슬림의 자생적 테러를 방지할 수 있을까.

먼저 무슬림 대 민주주의 또는 기독교라는 이분법적인 프레임에서 탈피해야 할 것이다. 우리가 경악하고 잔인함에 치를 떨었던 무슬림은 종교가 아니다. 또한, 무슬림은 특정 국가나 이데올로기를 지칭하는 것도 아니라는 것을 알아야 한다. 무슬림과 민주주의 또는 기독교

---

30) 한겨레신문, 2011년 5월 16일.

사회라는 프레임으로 보게 되면 모든 무슬림에 대한 편견에서 탈피할 수가 없다. 무슬림은 다 동일하지 않다.

앞서 한국 내 무슬림들의 출신들을 보았듯이, 각 출신 국가들마다 무슬림들의 성향의 차이가 있다. 한국은 아직까지는 다양한 출신의 무슬림들이 들어오는 단계는 아니다. 한국은 출신국가별로 보면 아직 10개 국가를 채 넘지 못하고 있다. 그러나 미국의 경우 2011년 현재 77개 국가에서 무슬림들이 미국에 들어오는 것으로 파악되고 있다.[31]

이에 반해 독일이나 프랑스 등 유럽의 주요 국가들의 무슬림은 한 개 또는 두 개 국가의 출신 무슬림들이 주를 이루고 있는 실정이다. 프랑스에는 알제리 출신, 독일에는 터키 출신, 폴란드에는 모로코와 터키 출신의 무슬림들이 주를 이루고 있다. 또한, 중동의 무슬림 국가를 보더라도 각 나라마다 성향이 조금씩 다른 게 사실이다.

사우디아라비아는 무슬림의 정신적 고향인 메카가 있는 관계로 무슬림 국가들 중에서도 가장 보수적이다. 사회전체가 엄격히 무슬림의 율법을 따르도록 되어 있다. 이러한 사우디의 엄격하고 보수적인 문화 때문에 축구선수 박주영 선수가 사우디 프로축구 팀을 그만두고 이적했다는 신문보도도 한때 나온 적이 있다. 사우디 아라비아와는 달리, 요르단은 여성들의 사회진출도 활발하고 차도르를 하지 않는 여성이 많은 등 개방적인 문화를 가지고 있다. 이란은 겉으로는 무슬림을 엄격히 따르지만, 내부적으로는 상당히 자유로운 분위기가 흐르는 나라이다.

출신국가가 다르다 보니 무슬림들의 문화와 전통도 차이가 있다.

---

31) *Economist*, 2014년 9월 6일.

또한 다른 국가에 이주한 무슬림 내에서도 엄연히 빈부의 차이가 존재한다. 우리는 무슬림 자체 내에도 다양한 스펙트럼이 존재한다는 것을 인식하고 '무슬림 對 민주주의' 라는 잘못된 프레임을 버려야 무슬림에 대한 반테러정책을 제대로 수립할 수 있다. 따라서, '무슬림 對 민주주의' 프레임 보다는 '무슬림 對 급진적 무슬림' 으로 프레임을 전환하는 것이 보다 바람직할 것이다.

나아가 무슬림 국가들의 한국 내 박사학위 과정 등 고학력 부분의 유학을 장려하고, 이들이 졸업하면 적극 활용하여 무슬림 사회와의 가교 역할을 할 수 있도록 해야 한다. 한국에는 무슬림사회를 연구하는 학자들이 다수 있기는 하나, 그 층이 너무 얇다. 학계가 이렇다 보니 다른 분야에 비해 자연히 무슬림에 대한 연구가 다양하고 활발하게 이루어지고 있지 못한 실정이다. 이러한 한국 내의 얇은 학자층에 무슬림 출신의 고학력자를 더한다면 한국 내의 무슬림 연구는 더욱 풍성해지고 깊어질 것이다. 무슬림 출신 학자의 양성은 한국사회와의 다리가 될 수 있다는 의미도 있고, 한국 내 무슬림 커뮤니티에 폭력적 이데올로기가 무슬림의 전통적 율법에 반한다는 논리를 보다 효과적으로 전달할 수가 있다.

IS를 비롯하여 알카에다 등은 사람을 참수하고, 화형시키고 대량학살을 쿠란에 허용된 것으로 정당화 한다. 뿐만 아니라, 교묘한 선전술로 세계의 젊은이들을 잘못된 길로 들어서게 하고 있는 실정이다. 순진한 젊은이들이 테러집단의 선전술에 녹아나지 않게 하기 위해서는 역시 무슬림 출신, 특히 지한파 출신 학자들의 논리와 설득이 중요하다. 이러한 지적인 토대는 아울러 한국 주류사회에서 무슬림 커뮤니티에 대한 적극적인 동참이 이루어질 때 더욱 배가된다. 무슬림 커뮤니티에 대한 정부의 직 간접적인 지원이 이루어져야 함은 물론이고, 민간차원에서도 활발한 교류를 벌여야 할 것이다.

한국 내에서 무슬림사회가 벌써 게토화되고 한국 사회와 동떨어지고 있다는 느낌을 지울 수가 없다. 안산은 이미 외국인 노동자의 도시가 되었지만, 안산뿐만 아니라 서울의 구로동, 경남 창원 등지가 무슬림 외국인 노동자들이 밀집해 있는 지역으로 꼽힌다. 계속 '그들만의 섬'으로 한국 내 무슬림들을 남겨놓을 것인지, 우리 모두가 심각히 고민할 때가 되었다.

9. 제주도의 부동산 투자 영주권 제도

제주도가 '핫'(hot)한 지역으로 등극한 지도 벌써 꽤 된 것 같다. 제주도에서 살고 있는 여러 유명인사의 삶이 사람들의 관심에 오르내리게 되면서 많은 사람들이 제주도에 집을 사고, 집을 짓고, 쉬기 위해 방문한다. 그런데, 또 다른 면으로 중국인 관광객들과 중국인 투자자들이 제주도에 많이 들어오고 있다. 제주도가 중국인투자자들의 대상이 된 배경에는 제주도에서 실시하고 있는 부동산투자영주권 제도가 자리잡고 있다.

한국은 2010년도 출입국관리법 시행령 12조를 통해, 한국 내 일정 지역에 부동산을 투자하는 외국인에게 3년(동반가족에게는 2년)의 체류자격을 주고, 5년간 지속적으로 범죄사실이 없이 한국 내에 체류한 경우에는 영주권 자격을 부여하도록 했다. 여기서 일정지역이란, 제주도, 강원도 평창, 영종 하늘도시, 여수시 대경동 일대를 말한다.

특히 중국인들의 해외부동산 투자가 급증하여 이들의 부동산 투자금액만 2013년 20억 달러에서 2014년 80억 달러로 네 배 이상 급증하는 현상을 보였다. 특히 제주도 등 한국 내 부동산에 투자한 중국인들의 부동산 투자금액은 1조 4000억 원에 달한다. 한국 내 외국인의 투자를 이끌어 국내 경제와 부동산경기를 활성화시킨다는 면에서는 분명 의의가 있는 제도이다.

그러나, 현재 무분별한 중국의 부동산 투자유치로 제주도는 각종 후유증을 앓고 있다. 주요 상가들과 제주도의 간판 업소들이 중국 자본에 팔려 제주도의 토착주민들이 밀려나고 있다. 또한, 임대차보호법을 교묘히 이용하여 한국 임차인들을 쫓아내는 등 벌써부터 중국인 특유의 이재술이 한국에도 직접적으로 말썽을 낳고 있는 실정이다. 뿐만 아니라, 중국 거대자본의 유입으로 제주도의 무분별한 개발로 인한 자연경관 훼손과 환경파괴 등의 문제도 낳고 있다.

이러한 문제를 정책당국은 애초에 인지를 못한 것일까. 우선 부동산 투자 영주권 제도가 어설프게 외국의 제도를 베껴 왔기 때문에 이런 문제가 나오는 것 같다.

우선적으로 부동산투자가 종국에는 영주권을 부여하는데 적절한가라는 정책입안자들의 고민이 있어야 했다. 부동산은 부동산이 위치한 지역사회에 경제적으로 기여할 수 있는 파생효과가 크지 않다. 물론 대량의 부동산 거래가 발생하면 경기진작효과를 낳을 수도 있겠지만,

국가 전체가 저성장 저물가를 앓고 있는 현재의 경제상황에서, 더구나 한 지역에서 부동산거래가 다소 일어난다고 지역경제에 파급효과를 낳을 수 있다고 생각하는 것은 무리다.

한 마디로 부동산은 사회경제적 파급효과가 낮기 때문에 영주권을 부여하는 투자대상으로서는 부적격이다. 정적인 개념의 부동산보다는 일정 금액 이상을 투자하게 하여 동적인 개념의 회사를 설립 또는 매입하여 고용출효과를 내게 하는 것이 더 바람직하다. 지역사회의 고용창출 없는 외국인의 투자는 아무 도움이 되지 않는다.

미국처럼 한국 국적의 종업원을 일정한 수 이상을 고용하게끔 하는 것을 명문화하는 것도 고려할만하다. 부동산 취득으로만 영주권을 준다면 이는 굉장히 소극적 의미의 투자이고, 지역사회의 경제에 끼치는 영향이 하나도 없다. 외국인이 제주도 내에 부동산만을 매입하여 가격이 오르면 팔아버리고 원금과 차액을 다시 중국으로 가져가버리면 제주도 내에 끼치는 투자의 긍정효과는 아무 것도 없게 된다.

외국인 부동산투자 영주권 취득의 모체가 되는 출입국관리법 시행령 12조를 보면 제주도는 1인당 5억 원, 강원도 평창지역은 미화 100만 달러 또는 한화 10억 원 이상, 전남 여수시 대경동은 한화 5억 원 등으로 규정하고 있다. 최소 투자금액이 어떻게 결정되었는지는 모르겠다. 미국의 경우 기본적으로 시골지역으로서 실업률이 전국 평균에 미달되는 지역은 적게, 예를 들어 50만 달러, 그리고 대도시 지역은 100만 달러 정도로 하는 것이 투자이민제도의 주요내용이다.

한국의 부동산투자를 통한 영주권제도는 투자대상지역의 실업률은 지표로 넣고 있지 않다. 실업률 또는 다른 사회경제적 요인을 고려하여 투자금액의 하한선을 정해야 하며, 그런 면에서 본다면 제주도가 비록 서울 등 대도시에 비해 시골이기는 하지만 한화 5억 원이 적절한가에 대한 검토가 이루어졌으면 하는 바람이다.

또 하나의 문제는 정책입안자들은 비자(비자는 단기 체류를 의미하는 비이민비자도 있지만, 영주할 수 있는 비자, 이를테면 영주권도 비자이고, 이를 이민비자라 분류한다)의 쿼터제에 대한 개념을 가지고 있지 않았다. 비이민비자, 이민비자 모두 쿼터가 있다. 쿼터를 통하여 국가전체적으로 해외 유입인구를 조절한다.

물론 이러한 전체 쿼터는 국가의 사회 경제적 요인 및 국가의 이주에 대한 개념과 직결되므로 행정부와 국회가 합의하여 결정내려야 할 사안이다. 따라서 제주도 투자개발청 내에서 일시적으로 쿼터를 제정할 사안은 결코 아니다. 그렇게 되면 다른 투자지역과의 불일치가 나오게 되고, 향후 한국의 이민법체계가 확립되면 불일치의 문제가 계속 걸림돌이 될 수 있다.

미국의 뉴욕 플러싱 지역은 대표적으로 중국인들이 상권을 장악하고 있는 곳이다. 처음 이곳은 한국의 재외동포들이 터를 마련하여 상권을 장악하고 있었는데, 중국인들이 하나둘씩 진출했다. 이들은 수십 명이 돈을 모아서 노른자위 빌딩을 샀다가 다른 중국인들에게 되팔고 또 수십 명의 투자자들이 모여서 다른 빌딩을 산다. 아니면 돈을 쪼개서 각각 복수의 투자기금을 만들어 각각 다른 빌딩을 사는 것이다. 그리고는, 한인동포들이 임차인으로 있으면 렌트비를 대폭 올려 쫓아내버린다. 이렇게 하나둘씩 타민족 임차인을 쫓아내고 결국 핵심

지역의 상권을 중국인들이 장악해버린다. 이런 시나리오대로 뉴욕의 플러싱 지역의 핵심 상권은 중국인들에게 빼앗겨 버리고 한인동포들의 상권은 다시 밀려 나갔다. 이런 중국인을 욕하면서도 또 한편으로는 우리 동포들은 파트너십을 맺을 수가 없는데 중국인들은 수십 명이 모여서 아무 갈등 없이 빌딩을 사는 걸 보고 부러움의 시선도 보냈다.

현재의 제도를 수정 없이 놔둔다면 중국인들이 제주도에 투자하여 벌어들인 돈은 많은 부분이 중국으로 송금되거나 다른 해외투자처로 흘러 들어갈 것이다. 그 사이에 한국의 업소 업주들은 비싼 렌트비 때문에 가게 문을 닫을 것이고, 아름다운 제주의 풍광은 개발이라는 광풍에 여지없이 파괴될 것이다.

현재의 부동산투자제도를 수정보완하여 위와 같은 폐단을 막고 자연스럽게 중국의 투자가 제주도의 지역경제를 활성화 할 수 있는 길로 이끌어야 한다. 무조건적인 중국인 자본, 중국문화의 배척보다는 적절한 가이드라인 내에서 중국의 투자를 이끌고 해외문화가 잘 융합될 수 있도록 하는 것이 중요할 것 같다.

2장
한국형
이민모델을 향하여

1. 이연걸, 공리, 짐 로저스의 공통점

이연걸(미국명 젯 리), 공리, 조지 소로스와 퀀텀 펀드 설립자인 짐 로저스 모두 싱가포르 이민자라는 점이다. 페이스북의 공동 창업자인 에드와도 새버린도 미국 국적(시민권)을 포기하고 싱가포르 국적을 취득하였다.

투자의 달인으로 꼽히는 짐 로저스는 2015년 5월 12일 월 스트리트 저널과의 인터뷰에서 그의 만족스런 싱가포르의 생활을 잔잔히 얘기했다. 짐 로저스 정도의 미국인 부자라면 대부분 맨해튼의 센트럴 팍을 전경으로 끼고 있는 천만 달러에 육박하는 콘도에 살면서 여름이면 이스트 햄튼에 있는 별장으로 가서 요트를 타고 파티를 하면서 즐길 것이다. 짐 로저스는 이런 공식을 깨고 과감히 싱가포르를 택했다. 아무리 싱가포르가 살기에 좋고, 공공질서가 잘 잡혀 있는 나라라 하더라도 자기 나라에서 잘 먹고 잘 살고 있는데, 선뜻 다른 나라로 이주하는 것은 쉽지 않다. 그것도 백인들 사이에서 아직도 변방으로 인식되고 있는 아시아라니!

싱가포르가 세계적인 부자들과 고급인력들의 메카가 되고 있다. 2013년 기준 약 50만~60만 명 정도의 본토 중국인들이 이주한 것으로 보고되고 있고, 세계적 부호들 100여 명이 2014년에 싱가포르로 이주했다. 1965년 말레이지아로부터 독립할 당시만 해도 말라카해협의 조그만 어촌 정도의 수준이었는데, 어떻게 한 해 1인당 국민총생산(GDP)이 5만 6천 달러로 세계 8위에 드는 나라가 되었는가.

여러 가지 요인들이 얘기되지만, 빼놓을 수 없는 것이 싱가포르의 적극적인 인재유치 정책이다. 싱가포르는 이미 독립초기부터 적극적인 이민정책을 펼쳐서 필리핀, 인도네시아, 태국 등 주변국가들로부터 저숙련 노동자들을 받아들여 경제발전의 발판으로 삼았다.[32] 또한, 저출산 문제 해결을 위해 적극적으로 국제결혼에 기반한 가족초청이민도 받아들였다.

현재 싱가포르는 초기의 저숙련 노동자들을 받아들이는 위주의 이민정책에서 전향하여 부자들과 고급인력유치를 위주로 하는 정책으로 변경하였다. 이러한 싱가포르의 이민정책의 전환은 성공적인 것으로 평가받고 있다.

싱가포르도 저출산 문제를 겪고 있는데, 2009년 기준으로 전년도

---

32) 매일경제, 2013년 6월17일

에 비해 영주권자가 533,200명으로 10.7% 증가하였고, 싱가포르 시민권자가 3,200,700 명으로 64%가 증가되는 수치를 보였다.[33] 이는 정체된 인구증가에 비해 상대적으로 해외의 고급인력 유치를 통해 싱가포르에서 최소한 영주화된 인력이 늘었음을 뜻한다.

2012년 이후 싱가포르에서는 저숙련 해외노동자들이 싱가포르에 들어오고 정착하는 것에 대해 반감이 많이 늘어 정치권의 주요 이슈가 되기도 했지만, 싱가포르의 발전과정을 볼 때 싱가포르의 이민정책은 성공적이었다는 게 대체적인 중론이다.

싱가포르 이민정책의 성공요인에는 무엇보다도 싱가포르에서 일하고, 살고 싶다는 해외인력들에게 어필한 국가적 사회적 매력이 있었기 때문이다. 제아무리 정책권자가 근사한 이민정책과 모델을 만들어 본들 실제 살아가는 사회적 기반과 처우가 기대에 못 따라 온다면 해외인력들이 들어올 리 만무하다.

짐 로저스의 인터뷰를 보면, 두 딸이 받고 있는 싱가포르 교육이 미국인 자신이 보기에도 다소 너무하다 싶을 정도로 공부를 엄격히 시킨다고 한다. 그 이면에는 싱가포르의 교육정도와 수준에 만족스럽다는 뉘앙스가 짙게 깔려 있다. 무엇보다 영어로 다 소통이 되니 싱가포르가 타국이라는 느낌이 들지 않고, 아시아가 가까운 미래에 세계경제를 주도할 것이라는 그의 견해 때문에 중국어는 반드시 배워야 한다고 생각하고 있다. 중국 화교가 넘쳐나는 싱가포르는 훌륭한 중국어의 무대이다. 그러다보니 두 딸들이 중국어를 자연스레 잘 익힐

33) 오정은, No. 2011-12, 워킹페이퍼시리즈, IOM 이민정책연구원 (2011).

수 있다. 짐 로저스는 뉴욕의 JFK 공항에 도착해서 옐로우 택시를 타는 것이 오히려 제3국에 온 느낌이 들 정도라고까지 했다.

싱가포르의 이민모델과 짐 로저스를 비롯하여 싱가포르에 정착한 해외이주자들이 우리에게 시사하는 바는 크다. 한국사회를 외국인들이 살고 싶게 하라. 세금도 싸고, 규제도 낮고, 해외송금도 큰 장애가 없고, 영어로도 소통이 되고, 외국인에 대한 배타감도 낮은, 그런 사회말이다. 이민정책보다 사회적 여건이 먼저 갖춰져야 한다.

2. 해외인력 유입이 최선책인가

필자는 저숙련 노동자들에 대해 문호를 오픈하여 한국으로 데려와야 하고, 동시에 해외고급인력도 한국 내로 데려와서 살게 해야 한다고 주장하고 있다. 그 이유 중의 하나가 한국사회가 심하게 겪고 있는 저출산, 저성장의 문제 때문이다.

2015년 현재 한국의 인구는 약 5천만 명, 북한인구까지 다 합치면 대략 7천5백만 명에 달한다. 적은 인구는 아니다. 그러나, 산업계에 종사하는 분들의 얘기를 들어보면 상품을 팔기에는 한국 내 시장이 큰 편은 아니라고 한다. 시장이 양적으로 좀 더 컸으면 하는 바램들이 항상 있는 것 같다. 그런 면에서, 일단 인구의 절대적수치가 커야할 필요성이 있다.

일각에서는 사회복지정책을 대폭확충해서 저출산문제를 개선하는 것이 보다 근본적인 해결책이 아닌가 하고 반문한다. 실제로 스웨덴,

프랑스 등이 사회복지정책을 확충하면서 출산율이 개선된 사례가 있다. 또한, 현재 한국이 청년층을 비롯하여 높은 실업률에 시달리고 있고, 많은 노동자들이 저임금에 고통 받고 있는데, 내국인들에게 일자리를 주고 임금을 올리지는 않고 외국인에게 먼저 고용의 기회와 임금을 제공하는 것은 선후가 바뀐 거라고 하는 주장도 있다.

사회복지정책을 대폭 개선한다 하더라도 근본적으로 저출산의 고리를 탈피하기는 어려우리라는 것이 필자의 전망이다. 스웨덴이 육아휴직제도를 적극 실시하고, 주거비 부담을 줄여주기 위해 '임대료인상 억제제도' 등 여러 가지 지원책을 실시하여 효과를 보고 있다. 한국도 육아휴직제도를 실시하고 있지만, 아직 사회전체적으로 보편화되어 있지는 않다.

스웨덴이나 프랑스 등 선진국과 달리 한국사회가 가지고 있는 특수성이 많다. 높은 주거비, 부동산에 대한 특수한 뜨거운 열기, 높은 비용을 요구하는 결혼문화, 세계평균노동시간을 훨씬 상회하는 한국의 근로시간과 직장문화, 높은 사교육비와 교육에 대한 지나친 열기 등, 이러한 현상들이 사회복지정책으로 개선될 부분도 있지만 그렇지 못한 부분도 있다. 또한 사회복지정책이 전폭적으로 개선될 가능성이 현재로서는 불투명하다. 재정여건상, 정치적세력, 산업적이익 집단들의 개입으로 사회복지정책의 개선은 쉽지 않을 것이다.

산업부문에 있어서도 고용주들이 저임금노동자들을 필요로 하는 부분이 존재한다. 한국 내 인력들이 충분히 일할 수도 있지만, 고용주들의 입장은 다르다. 한국 내 인력들보다 더 싼 임금으로 해외인력들을 쓸 수 있기 때문에 굳이 한국 내 인력들을 쓸 이유가 없다는 것이다. 이러한 고용주들의 입장을 정부가 강제할 수는 없다. 시장은 시장대로의 논리가 있기 때문이다.

더 중요한 것은 3D 업종에 있는 중소기업들이 심한 구인난을 겪고 있다는 점이다. 인력을 구하려 해도 당연히 한국 내 인력은 없고, 해외인력마저 구하기가 쉽지 않다고 한다. 언론에 보도된 한 중소기업체대표는 "인력난 해소를 위한 외국인근로자 규모 확대 등 종합적이고 실질적인 대책마련이 요구된다"고 한다. 이렇듯 산업계의 실제적으로 해외인력을 요구하고 있다.

필자의 견해는 해외인력을 무한정으로 데려와야 오는 것이 아니라, 사회경제적인 수요에 맞춰서 쿼터제를 실시하여 가이드라인을 설정하여야 한다는 입장이다. 외국인에 대한 반감은 어느 사회나 국가에서 존재하는 현상이다. 이미 한국사회는 외국인이 많이 들어와서 일하고 있다. 현실은 이미 빗장을 걸어놓을 수 없는 실정이다. 그렇다고 한다면 보다 실리적으로 접근할 필요가 있다. 그러한 면과 더불어 다른 나라와 달리 조선족으로 통칭되는 중국동포, 탈북자 등의 이슈도 있다. 그러므로, 현재로서는 빗장이 최선이 아니라, 얼마큼 해외인력들을 통제, 관리하여 한국의 국력과 경제에 보탬이 되게 하느냐가 더 나은 접근방식이다. 그것이 바로 한국형 이민모델이 설정되어야 하는 이유이기도 하다.

3. 일본은 우리에게 무엇인가

느닷없이 일본 얘기를 좀 꺼내야겠다. 수년 전 미주지역 한 언론에 일본의 홋카이도에 있는 조선인학교에 대한 칼럼을 쓴 적이 있다. 이 조선인 학교는 남·북한 정치세력의 중간에서, 특히 한국정부의 차가운 외면을 받으면서 각종 지원이 끊기고, 일본 내에서는 극우세력들의 테러위협에도 꿋꿋이 한국의 전통의상과 한국말 교육과 정신을 이어가려는 학교였다. 그들의 눈물겨운 '투쟁'의 얘기가 필자의 심금을 울려 신문독자들에게 전하고 싶었다. 놀라웠던 것은 조선인 학교에 대한 일본사람들의 테러와 협박이었다.

사실 일본인들의 이질적인 것에 대한 배타감은 어제오늘 일이 아니다. 섬나라여서 그런지 특히 자기들의 경계를 지키려 하고 그 경계 내에 침투하는 것에 대해서는 유난히도 민감한 것 같다. 여러 가지 이유로 일본은 저숙련 노동자들을 받아들이지 않는 이민정책을 취하고 있다. 1990년대 일본이 저성장문제로 홍역을 앓을 때 그들은 성장의 동인을 찾을 수가 없었다. 급속히 고령화된 인구구조와 저성장 문제가 겹치는 바람에 파장은 더 컸던 것이다. 일각에서는 해외 인력을 적극 유입했더라면 좀 더 나았을 것이라는 주장도 설득력 있게 제기되고 있다.

필자가 대학시절 일본에 배낭여행을 갔을 때는 도대체 영어를 조금이라도 하는 사람들을 찾을 수가 없었다. 대충 영어를 어림짐작으로 알아듣고 길을 안내해주는 사람이 간혹 있기는 했다. 그럼에도 당시 도쿄의 빌딩 디자인과 사람들이 입고 다니는 옷, 이국적인 레스토랑

등은 일본이, 특히 도쿄가 서울보다 훨씬 국제적인 도시로구나 느끼게 해주었다.

그러나. 하드웨어와는 달리 그것을 구성하는 소프트웨어들은 철저히 국제적이지 않았다. 한마디로 닫혀 있었다. 일본 사회를 한 마디로 정의하라고 한다면 서슴없이 '닫힌사회'라고 부른다면 지나친 편견일까 모르겠다. 정치상황을 봐도 도대체 다른 이웃국가들이 무슨 말을 하는지 어떤 생각을 가지고 있는지 모르고 자기생각에 깊이 빠져 있는 것 같은 인상이다. 개인이 '닫힌사람'이 되면 외골수로 치닫는다. 국가도 마찬가지다.

요즘 한국 사회를 보면 웰빙을 필두로 하여 미국의 생활 패턴을 많이 모방하는 것 같다. 유행하는 브런치 식당-삼시세끼를 다 먹어 오던 우리가 언제부터 브런치를 먹었나에 대해 필자는 기억이 없다- 바베큐 그릴을 비롯한 야외 바베큐 문화, 글램핑, 여름에 신는 아이들이 좋아하는 크락소 제품의 신발 등등. 이런 면을 보면 한국사회는 참으로 오픈된 사회, 열린사회다. 심지어 스웨덴을 필두로 한 스칸디나비아식 가구, 인테리어, 교육방법도 차용하고 있으니.

필자가 이 책의 원고를 마무리할 무렵 한국 내 유명 소설가의 표절 논란이 불거졌다. 이 소설가는 한국의 대표적인 소설가로 꼽히고 있었고, 그 때문에 한국 내 문단에서 하나의 건드릴 수 없는 권위로 자리잡고 있었던 모양이다. 그렇기에 예전에도 같은 표절논란이 있었는데 묻히고 말았다고 한다. 일각에서 제기한 것처럼 '침묵의 카르텔'이 있었을 수도 있다.

한국처럼 열린사회를 파고 들어가면 닫힌사회들이 곳곳에 존재한다. 정당한 주장이 제기되어도 닫힌사회가 가진 어두운 힘으로 묵살해 버린다. 자신의 정파적 견해와 다르면 어떤 흠집과 비판을 내서라도 공격을 가한다. 한국사회에 만연해 있는 닫힌사회의 징후들을 열거하자면 한두 가지가 아니다.

1987년 민주화 이후 한국사회는 숨가쁘게 달려왔고 숨가쁘게 발전해왔다. 70년대가 경제적으로 양적으로 발전을 지향했다면 87년 이후로는 체제적으로, 소프트웨어적인 면에서의 발전을 지향했다고 할 수 있다. 열린사회를 향하여. 그러나, 정작 한국사회가 열린사회로 어느 정도 이행되었다고 자부할 수 있는가.

한국형 이민모델의 정립과 성공여부는 한국사회가 얼마큼 열린사회로 이행되어 있느냐에 달려 있다. 타 문화와 종교, 인종에 대한 편견과 터부는 한국형 이민모델의 정착에 큰 걸림돌이 된다. 우리는 한국사회가 웬만한 열린사회라고 착각하고 있을지도 모르겠지만, 그렇지 않다. 이제 한국사회 내부에 있는 작은 닫힌사회들을 하나하나 걷어내야 할 때이다.

4. 우리가 남이가

매년 12월 또는 초봄에 미국 아이비리그(Ivy League) 대학의 입학여부가 발표난다. 12월은 대개 조기 지원의 결과가 발표되고, 1월에서 3월에 걸쳐서는 레귤러 지원의 결과가 발표된다. 매년 우수한 한인학생들이 미국의 명문대학교에 입학한 사례가 신문을 장식한다. 미국 현지에서 학교를 다니고 명문대에 당당히 입학한 사례도 있지만, 한국의 고등학교에 다니면서 바로 미국의 명문대에 입학허가를 받은 사례도 요즘에는 종종 눈에 띈다. 대개 외고나 민사고, 과학고 등을 나와서 미국의 아이비-리그 대학에 합격한 경우이다. 그리고, 이런 사례를 접한 언론들은 자랑스런 톤으로 보도한다.

미국 명문대에 합격한 것은 개인에게도 영광이요, 동시에 우리 전체의 영광이기도 하다. 그러나, 필자는 그 기사를 접할 때 항상 개운치 않은 구석이 든다. 한국의 좋은 학교들이 더 이상 한국의 우수 인재를 유치할 만큼 메리트가 없어졌나 하는 자괴감. 그리고, 결국 한국에서 고등학교를 다니다가 바라던 미국의 명문대에 진학한다면, 졸업 후 미국에서 직장을 잡고 자리를 잡을 가능성이 많다. 물론 예외는 있을 것이다. 결국 이런 길을 가는 한국의 우수 인재는 미국의 브레인으로 남게 될 가능성이 높다. 간단히 말해서 한국의 인재를 미국에 빼앗기는 것이다. 당사자는 그렇게 생각하지 않겠지만 말이다.

이제는 미국 명문대 합격 사례에 대한 언론 보도를 접할 때, '대단하다', '자랑스럽다'라는 감정으로 그칠 것이 아니라, 왜 저들이 미국 명문대를 선택할 수밖에 없었는지, 어떻게 하면 한국에 남든지 다시 돌아와서 기여할 수 있게 할지를 고민할 때이다.

60, 70년대 개발시대처럼 '애국심'이란 깃발 하나 꽂고, 여기 다 모여라는 식으로 해외인재를 불러들일 수 있는 얘기는 이제 전설이 되었다. 한국인재들은 다른 나라 인재들에 비교해서 전혀 뒤떨어지지 않는다. 정말 우수한 인재들이 많다. 어디서 일하고, 어떻게 일할지는

순전히 개인의 선택의 문제겠지만, 이들이 편안하게 잘 갖춰진 여건에서 역량을 발휘할 수 있도록 사회적·제도적 여건을 갖추는 것이 시급하다. 미국에서, 다른 국가에서 영주권을 가졌거나, 그 곳 국적을 취득했다 하더라도, 한국에서 들어와서 마음껏 일할 수 있는 여건조성이 필요하다.

　세계 곳곳에 퍼져 살고 있는 7백만 재외동포들도 마찬가지다. 재외동포들이 겪는 근본적인 문제는 어정쩡한 정체성이다. 완전 한국 사람도 아니요, 그렇다고 완전히 거주국가 사람도 아닌 그런 정체성과 특성을 가지고 있다.

　미국에 있는 재외동포들 개인마다 편차가 있겠지만, 국적은 미국 시민권을 가졌다 하더라도 생활패턴이나 사고방식 등은 순전히 한국식이다. 게다가 미국 주류사회나, 거기까지는 아니라도 이웃 미국인들과 잘 섞여서 지내지 못하는 경우가 많다. 나이 들면 한국으로 가서 지내고 싶어 하는 사람도 꽤 된다. "한국에 가서 재정착하려 해도, 돈이 좀 있어야죠. 한국에 집값, 전세, 월세가 좀 비싸나요. 생활비도 많이 들어가죠. 게다가, 한국에서 많은 돈은 아니라도, 어쨌든 돈 없으면 무시당하잖아요. 한국에 가서 돈이 없으면, 이래저래 부대끼다가 다시 미국으로 와야 할 상황이 생길까 두려워요" 하는 자조 섞인 목소리도 많이 들린다.

　2007년 이후 미국 경제가 불황으로 빠지면서 한국으로 재정착한 사례가 많이 늘었다. 아직도 입법이 현실을 따라주지 못하여 미국의 영주권자나 시민권자가 한국에 입국하여 장기 거주하는 데는 많은 걸림돌이 존재한다. 뿐만 아니라 재외동포들을 관리하고 묶는 데 있어서 실질적으로 동포들이 느끼는 재외공관을 비롯한 한국정부의 존재감은 미미한 수준이다.

7백만 재외동포(이 중에서 한국국적을 가진 재외동포는 약 260여만 명)를 하나로 묶어줄 수 있는 네트워크나 결집체가 전무하다는 것이 문제다. 세계 각 분야에서 빛을 발하고 있는 동포들이 많은데 이들을 잘 활용한다면 한국의 큰 자산이 될 수 있다.

한국형 이민모델은 해외의 한국인재와 재외동포를 다시 정착시키고 활용할 수 있는 것까지 포함해야 한다. 전통적인 의미의 이민정책에서 보다 확대된 개념이라고 하겠다.

5. 한국형 이민모델이 성공하기 위해

지금까지 미국의 이민법 및 정책상의 오류와 잘못된 점들을 지적하고 한국에서의 주요 이민법상의 이슈에 대해 얘기하였다. 사실상 여기서 지적한 사항들이 앞으로 한국에서 정립될 이민모델에 반영했으면 하는 면에서 기술한 것이다. 그러나, 실상 하고 싶은 이야기를 다 푼 것은 아니다.

한국형 이민모델이 성공하기 위해서는 무엇보다 정책권자나 통치권자의 결단이 있어야 한다. 한국 사회는 통일, 복지, 경제성장 및 분배라는 굵직한 현안들이 있지만, 정작 이민법과 정책의 대계를 수립하는 문제는 아직 현안에서 밀려 있는 것 같다. 통일이 대박이라고 한다면 통일이 대박이 되기 위한 여러 가지 조건들과 과제가 있을 것이다.

향후 통일의 현실에 직면하게 될 때 사회적 혼란을 최대한 피하기 위해서는 큰 틀에서의 이민정책과 법 마련이 최우선이다. 그때 가서 허겁지겁 마련하려 한다면 늦다. 통일정책과 이민법 및 정책의 마련은 같이 움직여야 한다. 그렇다고 한다면 지금 바로 이민법과 정책마련에 들어가야 한다.

가칭 이민청의 설립이 또한 중요하다. 모든 이민관련 정책과 실행을 컨트롤 할 수 있는 행정부서가 있어야 한다. 현재 법무부, 교육부, 통일부, 노동부에 산산이 흩어져 있는 이민관련 정책기능을 이민청으로 가져와서 통일된 이민정책 수립을 해야 하고 아울러 적어도 현재 위상을 '청(廳)'으로 격상시켜야 한다.

이민청 설립의 필요성에 대해서는 지금까지 지속적으로 제기되어 왔지만, 아직 실현되고 있지 않다. 대통령직속 산하 위원회를 설치하여 이민정책의 실행과 통제를 하는 것은 바람직하지 않다. 방대한 이민정책의 스펙트럼을 생각할 때 위원회로써 컨트롤 할 수 있는 부분이 아니다.

흔히 '정치는 살아있는 생물이다'라고 하지만, 감히 나는 '이민법과 정책은 살아있는 생물이다'라고 말하고 싶다. 이민법은 변화무쌍하기 때문이다. 법으로 테두리를 정해놓아도 예기치 못한 문제와 이슈가 계속 발생하고 이에 대해 새로운 법규와 규칙을 제정하고 이를 감독하는 기능을 신설해야 하는, 끊임없이 변화의 도상에 놓여있는 부분이기 때문이다. 대통령직속 산하위원회로 한 나라의 이민정책을 컨트롤 하려는 생각은 이러한 이민법의 속성을 모르고 하는 말이다.

국가경쟁력 강화는 첨단기술의 개발이 먼저가 아니라, 그러한 기술을 개발할 수 있는 고급인력의 확보가 먼저다. 현재 한국에 체류하는 전체 외국인 인력 중 교수나 박사급 연구 인력처럼 대학원 이상의 학력을 가진 소지자는 전체 체류외국인 중 0.4%에 불과하다. 이 지표만 보더라도 지금까지 한국의 해외 고급인력 유치정책은 실패했다고 할 수 있다. 대학교의 선전을 위해 대학원에 해외인력을 모셔오듯이 데려오거나, 해외석학으로 불리는 학자들을 1,2년 단기로 데려와서 자리에 앉혀놓는 식은 별반 도움이 되지 않는다.

이제 한국정부는 실질적인, 근본적인, 장기적인 면에서의 인재확보 전쟁의 전선에 나서야 한다. 인재확보 정책은 이민법의 제정과 정책의 확충에서 출발해야 할 것이다. 이민법 제정과 이민정책의 대계를 수립하지 않은 인재확보 정책은 한계를 드러낼 수밖에 없다.

다음으로 해외의 고급인력들이 영주하고 싶은 마음이 들 정도로 매력 있는 사회적 · 제도적 인프라를 확충해야 한다. 대학원 이상의 코스에 장학금이나 의료보험제공 등의 베네핏으로는 다른 나라와 경쟁할 수 없다. 이들 조건은 기본 중의 기본이다. 그들이 살고 싶은 나라, 여건을 만들어서 스스로 영주하고 싶게 만들어야 한다. 단기간에 될 일은 아니지만, 이보다 더 어려운 일도 해냈던 한국정부와 국민들을 볼 때 못할 것도 없다.

더불어 한국사회가 진정한 열린사회로 이행될 수 있도록 노력해야 할 것이다. 열린사회란, 우리 문화와 다른 타문화와 사람들을 포용하고 융합할 수 있는 사회를 말한다. 다문화정책의 뒤에 소극적으로 뒤에 머물 것이 아니라, 정부나 시민단체가 열린사회를 위해 적극적으로 홍보하고 계몽하고, 융합할 수 있는 자리를 마련해야 한다.

또한, 출입국 심사와 통제를 강화하고 불법체류 외국인 단속을 위한 엄정한 공권력을 정립해야 한다. 한국체류 외국인마저 이미 경찰뿐만 아니라 불법체류를 단속하는 공무원들을 조롱하는 일까지 벌어진다고 하니, 이래서는 엄정한 법집행이 어렵다.

마지막으로 늘어가는 출입국 외국인과 체류 외국인에 대한 심사를 신속하게 가져가게 하기 위해 단순한 심사 및 서류 발급 작업들은 전산화할 필요가 있다. 이민기능을 가진 부서들의 유기적인 업무분장과 전산화로 신속한 출입국 및 이민정책기능을 수행할 수 있어야 향후 예상되는 체류 외국인의 폭증 시대에도 대처할 수 있다.

떠날 수 있을 때 떠나라

미국의 이민정책 & 한국의 이민정책

초　판　1쇄 인쇄일　2015년 11월 20일
초　판　1쇄 발행일　2015년 11월 25일

지 은 이　　문봉섭
만 든 이　　이정옥
만 든 곳　　평민사
　　　　　서울시 서대문구 남가좌2동 370-40
　　　　　전화: (02)375-8571(代)
　　　　　팩스: (02)375-8573

　　　　　평민사 모든 자료를 한눈에 −
　　　　　http://blog.naver.com/pyung1976
　　　　　이메일: pyung1976@naver.com

등록번호　　제10-328호

ISBN　978-89-7115-615-5　　03800

정　가　15,000원